उपन्यास

डॉ. अशोक शर्मा

एम०एससी०, प्रफीशियन्सी इनफ्रेंच
पीएच०डी० (गणित)

सीता सोचती थीं (उपन्यास)
© : डॉ. अशोक शर्मा

प्रकाशक	: रेडग्रैब बुक्स
	942, मुट्ठीगंज, इलाहाबाद-3 उत्तर प्रदेश, भारत
	वेबसाइट - www.redgrabbooks.com
	ईमेल - contact@redgrabbooks.com
संस्करण	: प्रथम, 2015
	द्वितीय, 2017
आवरण	: श्री कम्प्यूटर्स, इलाहाबाद
टाइप सेटिंग	: श्री कम्प्यूटर्स, इलाहाबाद
ISBN	: 978-93-87390-07-2

सीता सोचती थीं

डॉ.अशोक शर्मा

परिचय

सेन्ट्रल बैंक ऑफ इण्डिया से सेवानिवृत्त डॉ. अशोक शर्मा ऐतिहासिक और पौराणिक पात्रों को केन्द्र में रख कर उपन्यास लिखने के लिये जाने जाते हैं। आपके पूर्व प्रकाशित दो उपन्यास 'कृष्ण : अन्तिम दिनों में' और 'सीता के जाने के बाद राम' प्रस्तुति में तथ्य-परक दृष्टि एवं, पात्र गठन की विशेषता एवं अपनी रोचकता के कारण जाने जाते हैं। जिसमें वे सभी पात्रों के साथ समुचित न्याय करने में सफल रहे हैं।

'कृष्ण : अन्तिम दिनों में' के अंग्रेजी अनुवाद 'Krishna : In His Last Days' के साथ-साथ आपके दो काव्य संग्रह 'श्री कृष्ण शरणम्' एवं 'मेरे पंख मेरा आकाश' भी प्रकाशित हैं।

प्रस्तुत उपन्यास में भी पात्र-गठन में सीता के साथ-साथ अन्य सभी पात्रों के कद के साथ कोई समझौता नहीं हुआ है, फिर भी रोचकता तथा पठनीयता निरंतर बनी रहती है।

संपर्क –

81, विनायक पुरम, विकास नगर, लखनऊ – 226022
मो0ः 9044436325, 7905558685
E-mail : sharmaashok1948@gmail.com

समर्पण

जननी – स्व. सियारानी शर्मा

जनक – स्व. प्रेम शंकर शर्मा

आत्म-कथ्य

हम भारतीयों को इस बात पर गर्व होना चाहिये कि हमारी सभ्यता लगभग 10000 वर्षों से भी अधिक और पृथ्वी पर सबसे पुरानी सभ्यता है। मध्य-यूरोप के लोगों और भारतीयों के मध्य कुछ समानताओं को आधार बना कर 1500 ई.पू. यूरोप से आ कर आर्यों के भारत पर आक्रमण करने और फिर यहीं बस जाने की कहानी जानबूझ कर गढ़ी गई, यद्यपि बाद में इस मत को प्रतिपादित करने वाले मैक्स-मूलर ने स्वयं ही इसे अस्वीकार कर दिया। ब्रिटिश राज्य में प्रारम्भ की हुई मैकाले की विचारधारा वाली शिक्षा प्रणाली ने हर भारतीय व्यक्तित्व और विचार को हीन सिद्ध करने का प्रयास किया। किसी ने भी इस के विरुद्ध सोचने का प्रयास या साहस नहीं किया। गौरवशाली सम्पूर्ण प्राचीन भारतीय इतिहास को कवि की कपोल कल्पना बता दिया गया। आज हमारे इस गौरवशाली इतिहास की खुले हुये मन और मस्तिष्क से पुनरावलोकन की बहुत आवश्यकता है।

भारतीय जन मानस में राम हमारी आस्था के ही नहीं हमारी अस्मिता के भी प्रतीक हैं, किन्तु पूर्वाग्रह-पूर्ण चिन्तन ने उन्हें भी इतिहास पुरुष के स्थान पर कवि की कल्पना की सृष्टि बतलाने का असफल प्रयास किया। उनके होने के प्रमाण माँगे गये और इस बात को सरलतापूर्वक भुला दिया

गया कि इतिहास प्रमाणों से परे भी होता है। आर्य-द्रविड़ संघर्ष की भ्रामक परिकल्पनाएँ सच कह कर प्रस्तुत की गयीं, जब कि आर्य, असुर, देव, दैत्य, राक्षस आदि विभिन्न कुल थे। स्वयं रावण, आर्य कुल के पिता और दैत्य कुल के सुमाली का नाती था। आर्य-द्रविड़ संघर्ष की परिकल्पना भारतीयों के मध्य विष बीज बोने का कार्य करती है। यह गौरवशाली भारतीय संस्कृति और सभ्यता को विदेशी सभ्यताओं की तुलना में छोटा सिद्ध करने की कड़ी का ही एक भाग है।

यद्यपि हमारा अधिकांश साहित्य विदेशी आक्रमणकारियों द्वारा विकृत ही नहीं बुरी तरह नष्ट भी किया गया और नालन्दा तथा तक्षशिला जैसे विश्व प्रसिद्ध विश्वविद्यालयों के पुस्तकालयों को जलाया जाना इसका प्रमाण है, किन्तु हमारा इतिहास लोक कथाओं और काव्यात्मक प्रस्तुतियों के माध्यम से जीवित रह ही गया। आज पुरातात्विक साक्ष्यों, वाल्मीकि रामायण में दी गयी घटनाओं के समय की ग्रह और नक्षत्रों की स्थितियों और आधुनिक युग के प्लेनेटोरियम सॉफ्टवेयर द्वारा कम्प्यूटरीकृत गणनाओं में पाई गई एकरूपता ने राम को इतिहास पुरुष सिद्ध कर दिया है।

भौतिकवाद का हावी न होना और प्रारम्भिक स्थिति में पेट भरा होना, अध्यात्म की ओर जाने की, दो प्रमुख आवश्यकताएँ हैं। प्राचीन भारत के हमारे मनीषी ऋषि, वे सनातन धर्म के मानने वाले रहे हों या जैन और बुद्ध धर्म के प्रवर्तक, सभी ने अध्यात्मिक विचारों को प्रमुखता दी है। उनके पास अर्न्तदृष्टि थी और निष्कर्ष थे, भले ही वे इन निष्कर्षों के लिये आज के विज्ञान की भाँति कोई तार्किक आधार न दे पाये हों।

क्या यह केवल संयोग या मात्र अटकल का परिणाम है कि उन्होंने सूर्य के रथ में सात घोड़े बताये और ध्यान देने की बात यह है कि प्रकाश में सात ही रंग होते हैं। भगवान विष्णु के लिये आसमान जैसे नीले रंग की कल्पना की। आसमान अनादि, अनन्त, सर्वव्यापी, कभी न नष्ट होने वाला है। सब कुछ इसी से पैदा होता और इसी में विलीन हो जाता है, आदि आदि।

बिना किसी साधन के, ग्रहों की स्थितियों के सटीक आकलन किये और उनके आधार पर भविष्यवाणियाँ कीं जब कि आज तो ग्रहों की

स्थितियों को जानने के बहुत से साधन हैं। उन्होंने मंगल को लाल बताया और मंगल लाल है।

पूजा में आरती, शंख ध्वनि और घंटा बजाना सम्मिलित किया। किसी भी पदार्थ का विखन्डन करते जाने के बाद, परमाणु और उसको भी तोड़ने के बाद अग्नि, ध्वनि और तरंगें ही शेष रह जाती हैं। आरती, शंख ध्वनि और घंटा बजाना, क्या इस वैज्ञानिक सत्य को स्पष्टतया रेखांकित करते हुये प्रतीक नहीं हैं?

एक बात और कहना चाहूँगा। शिवलिंग को लेकर एक बहुत बड़ी भ्रांति समाज में है। कुछ लोग इसे शरीर के एक अंग विशेष की अनुकृति समझते हैं, किन्तु यदि ऐसा है तो पुल्लिंग, स्त्रीलिंग, नपुंसकलिंग और ज्योतिर्लिंग का क्या अर्थ लगायेंगे। वास्तव में संस्कृत में लिंग शब्द का अर्थ प्रतीक भी होता है। ईश्वरीय शक्ति जिसमें सारी शक्तियाँ समाहित हैं और जो अजन्मी, अनन्त और सर्वव्यापी है, वह शिव है। शिवलिंग उसी का प्रतीक है। प्रतीकों की आवश्यकता हर धर्म में समझी गई, उनका रूप क्रॉस हो, काबा शरीफ में स्थित संगे-असवद हो, निशान साहब हो या कुछ और। केवल हिन्दू योगी ही इससे ऊपर उठ पाते हैं। ईश्वर के प्रतीक के रूप में शिवलिंग की स्थापना, सरल और सहज है। शायद इसीलिये राम ने लंका प्रस्थान से पूर्व रामेश्वरम में शिवलिंग की स्थापना कर ईश्वर की पूजा अर्चना की थी।

आज के परमाणु रिएक्टर देखिये, बमों और राकेटों का आकार देखिये। वे सब इसी आकार के हैं क्योंकि इस आकार में सर्वाधिक ऊर्जा संजोई जा सकती है। शिवलिंग में अरघा होता है और परमाणु रिएक्टर में उसका बेस होता है जो परमाणु ऊर्जा के स्वतः विखन्डन को रोकने के लिए होता है। किसी दीपक की लौ के अन्दर बनती छोटी सी शिवलिंग के आकार की आकृति या दीपक की बहुत छोटी सी लौ और उसके नीचे गोलाकार दीपक देखिये, क्या इसमें शिवलिंग की अनुकृति नहीं दिखती? वास्तव में शिवलिंग घनीभूत शक्ति का प्रतीक है और कुछ नहीं।

यह केवल कुछ उदाहरण हैं। ऐसे अनेक अन्य उदाहरण भी हो सकते हैं, किन्तु वर्तमान समय में हमारे इतिहास पुरुषों और देव पुरुषों को तरह-

तरह के तर्क-कुतर्क देकर लांछित करना और उन्हें उपहास का पात्र बनाने का प्रयास करना, कुछ लोगों के लिये प्रगतिशील होने का दूसरा नाम हो गया है।

इस पुस्तक को लिखने की आवश्यकता मुझे इसलिये भी लगी क्योंकि उन महान चरित्रों को उसी तरह की दृष्टि से देखना भी आवश्यक है। साथ ही मुझे यह भी लगा कि श्रीराम के ऊपर अत्यधिक साहित्यिक लेखन हुआ है किन्तु सीता जो रामायण में उतना ही प्रमुख चरित्र थीं, उनके ऊपर जो भी लेखन मेरी दृष्टि में आया है, उसमें एक स्त्री के रूप में उनकी भावनाओं का चित्रण बहुत कम स्थान पा सका। इस छोटी सी पुस्तक में मैंने, सीता के स्वयंवर से लेकर धरती की गोद में समाने तक के वृत्तांतों तक, वे जिन मनःस्थितियों से होकर गुजर गयी होंगी, उनके चित्रण का प्रयास किया है।

इस पुस्तक को लिखते समय स्वभावतः मेरे मन में कुछ प्रश्न उठे, जैसे कि वे राम जिनकी न्यायप्रियता की सौगन्ध उठाई जाती है और आदर्श राज्य को रामराज्य कह कर सम्बोधित किया जाता है, क्या उन्होंने सचमुच कुछ सुनी हुई बातों के आधार पर और सीता के पक्ष की उपेक्षा करते हुये उन्हें गर्भवती अवस्था में जंगल में छुड़वा दिया होगा।

जिन्होंने अवर्ण शबरी के जूठे बेर खाये हों, उसका दाह-संस्कार स्वयं किया हो, केवट को गले लगाया हो, जटायु का दाह-संस्कार किया हो, जिन्हें अवर्ण वाल्मीकि का महर्षि होना सहर्ष स्वीकार हो, उन्होंने मात्र वर्ण, के कारण शम्बूक के तपस्या करने को अपराध मान कर उसको मृत्यु दी होगी। यदि उनकी दृष्टि में वर्ण इतना ही निर्णायक था तो उन्होंने अगस्त्य जैसे अनेकों उच्च वर्ण के महर्षियों के होते हुये भी अपनी गर्भवती पत्नी को अवर्ण महर्षि वाल्मीकि के आश्रम में क्यों भेजा?

ध्यान देने की बात यह है कि इस समय उपलब्ध जिस वाल्मीकि रामायण के आधार पर कुछ आरोप लगाये जाते हैं, उसमें कुछ प्रक्षेपित सर्ग भी हैं। मुझे लगा कि इस तरह के प्रसंगों को, दृष्टि पर पड़े आवरणों और मन में समाये आग्रहों को हटाकर देखने की आवश्यकता है और मैंने यह प्रयास किया भी है। इस प्रयास में जो कमियाँ हैं, वे मेरी हैं, किन्तु जो कुछ भी अच्छा है तो वह माता सीता और भगवान श्रीराम की कृपा स्वरूप ही है

और उन्हीं से मेरी प्रार्थना है कि उनके इस निर्मल चरित्र को पढ़ने या पढ़ने के लिये प्रेरित करने वालों पर उनकी अहेतुक कृपा सदैव बनी रहे।

अन्त में 'परिशिष्ट' में श्रीराम के जीवन की कुछ घटनाओं की तिथियों को इस समय प्रचलित अंग्रेजी कैलेण्डर के अनुसार भी दिया गया है।

इस पुस्तक के लेखन में वरिष्ठ मनीषी साहित्यकार श्री शिवनारायण मिश्र निवासी-गोसाँईगंज, लखनऊ का अपूर्व सहयोग व प्रोत्साहन मिला है और इसके लिये मैं उनके प्रति कृतज्ञ हूँ।

अन्त में महोपनिषद के एक श्लोक से अपनी वाणी को विराम दूँगा।

यानि दुःखानि या तृष्णा दुःसहा ये दुराधयः। शान्तचेतः सु तत्सर्व तमोऽर्केष्विव नश्यति ॥2 9॥ (अध्याय 4)

शान्त चित्त व्यक्तियों के दुःख, तृष्णायें एवं दुःसह दुश्चिन्तायें उसी प्रकार नष्ट हो जाते हैं जैसे सूर्य की किरणों से अंधकार नष्ट हो जाता है।

– डॉ. अशोक शर्मा

अनुक्रम

1. अयोध्या की ओर

अयोध्या-पति श्रीराम अपने बाहुबल से अब तक सुग्रीव और विभीषण को मिलाकर ग्यारह राज्यों किष्किन्धा, लंका, दक्षिण कोशल, मत्स्य, शृंगवेरपुर, काशी, सिन्धु, सौवीर, सौराष्ट्र व अंग और बंग के राजाओं का राज्याभिषेक कर चुके थे, और ये सभी राज्य उनके मित्र राज्य थे। राम ने और भी कई राज्य जीतकर और उन्हें अपने भाइयों के पुत्रों को बाँटकर सूर्यवंश के अनेकों नये राज्य स्थापित किये थे। उस काल मे रामनाम की महिमा और आर्यों का प्रबल प्रभाव स्थापित हो चुका था। राम का व्यक्तित्व प्रभावशाली और राज्य बहुत व्यापक था। उनके जैसा सार्वभौम सम्राट पृथ्वी पर नहीं था।

इसी राज्य की राजधानी अयोध्या की गलियों में हलचल सी थी। झुण्ड के झुण्ड लोग सज-धज कर बातें करते हुये राजमार्ग की ओर बढ़ रहे थे, जो पैदल व्यक्तियों, रथों, घोड़ों आदि से भरा था। ऐसे में एक व्यक्ति, जो कहीं दूर से आया लगता था, यह सब देखता, चकित सा चला जा रहा था। ऐसा लगता था, जैसे उसकी निगाहें किसी को खोज रही हैं। उसने साथ चलते एक स्थानीय व्यक्ति से पूछा,

‘‘सब लोग इस तरह सज-धज कर कहाँ जा रहे हैं?’’

इसके उत्तर में उस व्यक्ति ने प्रतिप्रश्न किया,

‘‘क्या तुम यहाँ नहीं रहते?’’

‘‘नहीं।’’

‘‘फिर?’’

‘‘मिथिला से आया हूँ।’’

‘‘अर्थात् महारानी सीता के पीहर से?’’

‘‘हाँ।’’

‘‘अकेले आये हो?’’

‘‘नहीं, एक व्यक्ति और था।’’

‘‘वह कहाँ है?’’

‘‘बिछड़ गया है; उसे खोज रहा हूँ, किन्तु तुमने मेरे प्रश्न का उत्तर नहीं दिया... क्या यहाँ कोई उत्सव है?’’

‘‘हमारे राजा राम अश्वमेध यज्ञ कर रहे हैं; हम सब लोग वहीं जा रहे हैं... सुनते हैं वहाँ जो भी जा रहा है, खाली हाथ नहीं आ रहा है; राजा खुले हाथों से दान कर रहे हैं।’’

‘‘अश्वमेध यज्ञ?’’

‘‘हाँ, अश्वमेध यज्ञ; बहुत दूर-दूर से लोग आ रहे हैं। कई राज्यों के नरेश भी आये हैं... बहुत से ऋषि, मुनि भी आये हैं; सबके ठहरने के लिये हमारे महाराज ने बहुत व्यापक प्रबन्ध किये हैं।’’

‘‘क्या यज्ञ शुरू हो गया है?’’ बाहर से आये व्यक्ति ने पूछा।

‘‘हाँ, हमारे महाराज तो राजसूय यज्ञ करना चाहते थे, किन्तु कुछ सोचकर उन्होंने अश्वमेध यज्ञ करने का निश्चय किया... कहते हैं अश्वमेध यज्ञ भगवान शिव को बहुत प्रिय है।

‘‘क्या इस यज्ञ को महाराज अकेले ही सम्पन्न करेंगे? मैंने सुना है, तुम्हारी महारानी सीता तो कहीं किसी वन में रहती हैं।’’

हाँ, वह वन तो है, किन्तु महारानी सीता, गंगाजी के किनारे महर्षि वाल्मीकि के आश्रम में रहती हैं। महाराजा ने महर्षि वाल्मीकि को भी निमंत्रण भेजा है; वे आ ही रहे होंगे, हो सकता है महारानी भी उनके साथ आयें।’’

‘‘किन्तु अभी महारानी की अनुपस्थिति में यज्ञ कैसे चल रहा है?’’

‘‘कहते हैं, महाराज ने महारानी की एक सोने की प्रतिमा बनवाकर उनके स्थान पर प्रतिष्ठित की है।’’

‘‘किन्तु तुम्हारी महारानी महल को छोड़कर आश्रम गईं ही क्यों? फिर सुना है जिस समय वे यहाँ से गयीं, उस समय वे गर्भवती भी थीं,’’ मिथिला से आये व्यक्ति ने कहा।

‘‘देखो भाई, ये राज परिवार की बातें हैं, और हम ठहरे साधारण प्रजा, अतः बहुत तो हमें नहीं पता, पर सुनते हैं कुछ लोग, रावण के यहाँ रहने के कारण उनकी आलोचना कर रहे थे; उसी से दुखी होकर महारानी महल छोड़कर, महर्षि वाल्मीकि के आश्रम चली गईं।’’

‘‘किन्तु इसमें महारानी का क्या दोष हुआ? वहाँ तो वे विवशता में रही थीं, फिर सुनते हैं रावण ने उनका अपहरण अवश्य किया था, किन्तु उसने उन्हें अपने महल से दूर अशोक वाटिका में राक्षस स्त्रियों के पहरे में रखा था और कभी भी उसने उनके साथ कोई अभद्र व्यवहार भी नहीं किया था,’’ मिथिलावासी व्यक्ति ने कहा।

‘‘हाँ, तुम ठीक कह रहे हो।’’, अयोध्या के व्यक्ति ने कहा।

बातें करते-करते कब राजपथ आ गया, उन्हें पता ही नहीं लगा। तब तक मिथिला से आये व्यक्ति को अपना साथी भी मिल गया था, अतः उसने उस स्थानीय व्यक्ति का साथ छोड़ दिया और अपने साथी के साथ धीरे-धीरे बातें करते चलने लगा।

‘‘तुम्हें क्या लगा?’’ एक ने दूसरे से पूछा।

''मुझे लगता है अधिकांश लोग आज भी अपनी महारानी को निर्दोष समझते हैं और उनमें श्रद्धा रखते हैं, परन्तु कुछ लोग, कुछ उल्टी-सीधी बातें भी करते हैं।''

''तुम्हें क्या लगता है, वे लोग कौन हो सकते हैं?''

''ऐसा लगता है उन्हें किसी ने बहका रखा है; वे दूषित भावनाओं से युक्त कुछ लालची प्रवृत्ति के लोग लगते हैं, और मेरा अनुमान है कि यज्ञ के दौरान भी कुछ विवाद खड़ा कर व्यवधान डालने की चेष्टा कर सकते हैं।''

''चलो, यज्ञ स्थल की ओर चलते हैं।''

''चलो।'' कहकर दोनों उस भीड़ के साथ चलते हुये यज्ञस्थल तक पहुँच गये।

2. कठिन से पल

अपार जनसमूह उमड़ा हुआ था। अश्वमेध-यज्ञ चल रहा था। महात्माओं और ऋषियों के लिये एक बहुत बड़े मैदान में बहुत सी पर्णशालायें बनवाई गई थीं। यज्ञशाला में भी उनके बैठने के लिये विशेष स्थान सुनिश्चित किया गया था। विभिन्न राज्यों से आये राजपुरुषों, विविध दरबारियों, स्त्रियों और विशिष्ट जनों के लिये स्थान निश्चित थे। इसके अतिरिक्त आम जनों के लिये भी वृहद प्रबन्ध किये गये थे।

महर्षि वाल्मीकि अपने आश्रम के बहुत से लोगों के साथ यज्ञ में सम्मिलित होने के लिये आ चुके थे। उनके साथ सीता और उनके दोनों पुत्र लव तथा कुश भी आये हुये थे। वे ऋषियों के लिये बनी एक पर्णकुटी में ठहरे हुये थे। राम ने उन्हें बुलाने के लिये लक्ष्मण को भेजा। महर्षि वाल्मीकि, लव और कुश के साथ पधारे। राम ने प्रणाम कर उन्हें उचित आसन दिया। लव और कुश ने अपने परिचय में स्वयं को महर्षि वाल्मीकि का शिष्य बताया और उनके आदेश पर सस्वर रामायण का गान प्रस्तुत किया। यह गायन शास्त्रीय संगीत की धुनों से परिपूर्ण था।

रामायण के इस गायन के पश्चात् कुछ वरिष्ठजनों द्वारा उनसे जो

प्रश्न किये गये, उसमें उन्होंने अपनी माँ का नाम सीता और पिता का नाम राम बतलाया। कुश बड़े और लव छोटे थे। (समय आने पर राम ने अवध के दो भाग कर कुश को अयोध्या व दक्षिण कोशल और लव को श्रावस्ती का राज्य दिया था। कुश की पत्नी नागपुत्री कुमुदावती थीं। कुश की मृत्यु, दुर्जय नामक एक असुर से युद्ध में हुई थी। उनके पुत्र अतिथि ने दुर्जय को मारकर अपने पिता की मृत्यु का प्रतिशोध लिया था।

उस समय महर्षि से यह सुनकर राम को रोमांच सा हो आया। उन्होंने महर्षि वाल्मीकि की ओर दृष्टि उठाई। उस दृष्टि में अनेक प्रश्न छिपे थे। महर्षि ने वह दृष्टि पढ़ी। वे राम के पास आये और धीरे से बोले,

"तुम्हारे ही पुत्र हैं।"

सुनकर राम ने होठों को दबाया, धीरे से एक गहरी साँस ली, शून्य की ओर देखा फिर पलकें जोर से भींचकर आँखें खोल दीं। ऐसा लगा, जैसे इन कुछ ही पलों में वे पता नहीं कहाँ-कहाँ से गुजर गये हैं। महर्षि ने शायद उनका मन पढ़ लिया, बोले,

"इनकी माँ भी आई हैं।"

यह सुनकर राम ने प्रश्नवाचक दृष्टि से उनकी ओर देखा, और पुनः एक गहरी साँस ली, ऐसा लगा, जैसे बहुत देर से कड़ी धूप में चलते, थके हुए शरीर को कोइ छायादार स्थान दिखाई दे गया हो। इतनी देर में पता नहीं कितने रंग उनके चेहरे पर आये और चले गये ।

"जिस पर्णकुटी में मैं ठहरा हूँ, उसी के पास वाली कुटी में वे इन बालकों के साथ रुकी हुई हैं।" महर्षि ने कहा।

"क्या वे यहाँ आयेंगी?"

"प्रयास करता हूँ; लक्ष्मण को मेरे साथ भेज दो।"

"लक्ष्मण!" कहते हुए राम ने लक्ष्मण की ओर देखा तो वे शीघ्रता से राम के पास आये।

"महर्षि की बात सुनो।" राम ने कहा

''लक्ष्मण, सीता आई हैं; मेरे साथ चलो।''

सुखद आश्चर्य से लक्ष्मण कम्पित हो उठे और चलने के लिये व्यग्र भी। राम की ओर देखकर बोले,

''मैं सविनय उनसे, यहाँ आने की प्रार्थना करूँगा।''

राम ने लक्ष्मण की ओर देखा। कुछ कहा नहीं, किन्तु लक्ष्मण ने उनके नेत्रों की भाषा पढ़ ली। वे महर्षि के साथ चल पड़े। उनके दोनों पुत्र, अंगद और चन्द्रकेतु भी वहीं थे और साथ चलना चाहते थे, किन्तु लक्ष्मण ने उन्हें रुकने का संकेत किया और महर्षि के साथ सीता को लेने के लिये चल पड़े। कालान्तर में अंगद, अंगदनगर और चन्द्रकेतु, चन्द्रावती के राजा हुए।

लक्ष्मण के जाने के बाद राम यज्ञ-स्थल से थोड़ा हटकर खड़े हो गये। महल की ओर देखा। सीता के कक्ष की दिशा में दृष्टि गई, फिर आसमान की ओर, और फिर उन्होंने नेत्र बन्द कर लिये।

पल भर में उन्हें छोड़कर वाल्मीकि-आश्रम के लिये प्रस्थान करती सीता का दृश्य उनके नेत्रों में सजीव हो उठा। फिर सीता के साथ अपना विवाह, वन गमन के समय साथ चलने के लिये आग्रह करती सीता उनके साथ वन में बिताये दिन, और भी पता नहीं क्या-क्या, राम के नेत्रों में चलचित्र की भाँति आने लगा। सीने में कितनी पीड़ा उभरी, पता नहीं।

''मैं तुम्हें खोना नहीं चाहता सीते!'' उन्होंने स्वयं से कहा और अश्रु की एक-एक बूँद दोनो नेत्रों की अलकों और पलकों के बीच आकर फँस गई। उन्होंने अपने दायें हाथ की हथेली से मस्तक को पोंछा। हथेली कुछ भीग सी गई। उँगलियों से नेत्रों में आये अश्रु पोंछे। चेहरे पर कुछ स्वाभाविकता लाने के प्रयत्न में उन्होंने हँसने का प्रयास किया। एक दर्द भरी हँसी अधरों पर आई और फिर चली गई। उन्होंने हल्के से सिर को झटका, और पुनः यज्ञ-स्थल पर आकर व्यस्त हो गये।

* * *

महर्षि और लक्ष्मण, जब सीता की पर्णकुटी के पास पहुँचे, वे बाहर

ही बैठी हुई थीं। उनका चेहरा भाव-शून्य, किन्तु तेज से भरा हुआ था। नेत्र बन्द थे, और वे ईश्वर के ध्यान में मग्न किसी साध्वी सी लग रही थीं। लक्ष्मण ने पास पहुँचकर पुकारा,

''भाभी!''

सीता ने आँखें खोल दीं, और महर्षि को देखकर खड़ी हो गईं। लक्ष्मण ने चरण-स्पर्श किये तो सीता ने आशीर्वाद दिया। लक्ष्मण ने सीता को अयोध्या की महारानी के रूप में वर्षों देखा था। आज सब कुछ होते हुए भी अत्यन्त साधारण वस्त्रों में, एक पर्णकुटी, में भावशून्य चेहरे के साथ उन्हें देखकर वे आहत थे। चरण-स्पर्श करने पर सीता ने आशीर्वाद अवश्य दिया था, किन्तु स्वर में ऊष्मा नहीं थी। बहुत निर्विकार और निरपेक्ष सा स्वर था।

लक्ष्मण ने बहुत युद्ध लड़े थे। उन्हें वीरवर कहा जाता था। उन्होंने विवाहित होते हुये भी चौदह वर्ष अपनी पत्नी से अलग और ब्रह्मचर्य का पालन करते हुए बिताये थे। कई बार उर्मिला की यादों ने उन्हें परेशान भी किया था; किन्तु उन्हें एक भी क्षण ऐसा याद नहीं था, जब उन्होंने धैर्य खोया हो या अपने को कमजोर अनुभव किया हो; किन्तु आज सीता के भावशून्य चेहरे और प्राणहीन स्वर ने उन्हें विह्वल कर दिया। उन्होंने भरे हुए गले से कहा,

''भाभी, मुझे क्षमा कर दें!''

''किसलिए लक्ष्मण? तुम्हारा क्या दोष है?''

''आपके स्वर से ऐसा लगा, आपने आशीर्वाद भी, कर्तव्य की भाँति ही दिया है; मन से नहीं... अवश्य ही मेरा कुछ दोष होगा।''

''नहीं लक्ष्मण, तुम्हारा कहीं कोई दोष नहीं; फिर कर्तव्यों के सम्मुख मन होता ही क्या है।''

''आप ठीक कह रही हैं... कर्तव्यों के सम्मुख मन कुछ नहीं होता... कुछ भी नहीं।''

लक्ष्मण के नेत्र पहले ही सजल थे, अब अश्रु लुढ़ककर सीता के पैरों

के पास गिर पड़े। सीता को ऐसा लगा, जैसे लक्ष्मण ने अपना सिर उनके पैरों पर रख दिया है। उनका मन कुछ देर के लिये विचलित हुआ, फिर उन्होंने अपने को सँभाल लिया और बोलीं,

"जो कुछ हुआ, वह उस समय की परिस्थितियों को देखते हुए तुम्हारे भाई की सहमति से लिया हुआ, मेरा अपना निर्णय था; उसके लिये मैं आज भी दुखी नहीं हूँ, अपितु कह सकती हूँ कि एक नितान्त नये, शान्ति और आनन्द देने वाले अनुभव से गुजर रही हूँ, और ध्यान देना कि यह मात्र सुख नहीं, आनन्द का अनुभव है; फिर तुम क्यों दुखी हो रहे हो लक्ष्मण?"

अब तक लक्ष्मण बहुत कुछ सामान्य हो चुके थे। कुछ रुक कर सीता ने पुनः कहा,

"लक्ष्मण, यह मत समझना कि मेरा कुछ छिन गया है; सच तो यह है कि मैंने स्वयं त्याग दिया है... किन्तु देखो, इन बातों में तुम्हें बैठने के लिए कहना ही भूल गई।"

"भाभी, मैं बैठने नहीं, भाई की आज्ञा से आपको लेने आया हूँ।"

"लेकिन क्यों?"

"आपके बिना यह अश्वमेध-यज्ञ का अनुष्ठान कैसे पूरा हो पायेगा?"

"लक्ष्मण, यद्यपि मुझे इससे अन्तर नहीं पड़ता, किन्तु फिर भी मैं यह जानना चाहती हूँ कि क्या यह आमंत्रण केवल यज्ञ को सम्पन्न कराने हेतु है?"

"नहीं भाभी, मैं ऐसा नहीं समझता; शायद यज्ञ पूरा करने की बात एक बहाना ही है... सच्चाई इससे इतर ही होगी, और इतना तो मैं विश्वास से कह सकता हूँ कि आज भी आप भाई के हृदय में पूर्व की भाँति ही मौजूद हैं।"

"तुम्हारी यह बात मुझे सत्य लगती है कि यह यज्ञ में सम्मिलित होने का आमंत्रण एक बहाना मात्र है; और लक्ष्मण, मैं बीते हुये पलों को फिर से नहीं जीना चाहती।"

महर्षि, जो अभी तक चुपचाप सुन रहे थे, बोले,

''बेटी, यह बीते हुये नहीं, वर्तमान पलों को जीने की बात है... जब तुम्हें किसी से कोई शिकायत नहीं है, और जब अपने पति के पावन कर्म को पूर्णता देने का प्रश्न उठ खड़ा हुआ है, तब अपने कर्तव्य-बोध से पूछकर देखो और फिर निर्णय करो।'

महर्षि के इस कथन के बाद सीता ने निर्णय लेने में कोई देर नहीं की।

''ठीक है मैं चलती हूँ,'' कहकर वे कुटी के अन्दर चली गयीं, किन्तु वहाँ, वे नेत्र बन्द करके कुटी की दीवार के सहारे खड़ी हो गईं। उनके मन में बहुत से अन्तर्द्वन्द्व चल रहे थे।

सीता चलने के लिये तैयार हो गईं हैं, इस बात से लक्ष्मण को सन्तोष हुआ, किन्तु उन्हें यह भी लग रहा था कि बातें बहुत ही नाजुक मोड़ से गुजर रही हैं। उन्हें लगा, उनके नेत्रों के अश्रु ही नहीं, गला भी सूख रहा है। कुछ दूर पर जल था। लक्ष्मण उस ओर गये, अपने मुख पर छींटें मारीं, वस्त्र से चेहरे को पोंछा, कुछ जल पिया और वापस आ गये। महर्षि ने उनके मन की स्थिति समझी और बोले,

''लक्ष्मण, कमजोर मत बनो; यह पुरुषोचित नहीं है।''

''यह भी विडम्बना ही तो है महर्षि,'' लक्ष्मण ने कहा।

''नहीं, यह विडम्बना नहीं है; पुरुष मजबूत हो, यह प्रकृति की आवश्यकता है।''

''और स्त्री?'' लक्ष्मण ने कहा।

''लचीले होने का अर्थ कमजोर होना नहीं है... स्त्री को लचीला होने की सुविधा है।''

कुछ समय बाद महर्षि को लगा, सीता को आने में देर हो रही है। उन्होंने बाहर से ही आवाज दी,

''बेटी सीते!''

महर्षि की आवाज सुनकर सीता जैसे तन्द्रा से बाहर आ गईं। उन्होंने उत्तर दिया,

''आई,' और फिर वे शीघ्रता से तैयार होकर बाहर आईं तो महर्षि ने कहा,

''आओ चलें; राम प्रतीक्षा कर रहे होंगे।'' कहकर वे चल पड़े।

सीता ठिठकीं। वे चाहती थीं कि लक्ष्मण आगे-आगे चलें, किन्तु लक्ष्मण ने दोनों हाथ जोड़कर उन्हें आगे चलने का संकेत किया और सीता के आगे बढ़ने पर वे उनके पीछे हो गये। पीछे-पीछे चलते लक्ष्मण की दृष्टि सीता के चरणों पर थी। उन्हें वनवास के दिन स्मरण हो आये। तब भी लक्ष्मण सीता के पीछे ही चला करते थे। उन्हें लगा, आज वर्षों के अन्तराल के बाद भी, चरण वही थे- कमलवत् मृदु और लालिमा लिये हुए; किन्तु चाल में बहुत गाम्भीर्य आ चुका था।

3. अपनों के मध्य

थोड़ी देर में ही यज्ञस्थल आ गया। सीता ने पाया, राम सचमुच बहुत अधीरता से उनकी प्रतीक्षा कर रहे थे। सीता को देखते ही वे उनके पास आये और बोले,

''आयें।''

विवाह के बाद से सीता, राम से इतने लम्बे समय के लिये दूर नहीं रहीं थीं। आज वर्षों बाद एक बार फिर राम का स्वर सुनकर उन्हें बहुत अच्छा लगा, किन्तु साथ ही उन्होंने इसमें छुपी वेदना को भी महसूस किया। उन्हें लगा, उनके हृदय में कुछ हुआ है। उन्होंने चारों ओर दृष्टि डाली। सभा ऋषियों, राजपुरुषों और सम्भ्रान्त व्यक्तियों से भरी हुई थी, और यज्ञ चल रहा था। लव और कुश, ऋषियों के मध्य बैठे हुए उन्हीं की ओर देख रहे थे।

सीता ने नेत्र उठाकर राम की ओर देखा। बारह वर्षों के अन्तराल के बाद वही राम थे। कुछ भी बदला नहीं था। बस, उन्हें वे थोड़े दुबले से लगे। जब वे उनसे मिलने के लिये चली थीं, तब पता नहीं कितनी ही बातें उनके मन में आ रही थीं। उन्हें महसूस हो रहा था कि इन वर्षों में उन्होंने कितने भी

मोह त्यागे हों, किन्तु राम की कुशलता की चिन्ता सदैव उनके मन में थी।

अब उन्हें सकुशल देखकर सीता को लगा कि मन के शमन के इतने लम्बे अभ्यास के बाद भी, राम उनका हाल पूछने कभी भी नहीं आये; यह शिकायत मन के किसी कोने में शेष रह ही गई थी। वाल्मीकि आश्रम में रहते हुए अक्सर उन्हें लगता था, कभी राम मिलेंगे तो वे उनसे यह प्रश्न अवश्य पूछेंगी, किन्तु आज राम को सम्मुख पाकर और उनका धीर-गम्भीर स्वर सुनकर वे यह शिकायत बिल्कुल ही भूल गईं। उन्होंने पूछा,

''कहाँ?''

''मेरे साथ।''

लव और कुश उन लोगों की ओर देख ही रहे थे। राम ने संकेत करके उन्हें भी बुलाया। सीता देख रही थीं, राम के स्वर में अनुरोध है, आदेश नहीं... यह उन्हें असहज लग रहा था।

राम सबको लेकर यझ में बैठ गये। उन्होंने देखा, लव और कुश बालक होते हुए भी मन्त्रों का बहुत ही शुद्ध उच्चारण कर रहे थे। राम को उनके ज्ञान और शालीनतापूर्ण व्यवहार पर गर्व सा अनुभव हुआ। यझ की अग्नि से, सीता सहित उन दोनों बालकों के चेहरे रक्ताभ हो उठे थे। तभी उन्होंने देखा कि यझ में बैठे कुछ लोग कुछ असहज हो रहे थे और आपस में कुछ बातें करने लगे थे, किन्तु उन्होंने उस ओर विशेष ध्यान नहीं दिया।

कुछ देर तक यझ में बैठने के पश्चात् राम, सीता व बालकों को लेकर उठे और महल की ओर चल दिये। सीता उनके साथ महल के अन्दर गईं, तो उन्होंने देखा, अनेक स्त्रियाँ उन्हें विस्मय किन्तु प्रसन्नतापूर्ण दृष्टि से देख रही थीं। सभी ने सीता का अभिवादन और स्वागत किया। राम सभी को लेकर माताओं के कक्ष की ओर गये। सीता और बच्चों के आने का समाचार सुनकर, कैकेयी और सुमित्रा भी कौशल्या के कक्ष में आ गई थीं। सीता की बहनें उर्मिला, माण्डवी और श्रुतकीर्ति भी वहाँ आ गई थीं।

गन्धर्वों ने भरत की ननिहाल कैकेय देश पर अधिकार कर लिया था। भरत ने उनके आदेश से गन्धर्वों को हराकर गन्धर्व और कैकेय देश पर पुनः

अधिकार कर लिया था, और राम ने उन्हें, वहाँ का राजा बना दिया था। माण्डवी, उनके और अपने बच्चों तक्ष और पुष्कर के साथ वहाँ आयी हुई थीं। इन्हीं के द्वारा बसाये महानगर अब तक्षशिला और पेशावर (पुष्करावती) नाम से जाने जाते हैं।

मधुपुर (मथुरा) का शासक लवणासुर, राक्षस धर्म को मानने वाला, नरभक्षी और राम के शासन को नकारने वाला था। उनके आदेश से शत्रुघ्न ने उसका दमन किया था। इसके बाद राम ने उन्हें, वहाँ का शासक नियुक्त कर दिया था। श्रुतकीर्ति, उनके और अपने बच्चों सुबाहु और शत्रुघाती के साथ वर्षों बाद वहाँ आई थीं। (कालान्तर में सुबाहु को मथुरा और शत्रुघाती को विदिशा का राज्य मिला)।

राम, सीता और दोनों बालकों सहित माताओं के पास गये और प्रणाम किया। सीता जब कैकेयी के चरण-स्पर्श करने लगीं, तो कैकेयी रो पड़ीं। उन्होंने सीता के हाथ थामे और अपने सीने से लगा लिये।

‘‘क्यों रो रही हैं माँ?’’ सीता ने कहा।

‘‘मेरी आत्मा शायद मुझे कभी माफ नहीं करेगी बेटी।’’

‘‘किन्तु जो कुछ भी हुआ, उसमें आपका दोष ही क्या था, और फिर हमने वन में बहुत अच्छे दिन बिताये। रावण के द्वारा मेरा हरण और फिर उसकी कैद में बिताये दिनों को यदि छोड़ दें, तो वे बहुत आनन्दपूर्ण और सदैव स्मरण रहने वाले दिन थे।’’

‘‘बेटी, तेरा मन सचमुच बहुत उदार है।’’

‘‘...और उन पुरानी बातों को स्मरण करके आप आज क्यों दुखी हो रही हैं; वह प्रकरण तो वर्षों पहले समाप्त हो चुका है।’’

‘‘हाँ बेटी, मैं भी यही सोचकर सन्तोष कर रही थी, कि चलो वह प्रकरण समाप्त हुआ और इसी बहाने रावण भी मर गया... किन्तु जब तुझे दुबारा अकेले और गर्भवती अवस्था में वन जाना पड़ा, तब मुझे लगा कि वह प्रकरण बीता नहीं है, उसकी काली छाया अब भी मँडरा रही है, और जहाँ तक रावण की बात है, वह शरीर से जरूर मरा, किन्तु कई लोगों के मन में

आज भी जीवित है, और शायद हमेशा इसी तरह जीवित रहेगा।''

सभी आश्चर्य और मनोयोग से कैकेयी और सीता के मध्य होने वाले इस संवाद को सुन रहे थे। कैकेयी ने थोड़ा रुककर पुनः कहा,

''और सीते, परिवार में किसी एक व्यक्ति का भी दुराग्रह पूरे परिवार पर कितना अधिक भारी पड़ता है, यह भी इस कैकेयी के दुराग्रह से ही बहुत अधिक स्पष्ट हो जाता है। महाराज दशरथ ने प्राणान्तक पीड़ा झेली; राम, लक्ष्मण और तुमने वन में जो कष्ट उठाये, वे सबको पता हैं, किन्तु निर्दोष उर्मिला और सुमित्रा के हृदयों ने भी बहुत पीड़ा झेली है... इनका दुःख इसलिये भी और बड़ा हो जाता है कि इन्होंने पूरी तरह मौन रहकर यह सब सहा है।''

''दीदी, मेरा पुत्र लक्ष्मण, राम और सीता के काम आया, यह मेरे लिये अत्यन्त गर्व और अत्यधिक सन्तोष का विषय है; अतः यदि आपके मन में कहीं भी यह हो कि आपने मुझे कभी भी कष्ट पहुँचाया है तो कृपया इस बात को मन से निकाल दें... फिर मेरा एक पुत्र और दोनों बहुएँ, तो मेरे पास ही थे,'' सुमित्रा ने कहा।

सीता ने भी कहा,-''माँ आप दुखी मत हों! हमारे मन में आपके लिये आज भी आदर भाव ही है।''

''यह तेरा बड़प्पन है बेटी।'' कैकेयी ने कहा।

राम, जो चुपचाप सब कुछ सुन रहे थे, बोले,

''अच्छा, मैं जाने की अनुमति चाहता हूँ; यज्ञस्थल पर लोग मेरी प्रतीक्षा कर रहे होंगे।''

''हाँ बेटे, तुम जाओ।'' कौशल्या ने कहा।

राम के जाते ही सीता की बहनों ने उन्हें घेर लिया। बहुत सी बातें चल निकलीं। बातों-बातों में सीता ने उर्मिला से कहा,

''उर्मिल, श्रीराम तो अपने पिता की आज्ञा मानकर वन चले गये थे और मैं उनकी पत्नी थी, इसलिये उनके साथ जाना मेरा धर्म भी था और

सुख भी; किन्तु लक्ष्मण ने तो अकारण ही वनवास का कष्ट झेला और उन्होंने भी चलो, अपने भाई का साथ देने के लिये यह किया, किन्तु तुमने तो अकारण ही चौदह वर्षों तक जो मानसिक सन्ताप सहा, उसकी कल्पना भी मुझे विचलित कर जाती है।''

''दीदी, मैं इस परिवार की इकाई हूँ; इसके सुख-दुःख में साथ देना मेरा कर्तव्य बनता था, और मेरे तो चलिये, पति साथ में नहीं थे, और वे अपनी भाभी और भाई की सेवा कर अपने कर्तव्य का पालन कर रहे थे, इसलिये मैंने उस विरह को सहन किया, किन्तु बहन माण्डवी के बारे में सोचकर मेरा मन बहुत विचलित हो उठता है। जेठ भरत जी ने चौदह वर्ष जिस तरह पीड़ा में बिताये, लोग उसको भी श्रद्धा से स्मरण करते हैं, उन्हें महान बताते हैं और यह बात कहीं न कहीं उनकी पीड़ा को कम करती होगी... किन्तु बहन माण्डवी ने जो पीड़ा इतने वर्षों तक झेली, वह अकथनीय है और शायद उपेक्षित भी।''

माण्डवी, जो इतनी देर से इस वार्तालाप को चुपचाप सुन रही थीं, अपनी चर्चा होने से कुछ असहज सी हो गईं, शायद कुछ शरमा भी गईं थीं। तभी उर्मिला ने कहा,

''हम सब इतनी देर से अपनी-अपनी पीड़ा की बात कर रही हैं, किन्तु मैं आप सब को कुछ और भी दिखाना चाहती हूँ।''

''क्या?'' सीता ने कहा।

''मेरे साथ आयें,'' उर्मिला ने कहा, तो सीता, माण्डवी और श्रुतकीर्ति उनके साथ हो लीं। लव व कुश भी साथ जाना चाहते थे, किन्तु कौशल्या ने स्नेहपूर्वक उनके हाथ पकड़कर अपने पास बिठा लिया।

बच्चे रुक गये। उर्मिला सबको साथ लेकर महल के पिछले भाग में पड़े खाली स्थान पर पहुँचीं। वहाँ पर एक साधारण सी कुटिया बनी हुई थी, जिसमें कोई दरवाजा नहीं था। सीता ने देखा, कुश की बनी चटाई, एक चौकी और कुछ वस्त्र रखे थे। उन्होंने प्रश्नवाचक दृष्टि से उर्मिला की ओर देखा। उर्मिला ने कहा,

''यह जेठ जी की कुटिया है।''

''उनकी कुटिया?'' सीता ने आश्चर्य से पूछा।

''हाँ, जबसे आप महल छोड़ कर गई हैं, वे इसी में रहते हैं, और यही उनका कुल सामान है।''

सीता के हृदय में बहुत जोर से धक् सा हुआ।

माण्डवी व श्रुतकीर्ति भी यह सुनकर अचम्भित रह गयीं। सीता ने जिस समय अयोध्या छोड़कर महर्षि वाल्मीकि के आश्रम जाने का निश्चय किया था, उन्हें यह अनुमान था कि राम बहुत अधिक अकेलापन महसूस करेंगे क्योंकि वे उनसे बहुत प्रेम करते हैं; किन्तु जो कुछ उनके सामने था, वह उनकी कल्पना से परे था। राम की पीड़ा की अनुभूति उन्हें बहुत गहरे तक झकझोर गयी। उनको स्मरण हो आया, राम बहुधा कहते थे, 'सीते, हमारे सुख-दुःख कभी अलग-अलग नहीं होंगे, उन्हें लगा राम ने जो कहा था उसे जीकर दिखा दिया।

उनकी कुटिया, और उनका मात्र एक चटाई पर सोना देखकर उन्हें अपना सारा दुःख भूल गया। इससे अच्छी तो उनकी, महर्षि वाल्मीकि के आश्रम की कुटी थी। मन संवेदनाओं में डूबा तो देह भी निचुड़ी हुई सी लगी। उन्हें लगा वे खड़ी नहीं रह पायेंगी। सीता ने कुटी की दीवार के सहारे पीठ टिका दी ओर फिर कुछ देर बाद एक कोने में जाकर मुख छिपाकर रो पड़ीं। बहनें उन्हें देख रही थीं। श्रुतकीर्ति उन्हें चुप कराने के लिये बढ़ने लगीं तो उर्मिला और माण्डवी ने उन्हें रोका।

''उनके अन्दर पता नहीं कितनी पीड़ा भरी होगी, थोड़ा रो लेने दो... इससे वह पीड़ा कुछ तो कम होगी ही।'' माण्डवी ने कहा। श्रुतकीर्ति रुक गयीं। कुछ देर रो लेने के बाद सीता कुछ शान्त हुईं तो कोने से हटकर दीवार के सहारे खड़ी हो गयीं। विचारों ने दिशा बदली। उन्हें अपने पिता जनक और उनका स्वभाव याद आया। सीता को वे सदैव एक से भाव में ही दिखे। निर्लिप्त और निर्विकार। इसीलिये वे विदेह कहे जाते थे और उनकी पुत्री होने के कारण सीता भी वैदेही कही जाने लगी थीं।

सीता के नेत्रों के सम्मुख एक बार फिर राम का चित्र आ गया। वैदेही को लगा, उनके पिता राजा जनक की भाँति, राम भी विदेह ही तो हैं। सीता के मन में अपने पति राम के लिए अगाध श्रद्धा भर गई। सब कुछ छोड़कर, दूर जाकर त्यागी और विरागी बनना आसान है; किन्तु सारे वैभवों के मध्य रहते हुए और राजा के दायित्वों का निर्वहन करते हुये, त्याग और वैराग्य का जो प्रतिमान राम ने स्थापित किया था, वह अतुलनीय लगा।

सीता को थकान सी लगने लगी थी। उन्होंने भूमि पर पड़ी चटाई की ओर देखा। राम इसी पर सोते होंगे। वे राम के स्पर्श की अनुभूति की कल्पना से भर उठीं। उनका मन हुआ, वे उस चटाई पर बैठें, और वे उस ओर बढ़ीं, किन्तु फिर ठिठक गयीं।

संभवतः बहनों के वहाँ उपस्थित होने से वे संकोच में पड़ गयी थीं। उनका यह छोटा सा प्रयास उर्मिला की दृष्टि से छिपा नहीं रह सका। उन्होंने सीता की मनःस्थिति का अनुमान किया और उनका संकोच तोड़ने के लिये बोलीं,

''आओ, हम सब थोड़ी देर यहाँ बैठें!'' कहते हुए उर्मिला, कुटी की भूमि पर बैठ गईं। उर्मिला के स्वर से सीता को ध्यान आया कि उसने भी उनके वनवास काल में, लक्ष्मण की अनुपस्थिति में चौदह वर्षों का समय समस्त राजसी वैभवों को त्यागकर साधारण भोजन, वस्त्र और भूमि पर शयन करके ही बिताया था। सीता का मन हुआ कि वे ईश्वर से पूछें कि 'हे विधाता! यह इस रघुवंश की कैसी नियति है?' उर्मिला के आग्रह पर माण्डवी और श्रुतकीर्ति भी वहीं भूमि पर बैठ चुकी थीं; किन्तु जब सीता भी वहाँ बैठने लगीं, तो उर्मिला ने उन्हें रोक दिया, बोलीं,

''नहीं दीदी, आप उस चटाई पर बैठें; आप वहीं शोभा देती हैं।''

सीता चटाई पर बैठ गईं। उन्हें लगा, मानो वे फूलों के आसन पर बैठी हैं। अनायास ही उनके नेत्र बन्द हो गये और उन्हें अपने शरीर का भान नहीं रहा, और पल भर में सीता के नेत्रों के सामने वह दृश्य आ गया, जब उन्होंने राम को पहली बार देखा था।

मन को अचंभित कर देने वाला आकर्षण था। उन्हें याद आया, राम

के नेत्रों में कितनी शालीनता और संकोच था। इसका आभास होते ही, कि सीता उनकी ओर देख रही हैं, उन्होंने अपने नेत्र झुका लिये थे, और वे कहीं और देखने लगे थे। सीता को याद आया, उस दिन शिव-मन्दिर में जाकर पुष्प अर्चना कर गौरी से क्या प्रार्थना की थी; और जब उन्हें लगा था कि माँ गौरी ने उनकी प्रार्थना सुन ली है और उनके अधरों पर मुस्कराहट है तो कैसे एक बारगी उनके शरीर में रोमांच हो आया था।

आज पुनः उस बात के स्मरण से उनके शरीर में रोमांच सा हुआ। उनके नेत्र खुल गये। अब उन्होंने ध्यान दिया कि उस कुटी में एक ओर भगवान शिव और माँ गौरी की स्थापना की हुई है और वे उसी के सामने बैठी हैं। सीता उठीं। कुटी के बाहर कई पौधे थे, जिनमें कुछ फूल खिले हुए थे। सीता बाहर उन फूलों के पास खड़ी होकर उन्हें निहारने लगीं।

''बहुत प्यारे फूल हैं न!'', उर्मिला ने कहा।

''हाँ, बहुत।'' सीता ने कहा, फिर जैसे सहसा कुछ स्मरण हो आया हो, ऐसे अपने आँचल का सिरा लिया, कुछ फूल चुनकर उसमें रखे, कुटी में वापस आईं, गौरा और शिव पर वे पुष्प अर्पित कर प्रणाम की मुद्रा में बैठकर प्रार्थना में खो गयीं।

सीता के साथ-साथ उनकी बहनों ने भी गौरा और शिव को प्रणाम किया। कुछ देर वहीं रुकीं, फिर सीता की प्रार्थना में विघ्न न पड़े, उन्हें थोड़ा एकान्त मिले, सोचकर कुटी से बाहर आकर उनकी प्रतीक्षा करने लगीं। तभी उर्मिला ने माण्डवी और श्रुतकीर्ति से कहा,

''तुमने देखा; पता नहीं इतने फूलों के होते हुए भी दीदी ने मात्र श्वेत पुष्य ही क्यों चुने।

''हाँ, पता नहीं उन्होंने कुछ सोचकर ऐसा किया या अनायास ही ऐसा हो गया।'' उनमें से एक ने कहा।

''नहीं, यह अनायास तो नहीं लगता; उन्होंने रंगीन पुष्य छोड़कर श्वेत चुने हैं।'' उर्मिला ने कहा।

सीता ने प्रार्थना करने के पश्चात नेत्र खोले तो उनके हृदय में बहुत

निर्दोष सी शान्ति थी, जो उनके मुख पर झलक आई थी। उन्होंने देखा, बहनें कुटी के बाहर, उनकी प्रतीक्षा में थीं। सीता बाहर आयीं तो फिर उर्मिला ने धीरे से सीता से पूछ ही लिया।

''दीदी, आपने मात्र सफेद फूल ही क्यों चुने?''

सीता ने होठों को थोड़ा तिरछा करते हुए उर्मिला की ओर देखा, धीरे से कंधे हिलाये और कोई उत्तर नहीं दिया। उर्मिला ने उनकी भाव-भंगिमा देखी। उनका कुतूहल शान्त नहीं हुआ था। उन्होंने फिर कहा,

''दीदी, अपने बताया नहीं!''

सीता ने कुछ पलों के लिये अपने नेत्र बन्द कर लिये, फिर बोलीं,

''रंगों का क्या- श्वेत शान्ति देता है।''

इसके उत्तर में उर्मिला ने कुछ चंचलता से पूछा, 'और माँगा क्या?''

''माँगना क्या है, जो देना होगा देंगे।''

उनके इस उत्तर से सन्नाटा सा पसर गया। थोड़ी देर बाद उर्मिला ने कहा,

''चलें? बच्चे और मातायें हमारी प्रतीक्षा कर रहे होंगे।'' इस स्वर से सीता का ध्यान टूटा तो उन्हें लगा जैसे वे किसी दूसरी दुनिया से वापस आई हैं।

''हाँ, चलें।'' उन्होंने कहा और उठकर खड़ी हो गईं।

सभी बहनें फिर माताओं के कक्ष में आ गईं। कौशल्या, कैकेयी, सुमित्रा सभी, लव और कुश से बातों में लगी हुई थीं।

''कहाँ चली गयी थीं?'' कौशल्या ने सीता से पूछा, फिर स्वयं ही बोलीं,

''सीते, बच्चों को तो मैंने अल्पाहार करा दिया है, तुम भी कुछ खा लो!''

मेरा अभी बिल्कुल भी मन नहीं है माँ, अन्यथा मैं आपके अनुरोध को

टालती नहीं।''

''अच्छा फिर जाओ अपने कक्ष में, जाकर थोड़ा विश्राम कर लो, बच्चे मेरे साथ हिल गये हैं, वे जब तक यहाँ बैठना चाहेंगे, बैठेंगे; उसके बाद मैं, इन्हें तुम्हारे पास भिजवा दूँगी।''

''माँ, ईश्वर को छोड़कर मेरा कुछ भी नहीं है; ये बच्चे भी मेरे पास आप सबकी धरोहर हैं... मैं अब किसी मोह में पड़ना भी नहीं चाहती; किन्तु आप का संकेत जिस कक्ष की ओर है, मैं वहाँ चली जाती हूँ,'' कहकर सीता उठीं और एक परिचारिका के साथ उस कक्ष की ओर चली गईं। कक्ष के द्वार पर उन्हें छोड़कर परिचारिका चली गई।

भीतर जाकर सीता ने पाया कि वहाँ कोई परिवर्तन नहीं था। वर्षों पूर्व वे जैसा, जो कुछ छोड़कर गई थीं, सब कुछ वैसा ही व्यवस्थित और साफ सुथरा था। वे एक बिछावन पर बैठ गईं। सहसा उनकी दृष्टि उस पात्र पर पड़ी, जिसमें वे नित्य कुछ ताजे फूल लाकर रखती थीं। आज भी वह पात्र वहीं था और उसमें ताजे फूलों का एक गुच्छा भी। सीता को विस्मय हुआ। तभी उन्होंने कक्ष के द्वार पर खट्-खट् की ध्वनि सुनी तो कहा,

''कौन है? आ जाओ।''

दो परिचारिकायें अन्दर आईं। सीता ने देखा, दोनों उनकी पुरानी परिचारिकायें ही थीं। उन्होंने पूछा,

''किसी वस्तु की आवश्यकता तो नहीं है?

''नहीं।'' सीता ने कहा, फिर फूलों के पात्र को इंगित कर पूछा,

''यह इस पात्र में ताजे फूलों का गुच्छा कैसे आया? क्या तुममें से किसी को मेरे आने का पूर्वानुमान था?''

''महारानी, यह हमने नहीं रखा; महाराज ने स्वयं लाकर रखा है।''

इतने वर्षों में सीता की 'महारानी' सम्बोधन सुनने की आदत छूट गई थी। आज पुनः यह सम्बोधन कुछ असहज कर गया। उन्हें लगा, अब वे पुनः इस सम्बोधन के मायाजाल में नहीं पड़ना चाहतीं। उन्होंने

परिचारिकाओं को जाने का इशारा किया। वे चली गईं, तो सीता अधलेटी मुद्रा में होकर कुछ सोचने लगीं, तभी कक्ष के द्वार पर पुनः खट्-खट् हुईं।

सीता उठीं और कक्ष के द्वार की ओर उन्मुख हुईं। उन्होंने देखा, माता कौशल्या एक परिचारिका के साथ आई थीं। परिचारिका के हाथ में एक थाल था, जिसमें कुछ मिष्ठान्न और फल थे। सीता, सादर उन्हें लेकर अन्दर आईं, आसन दिया और स्वयं नीचे बैठ गयीं कौशल्या ने परिचारिका को जाने का संकेत किया। वह थाल वहीं रखकर चली गई। कौशल्या ने कहा,

''बेटी!''

''माँ, आप मुझे बुलवा लेतीं, आपने क्यों कष्ट किया! ''सीता ने कहा।

''यह कष्ट नहीं है सीते; मेरा मन था कि मैं कुछ देर तुम्हारे साथ बैठूँ, तुमसे बातें करूँ और इस बीच हमारे और तुम्हारे अतिरिक्त कोई अन्य न हो।''

''यह मेरा सौभाग्य है माँ।''

''सीते, बेटी पहली बात तो यह कि नीचे नहीं, मेरे पास बैठो।''

''मैं यहाँ ठीक हूँ माँ।''

''नहीं, उठो मेरे पास बैठो।''

अब सीता मना नहीं कर सकीं। वे उठकर कौशल्या के पास ही बैठ गईं। कौशल्या ने सीता की पीठ पर हाथ फेरा, उनका मुख सहलाया और फिर उन्हें अपने पास समेट लिया। इस स्नेह से सीता की आँखें भर आईं। कौशल्या ने उनका सिर अपने कंधे पर टिका लिया। अब सीता अपना सिर उनके सीने पर टिका कर रो पड़ीं।

''बेटी'' कहकर कौशल्या उनका सिर सहलाने लगीं और वे स्वयं भी रो पड़ीं। कुछ देर बाद कौशल्या ने अपने को संभाला, सीता के आँसू अपने आँचल से पोंछे और बोलीं,

''बेटी, तुमसे बहुत सी बातें करनी हैं, पर पहले तुम कुछ खा लो।''

''मेरी इच्छा नहीं है माँ।''

''क्यों इच्छा नहीं है? मुझे पता है, सुबह से तुमने कुछ नहीं खाया है।''

इस पर सीता चुप रहीं। कौशल्या ने एक टुकड़ा मिष्ठान्न उठाया और सीता के मुख की ओर बढ़ाया। कहने लगीं,

''अच्छा मुँह खोलो और मेरे हाथ से खा लो।''

इस पर सीता ने उनका हाथ पकड़ लिया और बोलीं,

''ठीक है माँ, मैं खा लूँगी, पर पहले आप कुछ लें।''

''मैं भी ले लूँगी।'' कौशल्या ने कहा।

इसके बाद दोनों ने मिलकर कुछ मिठाइयाँ और फल लिये। अब तक उनके मन थोड़े सहज हो चुके थे। इस अल्पाहार के पश्चात् कौशल्या ने अपने वस्त्र को भिगोकर सीता के मुख को अत्यन्त स्नेह से पोंछ दिया और बोलीं,

''बेटी सीते, तुमने निर्दोष होते हुये भी बहुत दुःख उठाये हैं, और इतने छोटे से जीवन में ही तुम कितना कुछ झेल गई हो; यही हाल राम का है। उसने नेक और सच्चा होते हुए भी संघर्षों को ही जिया है... सारे वैभव होते हुए भी, तुम छोटे-छोटे बच्चों सहित वन में और वह पराक्रमी और इतने बड़े राजा होते हुए भी, साधुओं की भाँति कुटिया में रहता है।''

''माँ, वे कुटिया में रहते हैं, यह सचमुच बहुत कष्टप्रद है।''

''यदि तुम्हें भी ऐसा ही लगता है, तो एक वचन दो बेटी।''

''क्या माँ?'' सीता ने कहा।

''अब तुम लौटकर वन नहीं जाओगी; यहीं रहोगी... फिर राम अवश्य वह कुटी छोड़कर महल में रहने लगेगा, और बच्चे लव और कुश राज-कुमार हैं; वे भी राजकुमारों जैसे रहेंगे; तुम्हारे बिना यहाँ बहुत सूनापन लगता

है।''

"माँ, मेरे यहाँ रहने से क्या वे लोग जो हमारे बारे में तरह-तरह के प्रश्न उठाते हैं, शान्त रह पायेंगें? क्या वे पुनः उसी तरह की क्षुद्र मानसिकता वाले प्रश्न उठाकर आपके पुत्र के तनाव का कारण नहीं बनेंगे?''

"सीते, उस बात को बारह वर्ष से अधिक हो चुके हैं; वे लोग भी उन बातों को अब तक भूल चुके होंगे और हमारे लिये भी उन्हें भूल जाना ही श्रेयस्कर है।''

"माँ, मैं उस बात को ही नहीं, पुराना सब कुछ भूलकर, नये जीवन में प्रवेश कर चुकी हूँ; किन्तु आपके पुत्र को सारे राज्य का और राजधर्म का पालन करना है- उनका कार्य कठिन और दायित्व बहुत अधिक है।

लोगों की मानसिकता मुश्किल से बदलती है; कुछ क्षुद्र प्रकृति के लोग, फिर ऐसी ही बातें कर सकते हैं... इससे रघुकुल नन्दन तनाव में हो सकते हैं; यह अनिष्टकारी होगा।''

"बेटी, मैं राम से भी बात करूँगी, किन्तु तुम अपना निश्चय तो बताओ।''

"माँ, आपकी पीड़ा कितनी गहरी है, मैं समझ सकती हूँ, किन्तु आपसे मेरा बहुत ही विनम्र अनुरोध है कि मेरा मन, जो तरह-तरह के मोह को त्यागकर निस्पृह होने के लिये प्रयत्नशील है, उसे पुनः मोह की ओर लौटने के लिये न कहें।''

"बेटी, मैं ऐसा कुछ भी नहीं चाहती हूँ, जो तुम्हारी इच्छा के विपरीत हो और फिर मोह को छोड़कर निस्पृह होने के प्रयास को मैं ईश्वर की ओर उन्मुख होने का पर्याय समझती हूँ... तुम मुझे राम से कम प्रिय नहीं हो, फिर भी यदि सम्भव हो, तो मेरी बात पर विचार करना,''

इतना कह कर कौशल्या रुकीं और सीता के चेहरे की ओर देखने लगीं। सीता शान्त थीं, किन्तु उनका चेहरा बहुत कुछ कह रहा था। कौशल्या ने उसे पढ़ा, फिर बोलीं

''अच्छा, अब तुम आराम करो; बच्चों की चिन्ता मत करना, वे मेरे पास हैं।'' कहते हुए कौशल्या, भारी मन लिए उठीं और कक्ष से बाहर चली गईं।

कौशल्या को राम से स्वाभाविक ही बहुत स्नेह था। सीता को स्मरण हो आया कि राम के लिये वनगमन का आदेश होने के बाद क्रोधित लक्ष्मण ने राम से, अपने सहयोग से बलपूर्वक अयोध्या के सिंहासन पर अधिकार कर लेने का अनुरोध किया था। तब कौशल्या ने इसका विरोध नहीं किया था, अपितु इसे उनका परोक्ष समर्थन ही था, किन्तु सीधे-सीधे ऐसा आदेश देकर वे राम को धर्मसंकट में नहीं डालना चाहती थीं, अतः उन्होंने इसके लिये राम से अपने विवेक का प्रयोग करने की बात की थी। पुत्र के प्रति इस स्नेह को सीता ने मन ही मन नमन किया।

कौशल्या के जाने के बाद सीता के मन में, राम का चित्र और उनकी कुटिया आ गई, फिर उनकी दृष्टि राम के लाये फूलों पर पड़ी। बहुत ही ढंग से व्यवस्थित किये पुष्प थे। वे भावनाओं के प्रवाह में बह गईं। उन्होंने उस फूलों के गुच्छे को उठाया और उनको धीरे से छुआ, तो एक पल के लिए लगा कि उन्होंने स्वयं श्रीराम के हाथों को छुआ है।

सीता को कुछ थकान सी लगने लगी थी। उन्होंने एक गहरी साँस ली, नेत्र बन्द किये और पलँग पर लेट गयीं। राम के द्वारा उनके आने पर फूलों के पात्र में कुछ नये, ताजे, सुन्दर फूलों का सजाना उनके मन को छू गया था। सीता सोचने लगीं, राम ने अनुमान लगाया होगा कि सीता अपने कक्ष में अवश्य आयेंगी... फिर कब उन्होंने समय निकालकर फूल चुने होंगे, यहाँ आये होंगे और इन पात्रों में फूल लाकर रखे होंगे। किस तरह इतनी व्यस्तता में भी समय निकालकर उन्होंने बिना कुछ बोले अपनी बात कह दी थी। उन्हें लगा कि राम के महल के पिछले भाग में एक साधारण सी कुटिया में रहने के और स्वयं उनके महर्षि वाल्मीकि के आश्रम में बारह वर्ष से अधिक बिताने के बाद भी, उन दोनों के मन में एक दूसरे के लिये लगाव कहीं से भी कम नहीं हुआ है। आज जबसे वे यहाँ आई थीं, तब से पता नहीं क्यों उनके मन के किसी कोने में राम के मन में झाँकने की इच्छा होने लगी थी। यह शायद सहज और स्वाभाविक इच्छा थी। सीता को इसमें कुछ भी

अनुचित नहीं लग रहा था। राम के मन का कुछ परिचय उन्हें राम के कुटी में रहने से मिल गया था, शेष इस फूलों के गुच्छे ने स्पष्ट कर दिया था। उन्हें लगा जैसे इन फूलों की सुगंध उनके प्राणों में भर रही है। एक पल को उन्हें लगा जैसे कोई उनके मन को गुदगुदा गया है।

उनके होठों पर हल्की सी हँसी तैर गयी। फूलों के गुच्छे को उन्होंने सीने पर रख लिया। स्मृतियाँ उन्हें पुनः घेरने लगी थीं। वे इनसे बचना चाहती थीं, पर ऐसा हो नहीं पा रहा था।

त्याग और वैराग्य
ठीक है
अच्छा है, पर
स्वर्णिम सी स्मृतियाँ
फिर भी
मिटती हैं क्या

4. पीड़ाएँ फिर भी हैं

सीता इन फूलों की महक में खोने लगी थीं। तभी उन्हें लगा, कक्ष के द्वार पर खट्-खट् हुई है। वे उठ कर बैठ गईं और आवाज दी,

''कौन है?''

''बेटी, मैं हूँ।

कैकेयी की आवाज थी। सीता जल्दी से उठकर द्वार तक आयीं, बोलीं,

''आइये माँ, किन्तु आपने क्यों कष्ट किया, मुझे बुलवा लिया होता।''

कैकेयी अन्दर आ गईं, किन्तु शान्त रहीं। उन्होंने इस बात का कोई उत्तर नहीं दिया। वे चुपचाप खड़ी थीं। सीता ने कहा,

''माँ, बैठें।''

कैकेयी पलँग पर एक ओर बैठ गईं। सीता ने पुनः आग्रह किया,

''माँ, कृपया आराम से बैठें।''

“मैं ठीक हूँ बेटी, तुम बैठो।”

सीता पास ही बैठकर उनके मुख की ओर देखने लगीं। कैकेयी ने अपना हाथ बढ़ाकर सीता का हाथ, अपने हाथ में ले लिया, बोलीं

“बेटी कैसी हो?”

सीता धीरे से हँसीं; बोलीं,

“मैं ठीक हूँ माँ, पर मुझे आपके चेहरे से लग रहा है कि आपके मन में अवश्य कुछ पीड़ा है।'

“बेटी, तुम कल्पना नहीं कर सकतीं कि राम के साथ तुम्हारे और लक्ष्मण के वन जाने के बाद, मैंने जीवन को किस प्रकार जिया है। कष्ट तो सभी ने उठाये, किन्तु तुमने निर्दोष होते हुये भी जो कुछ सहा है, वह अकल्पनीय है और आज लव व कुश के रूप में हमारी भावी पीढ़ी भी उस त्रासदी को झेल रही है... बेटी आत्मग्लानि मुझे जीने नहीं दे रही है।”

“माँ, आप व्यर्थ ही अपने को इस सब का कारण समझ रहीं हैं; यही हमारा प्रारब्ध रहा होगा, और प्रारब्ध से कौन लड़ सकता है... हम सब निमित्त मात्र ही तो हैं।”

“हो सकता है तुम ठीक कह रही हो सीते, किन्तु नियति ने इसके लिये मुझे ही क्यों निमित्त बनाया? यह प्रश्न मुझे जीने नहीं दे रहा है।”

“माँ, अपने मन को शान्त कीजिये; अगर मैंने कुछ दुःख झेले हैं तो इसके लिये मैं नियति के अतिरिक्त, किसी को दोषी नहीं मानती।”

“बेटी मैं समझती हूँ... मन को समझाने के लिये इस तर्क का सहारा लिया जा सकता है।”

“माँ, यह केवल मन समझाने का तर्क नहीं है, पर हाँ, मैं आपकी पीड़ा समझ सकती हूँ... जिस पति के जीवन की आपने दो बार अपनी जान पर खेल कर रक्षा की, उसकी मृत्यु के लिये परोक्ष रूप से लोग आप को ही दोषी मानते हैं। इससे बढ़कर पीड़ा और क्या हो सकती है... फिर आपने तो भरत जैसा पुत्र भी खो दिया है- यह पीड़ा छोटी नहीं है।”

इन शब्दों से, कैकेयी की आँखों से आँसुओं की धार बह निकली। उनका गला हिचकियों से रुँध गया, वे रो पड़ीं। सीता अवाक् हो गईं। उन्होंने कैकेयी का सिर अपने कन्धे पर टिका लिया। किसी के पास कुछ भी बोलने के लिये नहीं था। सीता ने अपने नेत्र बन्द कर लिये और कैकेयी के जीवन के कुछ अंश उनके मन में घूम गये।

* * *

कैकेयी, भोग-विलास को ही सब कुछ न मानने वाली, महान विदुषी, कूटनीति में निपुण, वीरता से भरी हुई, और शत्रुओं से मोर्चा लेने वाली थीं। उनमें बड़प्पन और सद्विचारों की कमी नहीं थी। वे कैकेय नरेश राजा अग्निजित की पुत्री थीं और उनके विवाह के समय ही महाराज दशरथ ने कैकेय नरेश को वचन दिया था कि कैकेयी का पुत्र ही अयोध्या के राजसिंहासन का उत्तराधिकारी बनेगा। जिस समय महाराज दशरथ ने राम के राजतिलक की घोषणा की, भरत अपने नाना के पास ही थे।

इस प्रकार उनकी अनुपस्थिति में राम का राजतिलक, कैकेय नरेश को रघुकुल पर सन्देह का अवसर प्रदान करता, और दोनों राज्यों में सम्बन्ध बिगड़ सकते थे। कैकेयी, दशरथ के आग्रह के अनुसार, केवल भरत के राजतिलक का एक ही वर माँगकर सन्तोष कर सकती थीं, किन्तु वे राम के चौदह वर्ष के सुदूर दक्षिण में दण्डकवन में वनवास के लिये भी अड़ गई थीं।

क्यों हुआ ऐसा? क्या राम को भरत से अधिक प्रेम करने वाली कैकेयी, इतने कठोर हृदय की थीं कि उन्होंने दशरथ की मर्मान्तक पीड़ा को भी महत्त्व नहीं दिया, या इसके पीछे महाराज दशरथ को दिया गया, श्रवण कुमार के माता-पिता का श्राप भी कार्य कर रहा था, जिसने कैकेयी को इतना कठोर बना दिया था।

वनवास से लौटने के बाद, सीता को, कैकेयी के द्वारा राम को चौदह

वर्ष के लम्बे वनवास और दण्डकवन भेजने का कारण बहुत कुछ स्पष्ट हो गया था।

रावण अपने राज्य की सीमाओं का विस्तार कर रहा था। दण्डक वन, उसका उपनिवेश और उसकी बहन सुपर्णखा का क्रीड़ास्थल सा बन चुका था। उनका दमन आवश्यक था। राम और सीता के वनवास के तेरह वर्ष लगभग बिना किसी विशेष घटना और विघ्न बाधा के पार हो गये थे। यह उनके वनवास का अन्तिम समय ही था, जब सुपर्णखा का प्रकरण, सीता का अपहरण और रावण वध हुआ, और इसके साथ ही चौदह वर्ष का समय भी पूरा हो गया। यदि यह वनवास चौदह वर्ष से कम का होता तो रावण का विनाश नहीं हो पाता, और यदि यह चौदह वर्ष से अधिक का होता तो वह व्यर्थ होता। रावण के वध के पश्चात, राम, वनवास पूरा कर अयोध्या आ गये थे और एक दिन भी कम या अधिक नहीं; यह ठीक चौदह वर्ष का का समय था।

सीता को लगा, क्या माँ कैकेयी ने किसी अतीन्द्रिय शक्ति से प्रेरित होकर चौदह वर्ष का वनवास माँगा था? सीता को स्मरण हो आया, जब एक बार उन्होंने राम से पूछा था, कि अगर रावण का विनाश कैकेयी का मन्तव्य था तो क्यों था? क्या केवल इस कारण कि वह अपने राज्य की सीमाओं का विस्तार करता हुआ, भारत के दक्षिण में आ चुका था और कभी भी अयोध्या के साम्राज्य के लिये चुनौती खड़ी कर सकता था, या इसके पीछे कुछ और कारण भी थे।

राम ने बताया था, कि मन्दोदरी की छोटी बहन के प्रति असुरपति तिमिध्वज शम्बर, जिसके ध्वज पर ह्वेल मछली का चिन्ह हुआ करता था, से एक बार राजा दशरथ का युद्ध हुआ था। उस युद्ध में कैकेयी ने रथ चलाने वाले सारथी के रूप में, दशरथ का रथ चलाकर उनका साथ दिया था। शम्बर ने दशरथ के रथ को बुरी तरह क्षतिग्रस्त कर दिया था और उसका एक पहिया निकलने वाला था, जिससे दशरथ विरथ हो जाते और शम्बर बहुत आसानी से उनका वध करने में सक्षम हो जाता।

दशरथ स्वयं भी व्याकुल हो उठे थे। उस समय कैकेयी एक हाथ से रथ का पहिया संभालते हुए, रथ हाँकती रहीं, और अद्भुत कौशल का

परिचय देते हुये उन्हें युद्ध- स्थल से निकाल ले गई थीं।

निश्चित ही, शम्बर का साढू रावण, जब अपनी शक्ति और साम्राज्य बढ़ाते हुए भारत के दक्षिण तक आ पहुँचा, तब राजकाज में निपुण, कूटनीतिज्ञ और दूर-द्रष्टा कैकेयी का चिन्तित होना स्वाभाविक था, और उसके वध के लिये राम से अधिक उपयुक्त कौन हो सकता था।

सीता ने यह भी सुन रखा था कि एक बार दशरथ, एक ऐसी शारीरिक व्याधि से पीड़ित हो गये थे, जिसमें उनका जीवित बचना कठिन था; साथ ही उनके साथ रहकर उनकी सेवा करने वाले को भी वह भयंकर व्याधि ग्रस सकती थी। तब एक मात्र कैकेयी ही ऐसी थीं, जिन्होंने दशरथ के रोगमुक्त होने तक, अपने जीवन को खतरे में डालकर उनकी सेवा कर, उनके प्राण बचाये थे।

वे सोचने लगीं, यह विधि की विडम्बना ही तो है कि दो-दो बार अपने जीवन पर खेलकर अपने पति के प्राण बचाने वाली स्त्री पर पति की मृत्यु का कारण बनने का आरोप लगा।

उन्हें ध्यान आया, भरत ने राम के वनवास पर जाने के बाद से कैकेयी को कभी माँ कहकर सम्बोधित नहीं किया था। स्वयं राम के आग्रह पर भी उन्होंने सविनय क्षमा माँग ली थी, पर कैकेयी को माँ नहीं कहा।

आज कैकेयी को इस रूप में पाकर, सीता का मन भी रो उठा। जिन्होंने दो-दो बार अपने प्राणों पर खेलकर अयोध्यापति दशरथ की प्राणरक्षा की, जिन्हें यह सम्मान प्राप्त था कि दशरथ का मुकुट सदैव उनके महल में ही रखा जाता था, जो अयोध्या के साम्राज्य के लिये सबसे बड़े खतरे के रूप में उभरते कदाचारी रावण के विनाश का कारण बनीं, जिन्होंने अपने सगे बेटे से अधिक राम को स्नेह दिया और परोक्ष रूप से उनके साम्राज्य को अखण्ड किया, उन कैकेयी को, कभी न मिटने वाले अपयश का भागी बनना पड़ा।

जो पुरुषों से अधिक शौर्यवान, अति सुन्दर और महान विदुषी थीं, उन्होंने क्या पाया? पति तो खोया ही, पुत्र भी लगभग खो ही दिया, और पाये बहुत से लांछन। सीता ने कैकेयी का सिर अपने कन्धे से उठाया। आँसू

उनके चेहरे पर सूख चुके थे। सीता ने अपने आँचल से उनके चेहरे को हलके-हलके साफ किया, फिर कहा,

''माँ, आप केवल बहुत वीर रमणी ही नहीं रहीं, पतिव्रता, कर्तव्यनिष्ठ और दूरद्रष्टा भी रही हैं, और इस सब के बदले में कितना विष आज तक आपने अकेले ही पिया है। आप आत्मग्लानि का भाव त्याग दीजिये! आपने जो भी किया रघुवंश के भले के लिये ही किया है; यदि आप नहीं होतीं तो राम, राम नहीं होते। हमारे मन में आपके लिये आदर के सिवा कुछ नहीं है, फिर आपकी आँखों में आँसू क्यों ?''

''बेटी, पहले पश्चाताप के आँसू थे, फिर तुम्हें सीने से लगा पाने की खुशी के... किन्तु तुमसे बात करके मेरा मन आज बहुत हलका हो गया है। ईश्वर तुम्हारे ऊपर सदैव कृपालु रहें।' कहते हुए कैकेयी ने एक बार पुनः सीता को सीने से लगाया और चलने का उपक्रम करने लगीं।

''माँ, मुझे भी आपका आना और पास बैठना बहुत अच्छा लगा, थोड़ी देर और बैठिये न!'' सीता ने कहा।

कैकेयी पुनः बैठ गईं। तभी उनकी दृष्टि सीता के पास रखे हुये फूलों के उस गुच्छे पर पड़ी और पल भर में उन्हें बहुत कुछ समझ में आ गया। उन्होंने कहा।

''बेटी ,तुम दोनों में बहुत प्रेम है, फिर भी तुम अलग-अलग क्यों रहते हो? मुझसे तुम लोगों का वैराग्य-पूर्वक अलग-अलग रहना देखा नहीं जाता। मेरा एक आग्रह मान लो; अब तुम पुनः यह घर छोड़कर मत जाना।''

सीता ने इसका कोई उत्तर नहीं दिया। वे चुप हो गईं। कैकेयी ने उठते हुए सीता का हाथ पकड़ा और बोलीं,

''अच्छा बेटी, मैं चलूँ?'' सीता उनके पैरों को देखती रहीं।

वो विश्वास भरे पग
जो हर कदम साथ थे

काँटों से भर गये
खून से लाल हो गये
टीस भरा मन
पीड़ा का पर्याय हो गया।

उनके जाने के बाद सीता पुनः हाथ में उन्हीं फूलों को लेकर लेट गईं, और शायद उन्हें नींद आ गई।

5. स्वप्न जगे तो

सीता अपने माता-पिता की बड़ी और दुलारी बेटी थीं। छोटी बहन उर्मिला। उनकी छोटी बहन होने के साथ-साथ बहुत प्यारी सखी थीं। उनके महल के परिसर के पास एक बहुत सुन्दर और विशाल उपवन था। विभिन्न पेड़ पौधों से भरे इस उपवन में एक छोटा सा सरोवर और भगवान शिव और पार्वती का मन्दिर था।

सीता, बहुधा नित्य सायंकाल उर्मिला और अपनी सखियों के साथ यहाँ आती थीं, अतः उस समय उस जगह पर पुरुषों का आना वर्जित था। मन्दिर में जाकर पूजा करना और फिर कुछ देर सरोवर के पास बैठकर सखियों से बातें करना उन्हें प्रिय था। उनके स्वयंवर की तिथि और उसके लिये प्रतिबन्ध उनके पिता राजा जनक निर्धारित कर चुके थे। उसमें मात्र एक दिन शेष था। शाम हो चुकी थी। सीता अपनी सखियों के साथ उपवन में आईं।

दो अनजान युवक सरोवर के पास खड़े थे। सीता को आश्चर्य भी हुआ और कौतूहल भी। वे स्वयं वहीं रुक गईं और एक सखी को उनके सम्बन्ध में जानकारी करने भेजा। थोड़ी देर में उन युवकों से बात करने के

बाद वह सखी लौट आई। उसने बताया कि वे अयोध्या-नरेश दशरथ के पुत्र थे और नगर देखने निकले, तो उपवन की शोभा से आकर्षित होकर अन्दर आ गए। उन्हें पता नहीं था कि अन्दर आना वर्जित है। वे अपनी भूल का पता लगते ही क्षमा-याचना सहित लौटने के लिए उद्यत थे, किन्तु वह उन्हें यह कहकर रोक आई थी कि वह राजकुमारी से पूछकर आती है, उसके बाद ही वे कोई निर्णय करें। बड़े और श्यामवर्ण के राजकुमार का नाम राम और छोटे, गौरवर्ण वाले उनके अनुज लक्ष्मण हैं।

सीता ने राजा दशरथ की कीर्ति सुन रखी थी। वे राजा दशरथ के पुत्र हैं, यह जानकर सीता आश्वस्त हुईं... उन्होंने कहा,

''उनसे जाकर कह दो कि वे कुछ देर तक यहाँ रुक सकते हैं।'' फिर सहसा जैसे स्मरण हो आया हो। उन्होंने पूछा,

''क्या तुमने, उनसे इस नगर में आने का कारण भी पूछा?''

''जी, वे कल होने वाले स्वयंवर को देखने आये हैं।''

उत्तर सुनकर सीता सकुचा गईं। बरबस उनकी दृष्टि उन राजकुमारों की ओर उठ गई, उन्होंने देखा गौरवर्ण का राजकुमार बहुत सुन्दर था, किन्तु सीता के मन को श्यामवर्ण के राम अद्वितीय लगे। वे उनके मुख की ओर देख ही रही थीं कि सहसा राम ने भी उनकी ओर देखा। पल भर के लिए दृष्टि टकराई और सीता को ऐसा लगा जैसे बिजली सी कौंध गई हो। अद्भुत तेज से भरी हुई निष्पाप आँखें थीं।

सीता को रोमांच सा हो आया। उन्हें लगा, ऐसे नेत्र उन्होंने शायद कभी नहीं देखे थे। उन नेत्रों की चमक उनके हृदय में उतर गई, वे अपने को रोक न सकीं। उन्होंने पुनः पलकें उठाईं और उन अद्भुत आभा वाले नेत्रों के स्वामी पर दृष्टि डाली। इस बार नेत्र नहीं मिले। राम ने सकुचाकर दृष्टि हटा ली थी। इसने सीता को राम के सम्पूर्ण व्यक्तित्व पर दृष्टि डालने का अवसर दिया।

पीले वस्त्र, श्याम रंग, सुगठित शरीर, स्वाभाविक तने हुए सीने पर गजमुक्ता की माला, काले और कुछ घुँघराले केश, मस्तक पर चन्दन का

टीका और चेहरे पर तेज। वे उन्हें पुरुषोचित सौन्दर्य के मूर्तिमान प्रतीक लगे। कुछ क्षणों के लिये सीता कुछ खो सी गईं, फिर एक सखी की हल्की सी हँसी से उनका ध्यान टूटा। उन्होंने देखा, सभी सखियों के मुख पर हँसी खेल रही थी। वे समझ गईं कि उन सबने उनकी चोरी पकड़ ली है। वे शरमाईं और तेजी से मन्दिर की ओर बढ़ने लगीं। एक सखी, जो अधिक चंचल थी, बोली,

"इतनी तेज चलोगी जनकलली?"

सीता ने इसमें छिपे हुए परिहास को समझा, बोलीं,

"नहीं, तुझे साथ ही रखूँगी।"

सीता के इस उत्तर से, सभी में हँसी की एक लहर सी दौड़ गई। हँसी की यह खनखनाहट राम तक भी पहुँची और बरबस उनकी दृष्टि उस ओर चली गई। सीता अपनी सखियों के साथ मन्दिर के पास तक पहुँच चुकी थीं। मन्दिर की सीढ़ियाँ चढ़ते-चढ़ते, उन्होंने मुड़कर देखा, तो दृष्टि एक बार पुनः टकरा गई। राम इसी ओर देख रहे थे। दृष्टि मिलते ही सीढ़ियों पर चढ़तीं सीता, हल्के से लड़खड़ाईं, फिर सँभल गईं। राम ठगे से थे। सहसा उनकी दृष्टि लक्ष्मण की ओर गई। उनके होठों पर हल्की सी मुस्कान तैर रही थी, जिसे देखकर राम कुछ शरमा से गए, फिर लक्ष्मण का हाथ थाम कर बोले,

"चलो वापस चलते हैं, ऋषिवर हमारी प्रतीक्षा कर रहे होंगे।"

"जैसी आज्ञा।" कहकर लक्ष्मण दूर से ही मन्दिर को प्रणाम कर भाई के साथ वापस चल दिये। सीता, मन्दिर की सीढ़ियाँ चढ़कर मन्दिर के द्वार तक पहुँच चुकी थीं। भीतर प्रवेश करने लगीं तो एक सखी ने उन्हें लक्ष्य कर कहा,

"दर्शन तो हो ही चुके हैं!"

सीता के चेहरे पर लालिमा दौड़ गई। उन्होंने बनावटी गुस्से से उसे घूरा, तो सभी फिर हँस पड़ीं। उसने फिर कहा,

"आज हम सबको भी मन्दिर में माँ से कुछ माँगना है।"

सीता ने चुपचाप सुना। बोलीं कुछ नहीं। सिर झुका लिया, किन्तु मुस्कराहट उनके अधरों पर भी तैर गई।

''सीते, पूछोगी नहीं, हम सब क्या माँगने वाली हैं!'' उसने पुनः कहा।

''नहीं।''

''चलो, मैं स्वयं ही बता देती हूँ।''

''नहीं रहने दो।''

''क्यों, सुन तो लो।''

''नहीं, क्या करना है सुनकर।''

तब एक दूसरी सखी, पहली वाली को इंगित कर बोली।

''सीते, सुन लो, अन्यथा इसके पेट में पीड़ा हो जायेगी।''

''होने दो, अच्छा है।''

इस पर पहली वाली, दोनों हाथ ऊपर करके बोली।

''भई, मुझे तो बताना है, कोई सुने या न सुने।'' फिर उसने कहा,

''हमें माँगना है कि माँ, कल स्वयंवर में उस श्यामवर्ण के अयोध्या के राजकुमार के अतिरिक्त और कोई उस शिव-धनुष को हिला भी न पाये।''

सभी सखियाँ एक साथ बोलीं,-''हाँ, सचमुच! हमें देवी माँ से आज यही माँगना है।''

सीता ने अपने बायें हाथ की मुट्ठी से उस सखी की पीठ पर हल्के से मारा और हँसते हुए मन्दिर में प्रवेश कर गईं। शिव और पार्वती के चरणों में पुष्प अर्पित किये। विधिवत् पूजा की; किन्तु जब अर्चना करने के लिये हाथ जोड़े तो वे समझ नहीं पा रही थीं कि क्या कहें, और किन शब्दों में कहें। उस प्रथम दृष्टि के आकर्षण ने ही उन्हें पल भर के लिये शब्द विहीन कर दिया था। वे मात्र ईश्वर का ध्यान करते हुये ठगी सी खड़ी रह गईं। सहसा उन्हें लगा, पार्वती जी मुस्कराते हुये कुछ कह रही हैं।

उन्होंने नेत्र खोले और पार्वती जी की मूर्ति के मुख की ओर देखा। उन्हें लगा, वह मूर्ति सचमुच मुस्कराकर उन्हें देख रही है। वे अपना सिर उनके चरणों पर रखकर उठीं, तो उनके हृदय में संगीत, चेहरे पर चमक और मन में खुशी थी। सब कुछ पा लेने जैसा भाव लिये हुए वे मन्दिर से बाहर आईं, तो दृष्टि पुनः उस ओर उठ गई, जिधर राम और लक्ष्मण खड़े थे। किन्तु वे वहाँ नहीं थे। हृदय में कुछ धक् सा हुआ, फिर लगा, जैसे वे किसी पुण्य लोक से वापस आ गई हैं। सखियों की ओर देखा तो वे सभी हँस पड़ीं। उसी चंचल सखी ने कहा,

''हमें भूल ही गई थीं जनकलली; यह तो चलो ठीक है, पर माता पार्वती से तो सब कुछ माँग लिया, उसमें तो कुछ नहीं भूलीं?''

सीता ने उसका हाथ पकड़कर कहा,- ''चल, लेकिन आजकल तू बोलने बहुत लगी है।''

''क्यों, मैंने कुछ गलत कहा क्या?''

''नहीं, बहुत सही कहा... अब चल।''

बेला और रजनीगन्धा के फूल
हवा महकी-महकी सी
और रोशनी की किरणों के
झुण्ड हृदय में
फिर फिर मन
उपवन-उपवन
सा हो जाता है

*   *   *

सीता, सखियों सहित लौटकर महल में आईं, तो माँ प्रतीक्षा करती मिलीं। बोलीं,

''बहुत देर लगा दी बेटी; स्त्रियाँ तुम्हारी राह देख रही हैं... अभी बहुत

सी रस्में बाकी हैं; जाओ जल्दी-जल्दी सब पूरी करवा लो, कल तुम्हारा स्वयंवर है न।''

''जी माँ।'' कहकर सीता आगे बढ़ीं तो वही चंचल सखी सीता के पास आकर धीरे से बोली,

''कल जरा कम सजना, ऐसे ही उस साँवले राजकुमार की दृष्टि तुझसे हट ही नहीं रही थी।''

सीता का चेहरा इस बात को सुनकर लाल हो गया,

''बन्द कर बक-बक,'' कहते हुए उन्होंने उसे हल्के से ढकेल सा दिया।

सारी रस्में पूरी होते-होते रात्रि हो गई। सीता को बहुत थकान सी लग रही थी, किन्तु वे बैठी हुई थीं। माँ ने उन्हें देखा तो बोलीं,

''सो जाओ जाकर; यहाँ तो रात भर कुछ न कुछ कार्यक्रम चलते ही रहेंगे।''

सीता, माँ की आज्ञा पाकर उठीं और अपने शयनकक्ष में आ गईं। कुछ स्त्रियाँ झुण्ड में बैठकर गीत गा रही थीं। उनकी आवाजें सीता के कक्ष तक आ रही थीं। सीता, शैय्या पर लेटकर वे गीत सुनने लगीं। तभी उन्हें अपने स्वयंवर के लिये रखी, अपने पिता की शर्त याद आ गई।

शिव का वह धनुष बहुत विशाल और भारी था, और छह पहियों वाले एक बक्से में रखा रहता था, फिर भी कई लोग मिलकर ही उसे खिसका पाते थे। सीता ने सुन रखा था, कि सती के पिता राजा दक्ष ने यज्ञ किया था, जिसमें उन्होंने शिव को नहीं बुलाया था। पिता का घर सोचकर, सती बिना बुलाये वहाँ चली गईं थीं, किन्तु उन्हें आशा थी कि उनके पिता न केवल उनसे शिव के न आने का कारण पूछेंगे अपितु उनके न आने का उलाहना भी देंगे; लेकिन दक्ष ने घर आयी बेटी का स्वागत तो किया पर शिव की चर्चा भी नहीं की।

सती को शिव की यह उपेक्षा बहुत खली, किन्तु उन्होंने सोचा, संभवतः यज्ञ की व्यतताओं के कारण ऐसा हुआ होगा, पर इन व्यस्तताओं

के बाद पिता उन्हें शिव के न आने का उलाहना अवश्य देंगे।

यज्ञ प्रारम्भ हुआ तो प्रथा के अनुसार सभी देवताओं के भाग निकाले जाने लगे। सती को आशा थी कि शिव तो उनके पिता के दामाद हैं, उनका नाम प्रारम्भ में ही आयेगा। वे अन्त तक प्रतीक्षा करती रहीं, किन्तु देवताओं की उस सूची में शिव का नाम आया ही नहीं।

पति की इस उपेक्षा पर सती आश्चर्य, पीड़ा और क्रोध से भर उठीं। उनका यह भाव तब और अधिक तीव्र हो गया, जब यज्ञ सम्पन्न करा रहे ऋषियों में से एक ने दक्ष को धीरे से शिव का नाम छूट जाने का स्मरण कराया, और दक्ष ने ऋषि से इसकी उपेक्षा कर उन्हें शान्त रहने का संकेत किया।

सती ने यह देख लिया। अब वे निश्चित रूप से जान गयीं कि उनके पिता द्वारा शिव की उपेक्षा भूल से नहीं अपितु जानबूझकर की जा रही है। उन्हें शिव की बात स्मरण हो आयी। उन्होंने सती को यहाँ आने से रोकते हुए कहा था कि उन्हें बिना बुलाये वहाँ नहीं जाना चाहिये।

वे शिव का यह अपमान नहीं सह सकीं। यहाँ आने की अपनी भूल पर उन्हें बहुत क्षोभ हुआ। वे अपने स्थान पर खड़ी हो गयीं। कुछ पलों के लिये चारों ओर देखा, और फिर लोग कुछ समझ पाते इसके पूर्व ही बहुत तेजी से आगे बढ़ीं और यज्ञ की अग्नि में कूद गयीं।

उनके ऐसा करते ही वहाँ हाहाकार मच गया। लोगों ने बहुत प्रयास कर वह अग्नि तो बुझा दी, किन्तु सती न बच सकीं। यह समाचार शिव तक शीघ्र ही पहुँच गया। वे अत्यधिक पीड़ा और क्रोध से भरे हुए वहाँ पहुँचे। दक्ष उनका प्रथम कोप-भाजन बने। इसके बाद उन्होंने यज्ञ का विध्वंस कर डाला और सती के शव को कन्धे पर ही लादकर निकल पड़े।

उसके बाद उन्होंने क्या किया और वे कैसे शान्त हुए यह एक अलग कथा है, किन्तु उन्होंने शान्त होने पर अपना धनुष भी देवताओं को दे दिया, जो देवताओं के द्वारा सीता के पिता जनक के पूर्वज निमि के पुत्र महाराज देवरात के पास धरोहर के रूप में रखवाया गया था। तभी से यह धनुष सीता के परिवार में था।

एक बार, मात्र सात वर्ष की अवस्था में सीता ने किसी कारणवश वह धनुष हटाया, तो सीता की शक्ति देखकर उनके पिता ने यह कहा था कि वे सीता का विवाह उसी युवक से करेंगे, जो इस धनुष पर प्रत्यंचा चढ़ा सकेगा... और यहीं पर राम का चेहरा सीता के सम्मुख आ गया। सुगठित देहयष्टि, तेजपूर्ण चेहरा, चमकते नेत्र और वीरता के प्रतीक लगते राम, क्या विशाल धनुष पर प्रत्यंचा चढ़ा सकेंगे?

उन्हें लगा, उनके पिता ने कुछ अधिक ही कठिन शर्त रख दी है। उन्हें यह भी समझ में नहीं आ रहा था कि यदि किसी अन्य राजा या राजकुमार ने राम के प्रयास करने से पूर्व ही उस धनुष पर प्रत्यंचा चढ़ा दी तो क्या होगा? क्या उन्हें उसी से विवाह करना पड़ेगा?

वे मन ही मन प्रार्थना करने लगीं कि राम और केवल राम ही इस कठिन शर्त को पूरा करने में सफल हों। प्रार्थना करते-करते उन्हें स्मरण हो आया कि उनकी इस कामना पर मन्दिर में पार्वती की मूर्ति मुस्कराती और आशीर्वाद देती हुई लगी थी।

रात्रि अधिक हो चुकी थी। महल से आने वाले लोगों के चलने-फिरने, बातें करने और स्त्रियों द्वारा किये जाने वाले गायन की आवाजें धीरे-धीरे कम होती जा रही थीं, किन्तु सीता की आँखों से नींद बहुत दूर थी। उन्हें आश्चर्य हो रहा था कि नींद क्यों नहीं आ रही है। ऐसा अनुभव उन्हें पहली बार हो रहा था। मन अशान्त तो नहीं था, पर शान्त भी नहीं था।

वे उठीं। बिस्तर पर बैठ गईं। हाथ जोड़े और ईश्वर का ध्यान करने का निश्चय किया; तभी उन्हें ध्यान आया कि शिव को पाने के लिये माँ पार्वती ने कितना अधिक तप किया था। क्या उनका मन भी कहीं इसी प्रकार के तप के लिये तैयार है? वे मन ही मन स्तुतियों में डूब गईं।

अपना शशि
अपने हाथों में
पाने की कामना लिये
गौरा की, शिव की
स्तुतियों में डूबा मन

कुछ देर बाद शरीर का भान समाप्त हो गया। कुछ समय ऐसे ही बीता फिर नेत्र खुल गये। उन्होंने हल्के से, हाथों को अपने मुख पर फिराया और लेट गयीं।

*   *   *

सीता को अपनी बहनों उर्मिला, माण्डवी और श्रुतकीर्ति का ध्यान आया। उर्मिला उनकी सगी बहन, और माण्डवी तथा श्रुतकीर्ति उनके पिता के छोटे भाई और सांकाश्य के राजा कुशध्वज की बेटियाँ थीं। सांकाश्य नगर के राजा सुधन्वा ने एक बार जनक की मिथिलानगरी को घेर लिया था और उनसे शिव-धनुष और सीता की माँग की थी।

भयंकर युद्ध हुआ और सांकाश्य का राजा सुधन्वा मारा गया। जनक ने वह राज्य अपने छोटे भाई कुशध्वज को दे दिया। कुशध्वज, सांकाश्य में रहने चले गये, तो माण्डवी और श्रुतकीर्ति भी उन्हीं के साथ चली गईं। तब से उर्मिला उनकी छोटी बहन ही नहीं, सब से प्रिय सखी भी थीं।

सीता ने स्वयं अपने जन्म के बारे में सुन रखा था कि जब उनके पिता, यज्ञ के लिये भूमिशोधन करते समय हल चला रहे थे, तभी हल के अग्रभाग से भूमि पर खिंची रेखा से एक कन्या प्रकट हुई। चूँकि इस तरह की रेखा को सीता भी कहते हैं, अतः उन्हें भी सीता नाम दिया गया। बचपन में तो वे कुछ समझती नहीं थीं, किन्तु थोड़ा बड़े होने पर यह बात उन्हें बहुत अद्भुत लगने लगी, इसलिये उन्होंने एक दिन अपनी माँ से पूछा था,

''माँ क्या मैं आपकी कोख से नहीं, धरती से पैदा हुई थी?''

इस प्रश्न पर माँ कुछ देर तक उनका मुख देखती रहीं, फिर हाथ पकड़कर उन्हें अपने पास खींचकर गोद में बिठाया और बोलीं,

''किसी भ्रम में मत रहो बेटी; मैं ही तुम्हारी माँ हूँ; हर स्त्री धरती ही तो

होती है।''

''कैसे माँ? क्या आप धरती हैं?'' सीता ने पूछा था।

''स्त्री, धरती कैसे होती है, यह तुम बड़ी होकर स्वयं समझ जाओगी।''

''फिर पिताश्री के हल चलाने वाली बात भी क्या मिथ्या है?''

''वह भी मिथ्या नहीं है... इस समाज को चलाने में पुरुषों की अपनी भूमिका होती है; वह वही कर रहे थे।''

''माँ, मेरी कुछ समझ में नहीं आ रहा, आप क्या कह रही हैं?''

''मैंने कहा न बेटी, बड़े होने पर तुम्हें स्वयं ही सब समझ में आ जायेगा।''

आज फिर सीता का मन हो रहा था कि वे माँ से पूछें कि 'माँ क्या धरती भी सपने देखती है? क्या धरती को सपने देखने चाहिये?' आज उनकी आँखें क्यों सपने देखने में लगी हुई हैं?

अचानक सीता को कुछ आहट सी लगी। उन्होंने आवाज दी,

''कौन?''

''मैं,'' उत्तर आया। यह उर्मिला की आवाज थी।

''आओ, बहुत अच्छा किया तुम आ गईं, किन्तु इतनी रात तक तुम सोई क्यों नहीं?''

''वैसे ही... पता नहीं क्यों नींद नहीं आ रही थी; मैंने सोचा देखें आप जाग रही हैं या सो गईं।''

''उर्मिला, पता नहीं क्यों, मुझे भी आज नींद नहीं आ रही है।''

''मैं समझ सकती हूँ दीदी, नींद आपके पास क्यों नहीं आ रही है।''

''अच्छा! बड़ी ज्ञानी हो गई है।''

''ज्ञानी नहीं हूँ, किन्तु आपको नींद न आने का कारण बता सकती

हूँ।''

''बता,'' सीता ने कहा।

''स्वयंवर में थोड़ा सा ही समय बचा है, इसलिये रात भर जागकर ईश्वर से प्रार्थना करनी है कि शिवधनुष, वे साँवले राजकुमार दशरथनन्दन राम ही उठा सकें और कोई नहीं,'' उर्मिला ने कहा।

''प्रार्थना तो रात भर जागकर तुझे भी यही करनी है, उर्मिला।''

''क्यों, मुझे क्या मिलना है?''

''मैं बताती हूँ, तुझे क्या मिलना है... वह छोटा और गौरवर्ण राजकुमार किसी से कम नहीं है; यदि राम ने धनुष पर प्रत्यंचा चढ़ा ली, तो मेरा विवाह होने के बाद, पिताश्री तुझे उसी छोटे राजकुमार से ब्याहने पर विचार करेंगे और राम के द्वारा धनुष पर प्रत्यंचा चढ़ाये बिना यह सम्भव नहीं लगता।''

''दीदी...,'' उर्मिला ने कहा।

''अच्छा उर्मिला, एक बात बता।''

''क्या!''

''एक बार बचपन में माँ ने मुझसे कहा था कि स्त्री धरती होती है; फिर यह भी कहा था कि मैं बड़ी होकर इसका अर्थ समझूँगी। उनकी यह बात मुझे याद है, और आज इस बात का अर्थ कुछ-कुछ समझ में भी आ रहा है, पर एक दूसरा प्रश्न भी मन में उठ रहा है।''

''वह क्या?'' उर्मिला ने पूछा।

''उर्मिला, क्या धरती सपने भी देखती है, और क्या धरती को सपने देखने चाहिये?''

''दीदी, मैं समझती हूँ धरती को सपने देखने चाहिये... धरती सपने देखती है, इसीलिये तो यह प्रकृति है।''

उर्मिला के इस उत्तर पर सीता मौन हो गईं, पर उनके मन में बहुत

कुछ चल रहा था। तभी उर्मिला ने सीता का मौन देखकर परिहास से कहा,

''दीदी, मुझे लगता है, धरती, आसमान के सपनों में खोई हुई है।''

उर्मिला की इस बात पर सीता जोर से हँस पड़ीं। अपनी जगह से उठीं, उर्मिला के पास आकर उनके कन्धे को हाथ से ठेलकर बोलीं,

''हे महाज्ञानी, अब जा, तू भी सो और सपने देख।''

''ठीक है, मैं जाती हूँ; सोऊँगी और सपने देखूँगी, किन्तु आप भी थोड़ी देर सो लें... ईश्वर आपकी मनोकामना पूरी करेगा, यह मेरा आशीर्वाद है,'' उर्मिला ने हँसते हुए कहा।

''भाग यहाँ से'' कहते हुए सीता ने तकिया उठाकर उर्मिला की पीठ पर हल्के से मारी, फिर बोलीं,

''खुद को नींद नहीं आ रही है और मुझसे बातें बना रही है।''

''रुष्ट क्यों होती हैं; मैंने कुछ अनुचित कहा क्या?'' कहते हुए उर्मिला हँसती हुई चली गईं।

6. स्वयंवर

सुबह जब सीता की आँखें खुलीं, पक्षियों का गाना शुरू हो चुका था। बिछावन पर लेटे-लेटे सीता को लगा, आज की सुबह कुछ अलग सी है। इतनी सुबह भी सारा महल जागा हुआ और हलचलों से भरा हुआ था। लोग स्वयंवर से सम्बन्धित तैयारियों में व्यस्त थे। उनके चलने, बोलने और कार्य करने की ध्वनियाँ बराबर आ रही थीं।

सीता उठीं और बिछावन पर बैठ गईं। मन में अपने स्वयंवर को लेकर उत्कण्ठा, चिन्ता और उल्लास के मिश्रित भाव थे। उन्हें लगा, जैसे हृदय में कुछ हो रहा है। यह उनके जीवन का अब तक का सबसे महत्वपूर्ण दिन था। उनके भाग्य का निर्णय होना था। उन्होंने नेत्र बन्द किये, दोनों हाथ जोड़े और मन ही मन गौरी को प्रणाम कर उनकी स्तुति करने लगीं।

स्तुति समाप्त हुई। नेत्र खोले तो देखा सामने माँ खड़ी हैं और अत्यन्त प्रेम से उन्हें निहार रही हैं। सीता ने अपने पैर बिस्तर से भूमि पर रखने के पूर्व भूमि को हाथ से छूकर मस्तक से लगाया, फिर माँ को प्रणाम करने लगीं, तो माँ ने उन्हें पकड़कर सीने से लगा लिया और उनके सिर पर हाथ फेरते हुये बोलीं,

''सीते!''

''माँ,'' सीता ने उत्तर दिया

''तू ठीक तो है बेटी?''

''हाँ माँ, ठीक हूँ।''

''आ बाहर चल; सभी स्त्रियाँ तेरी प्रतीक्षा में हैं।''

''अच्छा माँ।''

थोड़ी देर में एक परिचारिका उबटन लेकर आई। उबटन लगवाने के बाद सीता स्नानादि से निवृत्त होकर आईं, तो सखियाँ उन्हें, सजाने के लिये तैयार खड़ी थीं। तभी माँ ने कहा,

''देखो, उसका व्रत है; उसे बहुत परेशान मत करना।''

''भूख लगी ही कहाँ होगी,'' एक चंचल सी सखी ने अधर तिरछे करते हुए धीरे से कहा। सभी हँस पड़ीं। फिर सखियों ने उन्हें सजाना शुरू कर दिया। सखियाँ, सीता को इंगित कर शरारत भरी बातों से उन्हें छेड़ती भी जा रही थीं। सीता ने कुछ देर तक तो उत्तर दिये, फिर उन्होंने इन बातों के उत्तर देने बन्द कर दिये। जब तक उन्हें सजाने का कार्य पूरा हुआ, सीता को बहुत थकान सी लगने लगी थी। माँ ने उनका चेहरा देखा तो उन्हें सीता की थकान का आभास हो गया। उन्होंने कहा,

''सीता, जाओ बेटी, थोड़ा आराम कर लो।''

माँ की बात सुनकर सीता उठीं, तो उनके साथ उनकी बहनें उर्मिला, माण्डवी और श्रुतकीर्ति भी हो लीं। सीता अपने कक्ष में पहुँचकर बिस्तर पर लेटीं, तब उन्हें महसूस हुआ कि सचमुच वे कितनी थकी हुई हैं। तीनों बहनें उनके पास ही बैठ गईं। उर्मिला ने हँसी में कहा,

''आज सीता के साथ और दिन बिता लें; फिर तो यह अपने पति के घर चली जायेंगी और क्या पता वहाँ जाकर हमें याद भी रखेंगी या नहीं।''

''इसकी आवश्यकता नहीं पड़ेगी,'' सीता ने कहा। उनके इस उत्तर

ने सबको चौंका दिया।

"क्यों?" सबने लगभग एक साथ पूछा।

"क्योंकि मैं अकेली नहीं जाऊँगी; तुम सब को साथ ले जाऊँगी...

"कैसे?"

"स्वयंवर के बाद जान लेना।"

सीता ने कहा। तीनों बहनें शरमाकर हँस पड़ीं, किन्तु किसी को नहीं पता था कि सीता की अनजाने ही कही गई ये बात सच होने वाली है, और सचमुच सब सीता के साथ ही जायेंगी।

सीता जब थोड़ी देर विश्राम करने के बाद उठीं, तो पता लगा स्वयंवर की सभा सज चुकी थी। बहुत से राजाओं और राजकुमारों से सभास्थल पूरी तरह भर चुका था। ऋषि, मुनि सभास्थल के एक ओर ऊँचे स्थान पर अपने-अपने आसनों पर विराजमान थे। जनकपुरी की प्रजा सभास्थल के अन्दर तो थी, किन्तु जो अन्दर स्थान नहीं पा सके थे, ऐसे हजारों व्यक्ति सभास्थल के बाहर जमा थे। जन-सैलाब उमड़ा पड़ रहा था।

एक ऊँचे स्थान पर, फूलों से लिपटा शिव जी का धनुष रखा था। सीता महल की ऊपरी मंजिल के एक कक्ष में अपनी बहनों और सखियों के साथ थीं और वे सभी खिड़कियों से स्वयंवर-सभा की गतिविधियों को उत्सुकतापूर्वक देख रही थीं।

उर्मिला उनके साथ ही थीं। राम और लक्ष्मण दिखाई दिये तो उर्मिला ने सीता को छूकर उस ओर इशारा किया। गुरु विश्वामित्र के साथ दोनों भाई बैठे हुए थे। सीता ने उन्हें देखा; फिर एक दृष्टि शिव जी के विशाल धनुष पर डाली और कुछ उदास सी हो गईं। उर्मिला ने उनका मन पढ़ लिया। बोलीं,

"धनुष चाहे जितना भारी हो, मेरा मन कह रहा है, केवल महाराजा दशरथ के पुत्र वे साँवले राजकुमार ही उसे उठाकर, उस पर प्रत्यंचा चढ़ा सकेंगें।"

सीता एक गहरी साँस लेकर हलके से मुस्करायीं। आँखें बन्द करके एक बार पुनः गौरी और शिव को याद किया, फिर नेत्र खोले और सभा भवन पर दृष्टि डाली।

सिंह की खाल का वस्त्र पहने और शस्त्रास्त्र लिये, बहुत ही शान्त मुद्रा में राक्षस-राज रावण भी वहाँ बैठा हुआ था। उसका शरीर सौष्ठव और बैठने का तौर-तरीका उसे औरों से अलग दिखा रहा था। अन्य राजाओं की भाँति उसके चेहरे पर उत्तेजना के चिन्ह नहीं थे। उसके निकट ही बाणासुर बैठा हुआ था। तभी राजा जनक, महल से निकलकर सभास्थल पर आये। लोग उनके सम्मान में खड़े हो गये। उन्होंने आसन ग्रहण किया और सीता को लाने का संकेत किया।

एक सखी दौड़ती हुई महल के अन्दर गई और राजा जनक का सन्देश सुनाया। महल में हलचल सी मच गई। सीता, दुल्हन के वेश में सखियों में घिरी हुई बैठी थीं। यह सन्देश सुनते ही सखियाँ उठ खड़ी हुईं। दो सखियाँ उनके दोनों तरफ हो गईं। एक ने उनका हाथ पकड़ लिया, दूसरी ने एक हल्के वस्त्र के टुकड़े से उनके मुख पर हुये श्रृंगार को एक बार फिर ठीक किया। तभी माँ जल्दी से आकर उनके साथ हो गईं। सभी स्त्रियाँ उन्हें लेकर स्वयंवर-स्थल पर गईं।

जो आसन सीता के लिये बनाया गया था, सीता जब उस पर बैठीं, तो माँ उनके पीछे जाकर उनके सिर पर हाथ रखकर, और सखियाँ, उनके चारों ओर खड़ी हो गईं। उर्मिला पास ही खड़ी थीं। सीता ने उनका हाथ पकड़ लिया। सखियों ने फूलों से उनका श्रृंगार किया था और लाल रंग के वस्त्रों में उन्हें सजाया था। उनके चेहरे पर कान्ति बरस रही थी और उनकी शोभा वर्णनातीत थी। ऐसा लग रहा था मानो सीता के रूप में वहाँ साक्षात सौन्दर्य विद्यमान था।

सीता के वहाँ उपस्थित होकर आसन ग्रहण करने के पश्चात, महाराजा जनक के संकेत पर एक भृत्य ने खड़े होकर नगाड़े पर चोट की। सारी सभा में सन्नाटा छा गया। फिर भृत्य ने ऊँचे स्वर में उस शिव के धनुष का इतिहास बताते हुए राजकुमारी सीता के स्वयंवर के सम्बन्ध में जनक के निर्णय को सुनाया और उपस्थित राजपुरुषों से अपने बल और सौभाग्य को

परखने का आह्वान किया।

शिव धनुष की महिमा सुनकर, बहुत कम राजपुरुषों ने ही उस धनुष तक जाने का साहस किया, और जो गये भी, वे धनुष को हिलाने में भी असफल रहने के बाद सिर झुकाकर वापस अपने स्थान पर बैठ गये।

बहुत से नृपों को आशा थी कि रावण उस धनुष पर प्रत्यंचा चढ़ाने का प्रयास अवश्य करेगा, किन्तु रावण शान्त भाव से बैठा रहा, उसने उठने का कोई प्रयास नहीं किया।

तभी महर्षि विश्वामित्र का संकेत पाकर श्रीराम उठे। उनके उठते ही सीता के हृदय की धड़कनें बढ़ सी गईं। उन्होंने उर्मिला के हाथ को कुछ और कसकर पकड़ लिया। राम, मन्थर गति से चलते हुए धनुष तक आये, फिर एक दृष्टि अपने गुरु विश्वामित्र के चरणों पर डालकर उन्हें मन ही मन प्रणाम किया। भाई लक्ष्मण के चेहरे पर खुशी, उत्साह और उमंग की लहरें थीं। राम ने एक दृष्टि सारे सभा भवन पर डाली और फिर अनायास ही उनकी दृष्टि उस ओर चली गई, जिस ओर सीता थीं।

सीता एकटक उन्हें देख रही थीं। दृष्टि टकराई, तो दोनों ने सकुचा कर दृष्टि हटा ली। राम के अधरों पर हलकी सी मुस्कराहट दिखी। उन्होंने बिना किसी विशेष प्रयास के ही धनुष उठा लिया। तूणीर से बाण निकालकर उस पर रखा और प्रत्यंचा खींची। अचानक एक अतिभयंकर ध्वनि के साथ धनुष टूट गया।

वहाँ उपस्थित जन समुदाय एक बार काँप सा गया, किन्तु धनुष-भंग होने की बात समझ में आने के साथ ही 'जय श्रीराम', 'जय जनकलली' के तुमुल जयघोषों से सभास्थल गूँजने लगा। सीता के हृदय में धक सी हुई, साँस एक क्षण के लिये रुकी और फिर एक गहरी और सुकून भरी साँस के साथ उन्होंने राम की ओर देखा। वे उन्हें तेजस्विता की मूर्ति लगे। धनुष-भंग के बाद राम वहीं खड़े थे।

राजा जनक का चेहरा प्रसन्नता से जगमगा रहा था। वे अपना आसन छोड़कर उठ खड़े हुए और सीता को लाने का संकेत किया। उर्मिला ने पास आकर सीता को उठाया। सखियाँ उन्हें लेकर थोड़ा सा बढ़ीं, तो माँ उनके

साथ हो गईं। बहनें, माण्डवी और श्रुतकीर्ति सहित बहुत सी, उन्हें घेरकर चलने लगीं। उर्मिला उनको सहारा देते हुए राम के पास तक ले गयीं। उधर से ऋषि विश्वामित्र और लक्ष्मण आकर राम के पास खड़े हो गये।

सखियाँ और परिचारिकायें थाल में मालायें रखकर लाईं और उर्मिला ने उनसे लेकर एक-एक माला राम और सीता के हाथों में पकड़ा दी। विश्वामित्र के संकेत पर सीता एक कदम आगे बढ़कर राम के पास आईं। उन्होंने राम के गले में वरमाला डालने के लिये हाथ ऊँचे किये। राम ने अपनी गर्दन झुका दी। सीता ने राम के गले में और राम ने सीता के गले में माला डाली। वहाँ उपस्थित स्त्रियों ने समवेत स्वरों में मंगल गान गाने प्रारम्भ कर दिये। पंडितों ने उच्च स्वर में मंत्रों का उच्चारण शुरू कर दिया। लोगों ने पुनः राम और सीता के जयकारे लगाने प्रारम्भ कर दिये। वातावरण अत्यन्त कोलाहलपूर्ण हो गया था।

इसी कोलाहल के मध्य रावण, शस्त्रों सहित अपने आसन से उठा। जहाँ पर राम और सीता खड़े थे, वहाँ पहुँचकर उनके पैरों पर दृष्टि डाली। वहाँ पर पुष्पों की कुछ पंखुड़ियाँ पड़ी थीं। रावण ने उनमें से कुछ पंखुड़ियाँ राम के पैरों के पास से और कुछ सीता के पैरों के पास से उठाईं, अपने मस्तक से लगाईं और चुपचाप उन्हें अपने हाथ में समेटे, सभाभवन से बाहर निकल गया।

7. अनिष्ट की आशंकाओं के मध्य

राजा जनक के आमंत्रण पर राजा दशरथ अपने शेष दोनों पुत्रों, भरत, शत्रुघ्न व अन्य दरबारियों सहित बारात लेकर जनकपुरी आ चुके थे। ऋषि विश्वामित्र के सुझाव के अनुसार राम और सीता के विवाह के साथ ही उर्मिला और लक्ष्मण, व राजा जनक के छोटे भाई कुशध्वज की बड़ी पुत्री माण्डवी के साथ भरत व छोटी पुत्री श्रुतकीर्ति के साथ शत्रुघ्न का विवाह सम्पन्न हुआ। कुछ समय वहाँ बिताने के पश्चात् राजा दशरथ बारात वापस लेकर अयोध्या की ओर चले।

मार्ग में कुछ दूर चलते ही भयंकर पक्षियों के शोर के रूप में अपशकुन और मृगों के दायीं ओर से निकलने के कारण शुभशकुन दोनों मिलने लगे। अपशकुनों के कारण राजा दशरथ को किसी अनिष्ट की आशंका होने लगी, किन्तु शुभशकुनों के कारण उन्हें यह भी लगा कि जो भी अनिष्ट होगा, टल जायेगा। तभी बहुत जोर की आँधी उठी और आसमान कालिमा से भर गया। बहुत से लोग, पशु और वृक्ष उस हवा के भीषण प्रवाह से धराशायी हो गये।

राम और सीता रथ पर सवार थे। सीता, आँधी के वेग से भयभीत सी

होकर राम के निकट खिसककर बैठ गईं। राम ने उनका हाथ थामकर मानो उन्हें आश्वस्त किया। राम के इस प्रथम स्पर्श से सीता रोमांचित हो उठीं। उनके नेत्रों के सम्मुख, उपवन में राम का प्रथम दर्शन, फिर माँ गौरी की मूर्ति पर सजी मुस्कुराहट अनायास ही छा गई। भावनाओं से भरी सीता ने नेत्र बन्द कर लिये।

अचानक उन्हें लगा, बहुत तेज प्रकाश कौंधा है। उन्होंने नेत्र खोल दिये। देखा, महान तेजस्वी परशुराम वायुवेग से आ पहुँचे थे। उनका अपना स्वयं का तेज तो था ही, वे विद्युत के समान चमकते अपने फरसे के साथ ही एक विशाल धनुष और बाण भी लिये हुये थे। जटायें खुली हुई थीं और मुख पर अत्यधिक क्रोध विराजमान था।

सीता आशंकित हो गईं। उन्हें श्रीराम के द्वारा शिवधनुष टूटना स्मरण हो आया। उन्होंने सुन रखा था, इस शिवधनुष से परशुराम जी को बहुत अधिक लगाव है। वे समझ गईं कि अवश्य ही शिवधनुष का टूटना ही परशुराम जी के क्रोध का कारण है, और वे इसी कारण यहाँ उपस्थित हुए हैं। उनके पराक्रम की कहानियाँ उन्होंने सुनी थीं। उन्हें लगने लगा कि निश्चय ही वे श्रीराम पर अपना क्रोध उतारेंगे।

अनिष्ट की आशंकाओं ने सीता का मन घेर लिया। तभी उन्होनें देखा, उनके श्वसुर, राजा दशरथ आगे बढ़कर ऋषि की अभ्यर्थना कर रहे हैं, किन्तु ऋषि बराबर गुस्से में कुछ कहते जा रहे थे। दूर होने के कारण वार्तालाप सुनाई नहीं दे रहा था। राम का ध्यान भी उसी ओर था। वे उस स्थल पर जाने के लिये उठे तो सीता कुछ बोलीं नहीं, किन्तु आशंकाग्रस्त नेत्रों से उनकी ओर देखा।

राम ने आश्वस्त करने के भाव से उनका हाथ दबाया और रथ से उतरकर पिता दशरथ और परशुराम की ओर बढ़ने लगे। सीता ने उन्हें रथ से उतरते देखा। लक्ष्मण भी अपने रथ से उतरे और भाई के पीछे-पीछे चल पड़े। भरत और शत्रुघ्न यह देखकर अपने रथ को आगे ले आये।

सीता यह देख रही थीं कि कुछ देर के बाद श्वसुर दशरथ एक ओर शान्त खड़े हो गये हैं, किन्तु श्रीराम और परशुराम में कुछ संवाद हो रहा है।

राम, शान्त भाव से उत्तर दे रहे थे, किन्तु परशुराम बराबर क्रोधित ही लग रहे थे। क्रोध की अवस्था में ही परशुराम ने अपने कन्धे पर टँगा धनुष हाथ में लिया और एक बाण अपने तूणीर से निकाला। यह देखकर सीता के हृदय की धड़कनें बढ़ गईं। यद्यपि राम के बल और कौशल का परिचय उन्हें धनुष-यज्ञ के समय मिल चुका था, किन्तु फिर भी मन विचलित हो रहा था। उन्होंने अपने श्वसुर और देवरों की ओर देखा।

लक्ष्मण के मुख पर कुछ उत्तेजना के भाव थे, किन्तु सभी शान्त खड़े थे। यह देखकर उन्होंने अनुमान लगाया कि अवश्य ही चिन्ता की कोई बात नहीं होगी। तभी उन्होंने देखा, परशुराम अपने साथ लाया धनुष और तीर श्रीराम की ओर बढ़ा रहे हैं। राम ने उसे लिया, बाण को धनुष पर रखकर प्रत्यंचा चढ़ाकर उसे आसमान की ओर किया। वे तीर छोड़ने ही वाले थे कि परशुराम ने हाथ उठाकर राम को तीर छोड़ने से रोका। सीता ने देखा इसके साथ ही परशुराम का क्रोध ऐसे शान्त हो गया, जैसे अग्नि पर पानी पड़ गया हो।

उन्होंने श्रीराम को प्रणाम किया और जिस प्रकार आये थे, वैसे ही वापस हो गये। उनके जाने के बाद दशरथ और लक्ष्मण अपने-अपने रथों की ओर बढ़ गये।

८. साँसो में गीत

राम, मन्थर गति से आकर रथ में सीता के पार्श्व में बैठ गये। सीता ने उनके मुख की ओर देखा। वे पहले जैसे ही शान्त थे, किन्तु अधरों पर हल्की सी मुस्कराहट थी। सीता ने पूछा,

"क्या बात थी, सब कुशल तो है?"

"आप चिन्तित न हों; ऋषि, शिव का धनुष टूटने से क्रोधित थे, किन्तु अब शान्त होकर गये हैं।"

"आपने उनसे क्या कहा?" सीता ने पूछा।

"वे एक धनुष लिये हुये थे; उन्होंने वह धनुष मुझे दिया और बोले कि यदि मुझमें सचमुच शिव के धनुष को तोड़ने जैसा पराक्रम है, तो इस धनुष से तीर चलाकर दिखाऊँ। मैंने उनसे वह धनुष ले लिया और उस पर बाण रखकर प्रत्यंचा खींची ही थी, कि उन्होंने मुझे रोक दिया और इसके बाद वे पता नहीं क्यों, मुझे ही प्रणाम कर वापस हो गये।"

यह सुनकर सीता को आश्चर्य लगा, किन्तु साथ ही यह भी लगा कि राम अवश्य ही अद्भुत प्रतिभा के धनी हैं।

सीता और राम के मध्य यह प्रथम सम्भाषण था। राम का गम्भीर, पुरुषोचित और आश्वस्त करने वाला स्वर, सीता को बहुत अच्छा लगा। उन्हें अपने भाग्य पर गर्व सा होने लगा। उन्होंने फिर कुछ नहीं कहा।

* * *

वातावरण सामान्य हो चुका था। बारात, मन्थर गति से पुनः अयोध्या की ओर बढ़ने लगी, किन्तु कुछ दूर चलने के उपरान्त ही शाम घिरने लगी, तो राजा दशरथ ने निर्देश दिया कि थोड़ा तेज चला जाये, ताकि रात्रि होने से पूर्व किसी डेरा डालने योग्य स्थान तक पहुँचा जा सके। थोड़ी देर में ही ऐसा स्थान आ गया। बारात ने वहाँ पर डेरा डाला और सैनिक अस्त्र-शस्त्र लेकर चारों ओर तैनात हो गये। राम ने शिविर तक जाने के लिये सीता को हाथ थामकर रथ से उतारा और कहा,

''सीते!''

सीता ने सर झुकाये झुकाये ही उत्तर दिया, -''जी।''

''मेरी ओर देखो।''

सीता ने संकोच से उनकी ओर देखा। दृष्टि मिली तो राम ने कहा,

''सीते, तुम्हें पाना मेरा सौभाग्य था और भगवान शिव की मुझ पर बहुत बड़ी कृपा थी कि उन्होंने मुझे इतनी शक्ति दी कि मैं उनका धनुष उठा सका।''

सीता ने ये शब्द सुने तो उन्हें लगा कि उनका जीवन-साथी अत्यधिक वीर होने के साथ ही कितना विनम्र भी है। उनके हृदय की धड़कन बढ़ सी गई। वे कहना चाहती थीं कि आपको पाने के लिये तो मैंने माँ गौरी से पता नहीं कितनी प्रार्थनायें की थीं, किन्तु धीरे से केवल इतना ही कह सकीं,

''मेरा सौभाग्य,'' और उन्होंने पुनः सर झुका लिया

‘‘सीते, आपकी उस वाटिका में मैं भूल से पहुँच गया था; किन्तु आज मुझे लग रहा है कि मैं जीवन भर उस सुन्दर भूल का ऋणी रहूँगा। आपको देखने के बाद जीवन में प्रथम बार मेरे अन्दर किसी स्त्री के प्रति आकर्षण जागा था।’’ राम ने कहा।

सीता ने कहना चाहा कि वे स्वयं भी उस रात्रि सो नहीं सकी थीं और यह उनके जीवन में पहली बार हुआ था; किन्तु लज्जा ने उनको कुछ भी कहने से रोक दिया। उनका चेहरा लाल हो उठा और साँसें तीव्र हो गईं।

‘‘सीते, आप कुछ कहेंगी!’’ राम ने पुनः कहा।

‘‘क्या कहूँ।’’

‘‘अच्छा एक बार मेरी ओर देखिये।’’

सीता ने पलकें उठाईं, राम की ओर देखा। राम ने कहा,

‘‘आपके इन बोलते से नेत्रों के सौन्दर्य के वर्णन के लिये हर उपमा बहुत छोटी होगी... आज पहली बार मैंने आपका स्वर सुना है और मैं पूरे विश्वास से कह सकता हूँ कि बाँसुरी के, वीणा के, कोयल के और छोटे बच्चों की निश्छल हँसी के स्वरों की सम्मिलित मधुरता भी आपके स्वर की मधुरता की बराबरी नहीं कर सकती।’’

राम की इस बात पर सीता ने कोई उत्तर न दे कर पलकें झुका लीं। उनका मुख एक बार पुनः रक्तिम हो उठा। राम ने सीता का हाथ अपने हाथों में लेकर कहा,

‘‘सीते!’’

‘‘हूँ,’’ कहते हुए सीता ने नेत्र उठाये।

‘‘मैं, तुम्हें वचन देता हूँ कि मेरे जीवन में तुम्हारे अतिरिक्त दूसरी स्त्री कभी भी नहीं आयेगी और.....’’

‘‘और क्या?’’

‘‘और हमारे सुख-दुःख कभी अलग नहीं होंगे।’’

इस वार्तालाप में कब सीता के लिये 'आप' के स्थान पर 'तुम' आ गया, इसका राम को पता ही नहीं चला; किन्तु अपने लिये सम्बोधन में आये इस परिवर्तन पर सीता का ध्यान गया। उनका मन आनन्द से भर उठा। उन्होंने इसे अनुभव करते हुए सिर झुकाया, नेत्र बन्द किये और अधरों को दबाते हुए, मुस्कराहट को छिपाने का एक असफल प्रयास किया।

अभी-अभी तो
उनकी उन पर दृष्टि पड़ी थी
और हृदय की वीणा के
सब तार बज उठे
फिर संगीत उठा मन में
फिर नृत्य छा गया

सीता नहीं कह सकती थीं कि राम की बातों ने उनको कहाँ पहुँचा दिया था। उन्होंने राम की ओर देखा तो उन्हें लगा, जैसे बड़े से नीले आकाश में एक छोटी रोशनी की किरण जैसी वे, उस गरिमामय व्यक्तित्व में कहीं खो चुकी हैं। इसी खोये हुये मन के साथ सम्मोहन जैसी स्थिति में उन्होंने राम की हथेली थामी, अपने मस्तक से लगायी और बोलीं,

''मेरे सौभाग्य, मैं मन वचन और प्राणों से सदा-सदा के लिये आपकी और केवल आपकी हूँ।''

रुक-रुककर चलती बातों का प्रवाह, भोर की पहली किरण के साथ किसी पंछी के स्वर से टूटा।

* * *

बारात के, अयोध्या की ओर प्रस्थान करने की तैयारियाँ होने लगीं।

थोड़ी देर में सीता का रथ भी चल पड़ा, किन्तु सीता के मन में विचारों का प्रवाह अभी भी चल रहा था। उनकी बहनें तो उनके साथ ही थीं, किन्तु सीता को पिताश्री जनक और माँ की बहुत याद आ रही थी।

सुबह पिता के लिये अल्पाहार लेकर वे स्वयं जाती थीं, तब वे उन्हें बहुत सी बातें बताया करते थे। सीता जानती थीं कि उनके पिता विदेह कहे जाते हैं और उनकी पुत्री होने के कारण ही बहुत से लोग उन्हें वैदेही भी कहते हैं।

सीता ने उन्हें बहुत पास से देखा था। वे सचमुच ही विदेह थे। इतना ऐश्वर्य होते हुए भी उनका खान-पान, रहन-सहन बहुत सादा और स्वभाव बहुत सरल था। कितनी भी मूल्यवान वस्तु हो, उन्हें उससे कोई मोह नहीं था। वस्तुओं के प्रति मोह-रहित होना, उन्होंने अपने पिता से ही सीखा था।

सहसा उनका ध्यान अपनी ससुराल की ओर चला गया। श्वसुर दशरथ का स्वभाव उन्हें अपने पिता की भाँति ही सरल लग रहा था। अपने देवरों में लक्ष्मण, उन्हें अपने बड़े भाई राम से बहुत अनुराग रखने वाले लगे। उनको, उन्होंने राम के साथ वाटिका में; फिर पुनः परशुराम के साथ संवाद होते समय भी उनके साथ खड़े देखा था। वे उन्हें राम के प्रति अत्यधिक श्रद्धावनत, किन्तु कहीं कुछ क्रोधी स्वभाव के लगे थे।

अपने देवरों, भरत और शत्रुघ्न के बारे में वे कोई विचार अभी तक नहीं बना पाई थीं, और अपनी तीनों सासों के बारे में भी उन्हें अधिक कुछ पता नहीं था। वे उनका मन, विशेषकर राम की माँ कौशल्या का मन कैसे जीत पायेंगी, इसको लेकर भी उनके मन में बहुत विचार आ-जा रहे थे। उन्होंने एक बार दृष्टि उठाकर राम की ओर देखा और बहुत सम्बल महसूस किया।

सीता विचारों में खोई हुई थीं। अचानक विभिन्न प्रकार के वाद्ययंत्रों एवं मंगल गानों की ध्वनि से उनका ध्यान भंग हुआ। उन्होंने देखा, सड़कें साफ थीं, उन पर जल का छिड़काव हो रहा था। दोनों ओर खड़ी हुई भीड़ उन पर पुष्पों की वर्षा कर रही थी एवं जयकारे लगा रही थी।

वे समझ गईं कि अयोध्या आ गई है। उन्होंने देखा, भव्य भवनों, चौड़े

मार्गों और अयोध्या के निवासियों के मुखों एवं वस्त्रों से यह एक समृद्ध नगर लग रहा था। उन्हें यह नगर कुछ-कुछ अपनी मिथिला जैसा ही लगा।

थोड़ी देर में ही उन्हें आभास होने लगा कि राजमहल आने वाला है। उनके हृदय की धड़कनें बढ़ने लगीं। शीघ्र ही महल आ गया। उनकी सासों एवं अन्तःपुर की स्त्रियों ने उनका स्वागत किया। विविध रस्में हुईं और अन्य नववधुओं के साथ ही वे भी महल के अन्दर चलने वाले अनुष्ठानों में खो गईं।

९. और... एक मोड़

सीता के विवाह के लगभग छह मास हुए थे। अश्विन मास में उनका विवाह हुआ था और चैत्र चल रहा था। ससुराल में बहुत अधिक स्नेह पाकर उनके दिन अतिशय प्रसन्नता में व्यतीत हो रहे थे। माता कैकेयी का उन पर विशेष अनुराग था। एक शाम, वे राम के साथ महल के उपवन में बैठी थीं- न विशेष गर्मी थी न सर्दी। राम स्वयं ही सीता को वहाँ लेकर आये थे। हमेशा शान्त और प्रसन्नचित दिखाई देने वाले राम आज गम्भीर से लग रहे थे। सीता को लगा, अवश्य कुछ विशेष है। वे राम के मुख की ओर निहारते हुए बोलीं,

"कुछ विशेष है क्या?"

"हाँ सीते! वही बताने के लिये तुम्हारे साथ यहाँ आया हूँ" राम ने कहा।

"फिर बताइये न; मैं व्यग्र हूँ।"

"तुम भावी राजमहिषी बनने वाली हो।"

"अच्छा! अर्थात् आप का राजतिलक होने वाला है?"

''हाँ सीते, पिताश्री मुझे युवराज घोषित करना चाहते हैं।

''ऐसा कब कहा उन्होंने?''

''अभी थोड़ी देर पूर्व ही मुझे बुलाकर उन्होंने कहा कि उनकी अवस्था काफी हो गई है और वे राज्य के कार्यभार से श्रमित हो जाते हैं, अतः वे चाहते हैं कि मैं राजकार्यों को अधिक समय देकर उनसे भली-भाँति परिचित हो जाऊँ, ताकि उनके बाद मैं इस राज्य को सँभाल सकूँ।''

''किन्तु आप तो वैसे भी राजकार्यों में नियमित उनका सहयोग करते ही रहते हैं।''

''हाँ सीते, तुम ठीक कह रही हो; यह बात मैंने उनसे कही थी, किन्तु वहाँ गुरु वशिष्ठ, सुमन्त्र व अन्य विशिष्ट व्यक्ति भी थे; वे भी पिताश्री की बात का समर्थन कर रहे थे और मुझे उनकी बात माननी पड़ी।''

''आप युवराज बनेंगे, यह समाचार मेरे लिये शुभ है, किन्तु अभी पिताश्री पूर्ण स्वस्थ और सक्षम हैं और भरत व शत्रुघ्न भी यहाँ नहीं हैं... अपने ननिहाल गये हुये हैं, ऐसे में यह आयोजन क्या उचित होगा? पिताश्री को इतनी शीघ्रता क्यों है?''

''यह प्रश्न मैंने भी उनसे किया था।''

''फिर क्या कहा उन्होंने?''

''सीते, वे कह रहे थे कि आजकल उन्हें बहुत अमंगलकारी स्वप्न आ रहे हैं; ज्योतिषियों के अनुसार भविष्य में उनका स्वास्थ्य ठीक न रहने के संकेत हैं... वे तो यह भी कह रहे थे कि जीवन का कोई भरोसा नहीं; जो शुभ हो उसे शीघ्रातिशीघ्र कर डालना चाहिये।''

''शायद उनके मन में यह भी हो कि उनके बाद राज्य के उत्तराधिकार के प्रश्न पर कोई विवाद न खड़ा हो।''

''हाँ, अवश्य ही यह बात भी उनके मन में हो सकती है, यद्यपि मुझे नहीं लगता, मेरे भाई किसी भी प्रकार का विवाद खड़ा करने की बात सोच भी सकते हैं।''

''किन्तु मैं समझ नहीं पा रही हूँ कि यह समाचार सुनकर हँसूँ या रोऊँ।''

''क्यों सीते?''

''आप युवराज बनेंगे, यह मेरे लिये अत्यन्त सुखद समाचार है, किन्तु पिताश्री के स्वास्थ्य के सम्बन्ध में जो आशंकायें ज्योतिषी व्यक्त कर रहे हैं, वे निश्चय ही हृदय विदारक हैं।''

''सीते, तुम जानती हो कि मैं युवराज बनने के लिये बिल्कुल भी व्यग्र नहीं हूँ, किन्तु पिताश्री ने अन्त में इसे अपना आदेश कहकर मुझे यह प्रस्ताव स्वीकार करने पर विवश कर दिया है।''

''समझती हूँ...'' कहकर एक गहरी निःश्वास छोड़कर सीता चुप हो गईं। इसके बाद राम और सीता शान्त बैठ गये, मानो और कुछ कहने के लिये शेष न हो, तभी प्रतिहारी द्वारा महामंत्री सुमन्त्र के आने की सूचना मिली। राम ने उससे, उन्हें वहीं बुला लाने के लिये कहा। सुमन्त्र को आते देख राम और सीता उनके सम्मान में खड़े हो गये और पास आने पर अभिवादन किया। सुमन्त्र ने हाथ जोड़कर उनसे निवेदन किया कि महाराज दशरथ ने तत्काल ही उन दोनों को महल में बुलाया है। राम और सीता उठे और उनके साथ ही चल पड़े।

महल में पहुँचकर उन्होंने देखा, वहाँ राजा दशरथ, गुरु वशिष्ठ तथा कुछ अन्य विशिष्ट व्यक्ति बैठे हुए थे और उन्हीं की प्रतीक्षा थी। राजा दशरथ ने राम को वहीं बिठाकर, सीता को कौशल्या के कक्ष में जाने के लिये कहा।

सीता ने धीरे से आँखें उठाकर, राजा दशरथ के शरीर और मुख पर दृष्टि डाली। उन्हें उनके मुख पर कुछ चिन्ता तो दिखी, किन्तु शरीर में अस्वस्थता जैसी कोई बात नहीं लगी। वे दशरथ के आदेशानुसार कौशल्या के कक्ष की ओर बढ़ गईं और वहाँ पहुँचकर माता कौशल्या के चरण-स्पर्श किये। कौशल्या ने उनका हाथ पकड़कर स्नेह से अपने पास बिठा लिया। उनके चेहरे पर मुस्कान थी। बोलीं,

“सीते, राम युवराज बनने वाले हैं।”

“हाँ, ऐसा कुछ देर पूर्व वे भी कह रहे थे; किन्तु माँ, इतनी शीघ्रता क्या थी? फिर भरत व शत्रुघ्न भी तो इस समय यहाँ नहीं हैं।”

“हाँ, भरत व शत्रुघ्न की प्रतीक्षा करने की बात मैंने भी महाराज से की थी, किन्तु उनका विचार था कि शुभ-कार्य जितनी शीघ्र हो कर डालना चाहिये; पता नहीं कब क्या व्यवधान खड़ा हो जाये। उनकी इस बात से मैं चुप हो गई।”

“यह तो ठीक है, किन्तु मेरे मन में पता नहीं क्यों, कुछ घबराहट सी है।”

“क्यों बेटी, किस बात की शंका है तुम्हें? राम मेरे पुत्र हैं, इसलिये नहीं कह रही हूँ, किन्तु वे सबसे बड़े पुत्र होने के साथ ही बहुत गुणी, विद्वान, वीर और सबके प्रिय भी हैं; वे राजा होने के अधिकारी भी हैं और पूरी तरह से योग्य भी, फिर तुम्हें किस बात की शंका हो रही है सीते?”

“माँ, आपने जितनी भी बात कही, सभी उचित हैं, किन्तु मेरा मन क्यों आशंका से ग्रस्त है पता नहीं?”

“अशान्त मत हो बहू; शुभ कार्यों के मध्य शंका करना उचित नहीं है।”

“ठीक है माँ,” कहकर सीता चुप हो गई। तभी प्रतिहारी ने आकर सूचना दी कि राजा दशरथ व राम आ रहे हैं। कौशल्या व सीता दोनों थोड़ा सावधान सी हो गईं। दशरथ और राम आये तो कौशल्या ने उन्हें आसन दिये और स्वयं भी बैठ गईं, किन्तु सीता एक ओर सिमटी सी खड़ी रहीं। दशरथ ने उन्हें देखा और बोले,

“सीते, बेटी खड़ी क्यों हो!”

“जी” कहते हुए सीता एक ओर बैठ गईं। दशरथ ने कौशल्या को लक्ष्य कर कहा,

“कौशल्या, कल पुष्य नक्षत्र है; महर्षि वशिष्ठ कह रहे थे कि बहुत

शुभलग्न है, अतः मैं चाहता हूँ कि कल ही राम का युवराज पद के लिये अभिषेक हो जाये।''

''अचानक इतनी बड़ी खुशी और इतना बड़ा समारोह; मेरी तो प्रसन्नता का ठिकाना नहीं है, किन्तु क्या इतनी शीघ्र सारी तैयारियाँ पूरी हो जायेंगी?'' कौशल्या ने कहा।

''सब हो जायेगा कौशल्या! महामन्त्री सुमन्त्र ने सभी को विभिन्न जिम्मेदारियाँ बाँट दी हैं। महर्षि वशिष्ठ ने कहा है कि राम और सीता कल प्रातःकाल से ही उपवास रखेंगे। महर्षि स्वयं, कल प्रातःकाल ही अभिषेक में होने वाले अनुष्ठानों के लिये आ जायेंगे... उस समय हम सब को तैयार मिलना है।''

''ठीक है, हम तैयार ही मिलेंगे; किन्तु भरत और शत्रुघ्न के बिना यह समारोह अधूरा सा रहेगा... मेरा आपसे एक बार और अनुरोध है कि उन्हें आ जाने दें।''

''उनकी कमी सभी को खल रही है, किन्तु सब कुछ तय हो गया है, अब विलम्ब उचित नहीं,''दशरथ ने कहा।

''ठीक है, किन्तु आपने बहन कैकेयी और सुमित्रा की सहमति तो ले ली है न?''

''महर्षि वशिष्ठ और सुमन्त्र से मंत्रणा के बाद सीधे यहीं आ रहा हूँ, अतः उनसे बात करने का समय नहीं निकाल सका हूँ, किन्तु मुझे विश्वास है कि इतना शुभ समाचार सुनकर, उन्हें भी अति प्रसन्नता होगी; फिर कैकेयी का तो राम पर विशेष प्रेम है... सुबह उन दोनों की सहमति ले लूँगा,'' कहते हुए दशरथ की दृष्टि अनायास सीता पर चली गई। उन्हें लगा, वे कुछ कहना चाहती हैं, अतः बोले,

''बेटी सीते, मुझे लगता है तुम कुछ कहना चाहती हो!''

''पिताश्री, भरत और शत्रुघ्न नहीं हैं; उनके बिना यह समारोह कितना अधूरा सा लगेगा... मुझे लगता है कि उनकी प्रतीक्षा कर लेते और उनके आने के पश्चात् किसी शुभ मुहूर्त में यह कार्य सम्पन्न होता तो क्या उचित

नहीं होता।’’

‘‘तुम ठीक कह रही हो बेटी; मुझे तुमसे ऐसी ही आशा थी; इससे ये पता लगता है कि तुम्हारे मन में अपने देवरों के लिये कितना स्थान है, किन्तु बेटी सब कुछ निर्धारित हो चुका है... उसे टाल कर मैं इस कार्य के लिये और प्रतीक्षा भी नहीं करना चाहता।’’

‘‘जी,’’ कहकर सीता शान्त हो गईं।

दशरथ, कौशल्या के कक्ष से बाहर आये, किन्तु राम और सीता को कौशल्या ने रोक लिया और फिर दूसरे दिन सुबह के लिये कुछ निर्देश देकर उन्हें अपने कक्ष में जाकर सोने के लिये कहा।

* * *

सुबह तो रोज जैसी ही थी, किन्तु सीता उठीं तो उन्हें लगा, आज की भोर का सूरज कुछ अधिक लाल है, और कुछ अधिक प्रकाशमान भी; पर साथ ही उन्हें लगा कि वह कुछ अधिक तप भी रहा है। वे उठीं। नित्य के कार्य निपटाने लगीं। शीघ्र ही तैयार होकर उन्हें श्रीराम के साथ पिताश्री दशरथ की आज्ञानुसार राजमहल पहुँचना था। राम भी तैयार होने लगे। वे लगभग तैयार हो चुके थे, तभी प्रतिहारी आया। उसने कहा,

‘‘महामंत्री सुमन्त्र दर्शन करना चाहते हैं।’’

‘‘उन्हें आदरपूर्वक बिठाओ; हम लगभग तैयार ही हैं,’’राम ने सहज भाव से कहा, किन्तु सीता के मन में उठा कि कहीं कोई विशेष बात तो नहीं है; हम तो स्वयं ही वहाँ आ रहे थे, फिर सुमन्त्र के इस अचानक आगमन का क्या अर्थ हो सकता है? पर उन्होंने कुछ कहा नहीं।

थोड़ी देर बाद राम और सीता, सुमन्त्र से मिले तो उन्होंने बताया कि महाराज ने उन्हें अति शीघ्र बुलाया है। राम ने कहा, -‘‘चलिये।’’ किन्तु इस समाचार पर उन्हें भी कुछ आश्चर्य हुआ। सीता भी साथ में चलने लगीं, तो सुमन्त्र ने कहा,

‘‘क्षमा करें देवि, महाराज ने केवल श्रीराम को बुलाया है।’’

राम, सुमन्त्र के साथ चले गये। सीता वहीं रुककर राम की प्रतीक्षा करने लगीं। परिस्थितियाँ अनपेक्षित शीघ्रता के साथ बदल रही थीं। सीता समझ नहीं पा रही थीं, किन्तु पता नहीं क्यों उनका मन इस राज-तिलक प्रकरण के प्रारम्भ से ही बहुत आशंकित था, और अब यूँ प्रातःकाल में जब वे और राम स्वयं तैयार होकर वहाँ जाने ही वाले थे, महाराज दशरथ द्वारा सुमन्त्र को भेजकर अकेले राम को बुलवाना, उन्हें बहुत बेचैन कर गया। वे ईश्वर से मंगल-कामनायें करती हुई सुमन्त्र के साथ जाते हुये राम को देखती रहीं; फिर वहीं बैठकर बहुत आतुरता से उनके लौटने की प्रतीक्षा करने लगीं।

राम को आने में देर हुई, तो वे उठकर टहलने लगीं और कुछ देर तक टहलने के बाद मानों थक गयी हों और कुछ समझ में न आ रहा हो, इस भाव से सिर हिलाकर फिर बैठ गयीं। ज्यों-ज्यों समय व्यतीत होता जा रहा था, उनकी व्याकुलता बढ़ती जा रही थी।

राम बहुत देर से वापस आये। सीता तत्काल उनके पास आईं। राम के मुख की ओर देखकर बहुत अधीरता से बोलीं,

‘‘बहुत देर लग गई; क्या बात हो गई थी? आपका मुख बता रहा है कि कुछ विशेष अवश्य है... यह अद्भुत संयोग है कि आप उदास भी लग रहे हैं और मुस्करा भी रहे हैं।’’

‘‘सीते, पिताश्री ने मुझे बुलाकर कहा, माँ कैकेयी चाहती हैं कि मैं नहीं, भरत युवराज बनें’’ राम ने कहा।

सीता के मन में उठा ‘बस’। उन्होंने सन्तोष की साँस ली, फिर कहा,

‘‘क्या आपको युवराज पद न मिलने की पीड़ा है?’’

‘‘नहीं; सीते; मुझे इस पद की कोई अभिलाषा न थी, न है और शायद भविष्य में भी नहीं होगी; फिर भरत से मुझको जितना स्नेह और आदर मिलता है, उसको देखते हुये यह मेरे लिये हर्ष का विषय ही है।’’

‘‘फिर...’’

''माँ कैकेयी यह भी चाहती हैं कि मैं शीघ्रातिशीघ्र दण्डक-वन चला जाऊँ और चौदह वर्षों तक वहीं रहूँ,'' राम ने कहा।

''ओह'' कहकर सीता ने नेत्र बन्द कर लिये। पल भर में ही बहुत कुछ स्पष्ट हो गया।

''माँ ऐसा क्यों चाहती हैं, यह मैं नहीं समझ पा रहा हूँ। सीते, क्या वे यह सोचती होंगी कि यहाँ रहकर मैं भरत की राह में मुश्किलें पैदा करूँगा।''

''वे ऐसा न भी सोचती हों, तो भी यह स्वाभाविक है कि छोटा भाई राजा होगा, तो राजा होने के कारण उसे बड़े भाई को आदेश भी देने होंगे; यह उसे बहुत ही असहज लगेगा और फिर छोटे भाई से आदेश लेने में बड़े भाई का अहम् कभी भी आड़े आ सकता है... कुल मिलाकर यह एक अप्रिय स्थिति को जन्म देगा; शायद यही सोचकर वे चाहती हों कि आप पर्याप्त समय के लिये यहाँ से दूर ही रहें। माँ न भी कहतीं तो भी, इसके बाद इस स्थान को छोड़ देना ही हमारे लिए उचित होता,'' सीता ने कहा।

''तुम ठीक ही कहती हो।''

''किन्तु पिताश्री...''

सीता के इस प्रश्न के उत्तर में राम मौन रहे, किन्तु पीड़ा के भाव उनके चेहरे पर झलक उठे।

''हमें शीघ्रता करनी चाहिये, ताकि पिताश्री को पुनः किसी अप्रिय स्थिति का सामना न करना पड़े।''

''सीते, इस हम शब्द से तुम्हारा क्या अभिप्राय है?''

''बस इतना ही कि मैं भी साथ चलूँगी; जहाँ आप होंगे, वहीं सीता का संसार होगा... मैं आपसे अलग नहीं रह सकती। मुझे भी वन बहुत अच्छे लगते हैं। सर्वत्र बड़े-बड़े वृक्ष, कहीं नदी, कहीं सरोवर, विभिन्न पशु पक्षी, उस हरे-भरे प्राकृतिक वातावरण में अपनी छोटी सी कुटी और आपकी बड़ी भुजाओं का सहारा, सब कुछ कल्पना से अधिक सुखकारी है।

''देखो, दक्षिण दिशा में स्थित यह दण्डकवन जंगली, हिंसक जानवरों

और मायावी राक्षसों का क्षेत्र है। यह जितना सुन्दर है उतना ही अधिक खतरनाक है। वहाँ जीवन बहुत कष्ट साध्य होगा; और वहाँ चौदह वर्ष तक रहने का आदेश राम को दिया गया है, सीता को नहीं।''

''जिस दिन हमने गाँठ बाँधकर अग्नि के साथ फेरे लिये थे, उसी दिन राम और सीता का अन्तर समाप्त हो गया था। यह गाँठ सुविधानुसार बाँधने और खोलने के लिये नहीं लगाई गई थी। जो यह समझते हैं कि यह वनवास केवल राम को दिया गया है; सीता तो आराम से महल में ही रहेगी, वे सीताराम को खण्डों में बाँटकर देखने का व्यर्थ प्रयास कर रहे हैं।''

''सीते, यथार्थ की भूमि कठोर होती है; तुम भावुक हो रही हो।''

''नहीं; कष्ट की किसी भी घड़ी में सीता पहले और राम बाद में होंगे... यह निरी भावुकता नहीं है, अपितु सीताराम की व्याख्या है; यही यथार्थ है।''

इसके बाद राम के पास कहने के लिये कुछ भी नहीं बचा था उन्होंने, सीता को साथ ले चलने की मौन सहमति दे दी।

तभी प्रतिहारी ने सूचना दी कि लक्ष्मण आये हुए हैं। राम, कक्ष से बाहर आये तो पीछे सीता भी आईं। लक्ष्मण बहुत क्रोध में लग रहे थे। वे राजमहल से भरत के अभिषेक और राम के चौदह वर्ष के वनवास की बात सुनकर आ रहे थे। उन्हें शान्त करने के लिये राम और सीता ने उन्हें बहुत समझाया, तब उनका क्रोध शान्त हुआ; किन्तु उन्होंने स्वयं को भी साथ ले चलने का आग्रह किया। वे किसी भी स्थिति में राम और सीता को छोड़ने के लिये राजी नहीं थे। लक्ष्मण के इस आग्रह से राम धर्म-संकट में पड़ गये। उन्होंने कहा,

''लक्ष्मण, सीता पहले ही साथ चलने की हठ किये हुये हैं, अब तुम भी व्यर्थ ही वन के कष्टों को भूलकर साथ जाने का हठ कर रहे हो।''

''भइया, जब भाभी और आप वन-वन भटक रहे होंगे, तब लक्ष्मण का महलों में होना, उसके जीवन को व्यर्थ कर देगा।''

-''किन्तु लक्ष्मण, उर्मिला और माँ सुमित्रा के बारे में भी तो सोचो; तुम्हारे इस प्रकार चले जाने से उन्हें कितना कष्ट होगा, और यह भी सोचो कि

तुम्हारे विवाह के भी अभी छह माह ही तो हुए हैं; उर्मिला पर तो यह बहुत अत्याचार जैसा होगा।''

''भइया, माँ ने मुझे हमेशा यही समझाया है कि मैं आपकी सेवा का कोई अवसर न छोड़ूँ; उनका आप पर बहुत अधिक विश्वास और स्नेह है। वे हमेशा कहती हैं कि आप कुछ गलत कर ही नहीं सकते, अतः मुझे तो लगता है वे भी यही चाहेंगी कि मैं आपके साथ ही रहूँ, आपको अकेला न जाने दूँ।''

''और उर्मिला? क्या तुमने उसके बारे में भी सोचा है?''

''हाँ, मैंने उनके बारे में भी सोचा है; वह भाभीश्री की सगी छोटी बहन हैं; बचपन से उर्मिला ने उन्हें जाना है, उनके सुख-दुःख में साथ रही हैं। भाभीश्री के लिये जो श्रद्धा उनमें है, वह आपमें मेरी श्रद्धा से कम नहीं है। इतने थोड़े से दिनों में जितना मैंने उन्हें समझा है, उससे मुझे विश्वास है कि उन्हें इस बात से सुख और सन्तोष ही मिलेगा कि मैंने किसी दुःख की घड़ी में उनकी बहन और आपको अकेला नहीं छोड़ा, यद्यपि यह नितान्त स्वाभाविक है कि इतने लम्बे समय के लिये मुझसे दूर रहने का दुःख उन्हें होगा।''

''यही तो लक्ष्मण; मैं उर्मिला के किसी भी दुःख का कारण नहीं बनना चाहता।''

''आप किसी के भी दुःख का कारण नहीं हैं भ्राताश्री; दुःख का कारण वह हठ है, जो अयोध्या के राज सिंहासन को उसके स्वाभाविक और योग्यतम उत्तराधिकारी से वंचित ही नहीं कर रहा है, वरन् उसे चौदह वर्ष के लिये दण्डकारण्य जैसे बहुत दूर स्थित खतरनाक वन में भेजना चाहता है।''

''लक्ष्मण, वह परोक्ष कारण होगा; प्रत्यक्ष कारण तो मैं ही रहूँगा।''

''भ्राताश्री, किसी के भी दुःख का न आप प्रत्यक्ष कारण हैं न परोक्ष... अपने साथ चलने के लिये आप मुझसे नहीं कह रहे हैं, उल्टे आप तो बराबर मुझे मना ही कर रहे हैं; आपको साथ जाने का मेरा अपना निश्चय है, इसमें आपका क्या दोष?''

''ठीक है, किन्तु चलने के पूर्व माँ और उर्मिला से सहमति लेकर आओ, अन्यथा हमारे साथ चलने का विचार त्याग दो।''

''ठीक है भ्राताश्री, मैं उनकी भी सहमति लेकर आता हूँ।''

इसके बाद सीता, राम और लक्ष्मण अपने बड़ों से अनुमति लेने के लिये चल पड़े।

दशरथ वेदना से भरे हुये थे। कौशल्या भी बहुत दुःखी थीं। इन दोनों से सीता और लक्ष्मण को आज्ञा लेने में बहुत मुश्किल आई। कैकेयी तो मानों इसकी प्रतीक्षा ही कर रही थीं, और सुमित्रा ने लक्ष्मण को राम और सीता के साथ जाने की अनुमति सहर्ष ही दे दी। तब राम ने लक्ष्मण से कहा कि वे उर्मिला की सहमति लेने के बाद ही निर्णय करें।

* * *

उर्मिला अपने कक्ष में थीं। राम का राजतिलक होने वाला है, इसको लेकर मन में सुबह से ही बहुत उत्साह भी था और उल्लास भी। वे उस समय पहनने के लिये अपने वस्त्र भी चुन चुकी थीं। उन क्षणों की कल्पना मात्र से शरीर रोमांच से भर उठता था। अधरों पर कुछ गुनगुनाने जैसे स्वर बार-बार स्वतः ही आ रहे थे।

तभी उनकी एक सेविका, जिसका नाम मानसी था, लगभग दौड़ती हुई आयी। उर्मिला को उसकी व्यग्रता देखकर लगा, संभवतः कुछ विशेष अच्छा समाचार होगा, किन्तु उसके मुख पर पीड़ा के भाव देखकर वे चकित हुईं।

''क्या हुआ मानसी? इतने शुभ अवसर पर तू इतनी व्यथित सी क्यों है? उर्मिला ने उससे पूछा।

''अनर्थ, घोर अनर्थ!''

''क्या हुआ, कुछ कहेगी भी!''

‘‘माता कैकेयी.... कहते हुये उसने हाथ इस तरह उठाया जैसे कैकेयी कहीं पास में हों और वह उन्हें इंगित कर रही हो।

‘‘क्या हुआ माता कैकेयी को? उर्मिला ने व्यग्रता से पूछा।

‘‘उन्हें तो कुछ नहीं हुआ, किन्तु उनके चाहने से महाराज ने श्रीराम को चौदह वर्षों के वनवास का आदेश दे दिया है।’’

‘‘क्या!? तू कहीं विक्षिप्त तो नहीं हो गयी है मानसी? उनका तो राजतिलक होने वाला है।’’

‘‘नहीं मैं विक्षिप्त नहीं, किन्तु समाचार विक्षिप्त करने वाला ही है।’’

‘‘ठीक से पूरी बात बता मानसी, पहेलियाँ मत बुझा।’’

‘‘बताती हूँ, बताती हूँ... कहते हुये मानसी रो पड़ी।

‘‘अपने को सँभाल और ठीक से पूरी बात कह।’’ उर्मिला ने व्यग्रता से कहा।

‘‘माता कैकेयी ने महाराज से वर माँगा है कि श्रीराम चौदह वर्षों के लिए वनवास पर जायें और भ्राता भरत श्री का राजतिलक हो।’’

‘‘और महाराज, माता कैकेयी को यह दुराग्रह मान गये?’’

‘‘किसी कारण से महाराज उनके प्रति वचनबद्ध थे, अतः उनके पास माता कैकेयी की बात मानने के अतिरिक्त कोई उपाय ही नहीं था; किन्तु यह आदेश देकर वे इतने दुःखी हैं कि देखा नहीं जाता।’’

‘‘हे भगवान!’’ कहते हुये उर्मिला माथे पर हाथ रखकर धम् इस प्रकार भूमि पर बैठ गयीं मानों उनके पैरों में प्राण न रह गये हों।

‘‘और दीदी...!’’ उन्होंने सीता के सम्बन्ध में पूछा।

‘‘वे भी श्रीराम के साथ ही जायेंगी; किसी भी तरह रुकने को तैयार नहीं हैं।’

‘‘आह!’’ उर्मिला के मुँह से निकला। उन्हें अपना सिर घूमता सा लगा। उन्होंने दीवार का सहारा ले लिया और अपना सिर उस पर टिका

दिया। नेत्रों में अश्रु छलक आये थे। कुछ देर तक वे ऐसे ही बैठी रहीं, फिर जैसे सहसा कुछ स्मरण हो आया हो, इस तरह पूछा।

''और ये कहाँ हैं? उनका आशय लक्ष्मण से था।

''वहीं हैं, किन्तु जो कुछ मैंने सुना है......।'' मानसी ने बात अधूरी ही छोड़ दी।

''क्या सुना है तूने, कहती क्यों नहीं ?''

''कैसे कहूँ... ?''

समझ गयी; वे भ्राता और दीदी को अकेले वन नहीं जाने दे सकते... अवश्य ही उन्होंने भी साथ जाने का निश्चय किया होगा।''

मानसी ने पीड़ा भरे नेत्रों से उर्मिला की ओर देखा, बोली कुछ नहीं, किन्तु उर्मिला की आशंका सच है, यह उसके नेत्रों में था। उर्मिला ने उसके नेत्रों की भाषा पढ़ ली और...

कैसे हो गया यह अनर्थ ?'' कहकर फफक पड़ीं।

कुछ देर बाद ही वहाँ लक्ष्मण ने प्रवेश किया। उनको आते देख मानसी, जो उर्मिला के पास बैठकर उन्हें ढाँढ़स बँधाने का प्रयास कर रही थी, धीरे से उठी और मन्थर गति से चलती हुई कक्ष से बाहर निकल गयी।

लक्ष्मण को देखकर उर्मिला खड़ी हो गयीं। वे अब तक रोते-रोते चुप हो चुकी थीं, किन्तु साँसों की गति अब भी तीव्र थी। वे लक्ष्मण को देखते ही एक बार पुनः रो पड़ीं। लक्ष्मण उनके पास आये। हाथ पकड़कर उन्हें उठाया और दोनों वहीं दीवार के सहारे खड़े हो गये। उर्मिला सिर झुकाये हुए थीं। लक्ष्मण ने उन्हें पुकारा,

''उर्मिला!''

अब उर्मिला ने लक्ष्मण के मुख की ओर देखा। उन्हें वहाँ दुःख के साथ-साथ क्रोध के भाव भी बहुत स्पष्ट दिखे। उनके मुख पर क्रोध के भाव देखकर उर्मिला विचलित हो उठीं। उनका मन किसी और भी अनिष्ट की आशंका से भर उठा। एक पल के लिये वे अपना दुःख भूल सा गयीं।

‘‘सभंवतः तुम्हें भी पता लग ही गया है’’ लक्ष्मण ने उर्मिला को रोते देखकर कहा।

‘‘हाँ।’’

‘‘फिर’’

‘‘किन्तु आप दुःख के साथ-साथ क्रोध में भी लग रहे हैं।’’ उन्होंने लक्ष्मण की ओर देखकर कहा।

‘‘कैकेयी का ऐसा दुराग्रह; क्रोध की बात नहीं है क्या?’’

उर्मिला ने ध्यान दिया, लक्ष्मण ने कैकेयी को मात्र ‘कैकेयी’ कहकर सम्बोधित किया था; सदा की भाँति ‘माता कैकेयी’ नहीं।

वे समझ गयीं, लक्ष्मण भी बहुत ही असहज हैं। वे किसी नये अनिष्ट की सम्भावना से भर उठीं।

‘‘इस अवसर पर क्रोध किसी और अनिष्ट को भी आमंत्रित कर सकता है।’’ उन्होंने कहा।

लक्ष्मण ने होठ तिरछे करते हुए पलकें भींचीं और फिर नेत्र खोलकर ऐसे साँस ली जैसे कहीं बहुत पीड़ा भी हो और विवशता भी।

उर्मिला ने इसे देखा और उनके दुःख और पीड़ा को कम करने के प्रयास में कहा।

‘‘हो सकता है इसमें भी कोई अच्छाई छिपी हो।’’

लक्ष्मण कुछ व्यंग्य से हँसे, बोले,

‘‘हाँ, संभवतः यही होगा, किन्तु...’’ उन्होंने वाक्य अधूरा छोड़ दिया।

लक्ष्मण के ‘किन्तु’ से उर्मिला का मन एक बार पुनः आशंकाओं से भर उठा।

‘‘किन्तु क्या?’’ उन्होंने पूछा

''लगता है इस अच्छाई का सारा श्रेय कैकेयी ही ले जायेंगी'' उर्मिला समझ गयीं लक्ष्मण बहुत क्रोध में हैं। इनके क्रोध का शान्त होना बहुत आवश्यक है, सोचकर वे लक्ष्मण के हाथ अपने दोनों हाथों में थामकर हृदय के पास ले आईं, बोली,

''मुझे वचन दीजिये कि आप क्रोध नहीं करेंगे।''

''ठीक है, नहीं करूँगा क्रोध, पर.......'' लक्ष्मण ने कहा।

''क्या?''

''उर्मिला!''

''हाँ''

''भाई और भाभी की सेवा के लिये मैं भी उनके साथ जाना चाहता हूँ; इस हाल में उन्हें अकेले कैसे छोड़ा जा सकता है? इसके लिये मुझे तुम्हारी अनुमति चाहिये।''

'जो आशंका थी वह सच हो ही गयी' उर्मिला ने मन में सोचा और सिर झुका लिया।

''बोलो उर्मिले, तुम्हें यह कुछ अनुचित लग रहा है क्या? क्या यह मेरा कर्तव्य नहीं है?''

'है' उर्मिला ने कहा, फिर जोड़ा, ''और मेरे प्रति...''

''तुम्हारे प्रति भी मेरा कर्तव्य कम नहीं है, उर्मिल, तभी तो तुमसे अनुमति माँग रहा हूँ।

''जब आप निश्चय कर ही चुके हैं, तो मेरा कुछ भी कहना व्यर्थ ही तो है,'' उर्मिला ने कहा।

''नहीं, आपका कुछ भी कहना व्यर्थ नहीं होगा।''

''क्या आप मेरे कहने से रुक जायेंगे?''

''हाँ,'' लक्ष्मण ने कहा।

उर्मिला ने देखा, एक पल में ही उनके मुख पर पता नहीं कितने भाव आये और चले गये, फिर एक गहरी उदासी का भाव आकर ठहर गया। सदा चमकते रहने वाले चेहरे का यह भाव उर्मिला को भीतर तक हिला गया। केवल एक छोटी सी 'हाँ' में लक्ष्मण के मन का बहुत सा दर्द छलक उठा था।

उर्मिला को उनके मुख पर किसी छोटे बच्चे सा भोलापन दिखा, और पीड़ा की इस घड़ी में भी उन्हें हल्की सी शरारत सूझ गई। उन्होंने आँखों को गोल करते हुये, सिर को हिलाया और पूछा,

''सच!''

''हाँ, सच।'' लक्ष्मण ने कहा, किन्तु कुछ पल बाद ही जोड़ा ,

''परन्तु...''

''परन्तु क्या?''

''भ्राता के बिना मैं यहाँ बिना प्राणों के शरीर जैसा ही रह जाऊँगा।''

''मैं यह जानती हूँ, और आप दुखी हों ऐसा मैं स्वप्न में भी नहीं सोच सकती। सीता मेरी सगी बड़ी बहन हैं, और मैं जानती हूँ कि वे कितनी निष्पाप और निश्छल हैं। उनका कोई भी कष्ट, मेरा कष्ट है; फिर मैं आपको प्रभु श्रीराम और देवी सीता के सानिध्य और सेवा से वंचित करने का घोर पाप कर भी नहीं सकती... आप जायें किन्तु...'' कहते कहते उर्मिला रुक गईं।

''आप कुछ कहते-कहते रुक गई हैं, कृपया अपनी बात पूरी करें।'' लक्ष्मण ने कहा।

''प्रथम तो यह कि आप मुझे आप कहकर क्यों सम्बोधित कर रहे हैं?''

''यह अनायास ही हुआ है; मुझे तुम्हारा कद बहुत बड़ा लगने लगा है, संभवतः यह कारण हो।''

''नहीं, मैं तुम ही ठीक हूँ... आपके मुख से अपने लिये 'आप' शब्द

चुभता है मुझे।’’

“ठीक है, किन्तु तुम कुछ और भी कहना चाह रही थीं।’’

“हाँ”

“क्या?’’

“क्या मैं भी साथ नहीं चल सकती?’’

“उर्मिले, यह मुझे बहुत अच्छा लगता, किन्तु आप भी चली जायेंगी तो माताओं और पिताश्री का क्या होगा, सोचिये!’’

“ठीक है।’’ कहते कहते उर्मिला के नेत्रों में अश्रु छलछला आये। वे पास की दीवार पर पीठ टिकाकर खड़ी हो गईं, फिर सिर पीछे दीवार पर टिकाया और बहुत धीरे से बोलीं,

“हे ईश्वर! कोई मुझे भी वनवास दे देता।’’

लक्ष्मण ने सुना। उन्होंने उर्मिला का हाथ पकड़ा और उसे अपने हृदय के पास लाकर बोले,

“उर्मिले, मैं जानता हूँ, मेरी अनुपस्थिति में चौदह वर्षों तक यहाँ रहना तुम्हें किसी भी वनवास से अधिक पीड़ा देगा।’

“हूँ...’’ उर्मिला के स्वर में दर्द छलक उठा।

“तुम्हारे इस त्याग और सहयोग के लिये मेरा मन सदैव तुम्हारा ऋणी रहेगा।’’

“ऐसा मत कहिये; इसे त्याग का नाम मत दीजिये।’’

“क्यों उर्मिल?’’

“यह मेरा धर्म है।’’

“तुम्हारा मन निश्छल और समर्पित है, इसीलिये तुम ऐसा कह रही हो।’’

इतने दुःख में भी उर्मिला के अधरों पर मुस्कराहट की एक रेखा खिंच

गई, और कुछ परिहास सूझ गया; बोलीं,

''अच्छा, किसके प्रति समर्पित है मेरा मन?'

''मैं भी जानता हूँ और तुम भी,'' लक्ष्मण ने कहा।

''हाँ,'' कहकर उर्मिला ने एक गहरी सी साँस ली।

''किन्तु आने वाला समय इसे त्याग की पराकाष्ठा के रूप में ही स्मरण करेगा,'' लक्ष्मण ने कहा।

''हूँ'' उर्मिला ने कहा। उन्होंने रुलाई रोकने के प्रयास में अधर भींच रखे थे।

लक्ष्मण ने उर्मिला की हथेलियाँ थामीं, अपने नेत्रों से लगाईं और फिर उन्हें अपने सीने में समेट लिया। बोले,

''मैं कहीं भी रहूँ, तुम सदैव मेरे हृदय में ही रहोगी उर्मिले!''

''जानती हूँ' और आप जब लौटकर आयेंगे तो इसी जगह आपकी प्रतीक्षा करते मिलूँगी,'' कहते हुए बहुत रोकते-रोकते भी उर्मिला की आँखों से आँसुओं की बूँदें गिरने लगी।

तभी सीता वहाँ आईं। उन्होंने उर्मिला को देखा और उनके मन की पीड़ा का अनुमान लगाने में कोई गलती नहीं की। उन्होंने जल्दी से पास आकर उर्मिला को सीने से लगा लिया। उर्मिला के सब्र का बाँध टूट गया। वे फफककर रो पड़ीं। बड़ी कठिनाई से बोल सकीं'

''दीदी, अपना ध्यान रखियेगा।''

सीता के भी नेत्र छलछला आये थे। उन्होंने अपने वस्त्र से उर्मिला के अश्रु पोंछे और कहा,

''उर्मिल, ऐसे ही रोकर विदा दोगीं!''

''नहीं, रोकर नहीं'' उर्मिला के अधरों पर फीकी सी हँसी आई और फिर वे सीता और राम के चरण-स्पर्श कर पास ही खड़ी हो गयीं।''

राम और सीता, जाने के लिये मुड़े तो उर्मिला भी उनके साथ ही पीछे

हो लीं। वे द्वार तक पहुँचे, तो महल के लगभग सभी लोगों की भीड़ सी थी। उर्मिला चुपचाप उन्हीं के साथ खड़ी हो गयीं और यद्यपि बहुत से लोग उनके साथ-साथ पीछे-पीछे गये, उर्मिला जड़वत वहीं खड़ी उन्हें जाते हुये तब तक देखती रहीं, जब तक वे आँखों से ओझल नहीं हो गये। फिर सिर झुकाये धीरे-धीरे चलते हुये अपने कक्ष में आकर निढाल सी बिस्तर पर लेट गयीं।

लेटे हुये कुछ ही समय हुआ था कि उन्हें किसी के कक्ष में आने की आहट सुनाई दी। आँचल से अश्रु पोंछकर वे उठकर बैठ गयीं। सामने कौशल्या थीं। उर्मिला उन्हें देखकर, उठकर खड़ी हो गयीं।

''माँ!'' उन्होंने कहा। कौशल्या ने उन्हें गले से लगा लिया, बोलीं,

''मैं तेरी पीड़ा समझ सकती हूँ बेटी।''

''क्यों नहीं; हमारी पीड़ा साझा ही तो है माँ।'' उर्मिला ने कहा।

10. महलों से चलकर

बहुत अधिक लोग विदा करने आये थे, और अयोध्या पीछे छूट गई थी। वे वापस जाने को तैयार नहीं हो रहे थे, किन्तु बहुत समझा बुझाकर राम ने उन्हें विदा किया। दोपहर-ढलने सी लगी थी। राम, सीता और लक्ष्मण वन के रास्ते पर चले जा रहे थे। सभी मौन थे। सहसा राम ने कहा,

''लक्ष्मण, थोड़ी देर में शाम होने वाली है; कोई रात्रि बिताने लायक स्थान दृष्टि में आये तो ध्यान रखना।''

''जी भैया।'' कहकर लक्ष्मण, जो चुपचाप राम और सीता के कदमों को देखते हुये चले जा रहे थे, ठहरने लायक स्थान के लिये चारों ओर देखते हुये चलने लगे।

अभी तक सभी लोग बहुत चुपचाप चले जा रहे थे। राम के स्वर से यह शान्ति भंग हुई, तो सीता राम के मुख की ओर देखने लगीं। वे इतने शान्त भाव से चले जा रहे थे कि उनके मुख पर कुछ भी पढ़ना सीता को सम्भव नहीं लगा।

जब तक लोग घेरे हुए थे, तब तक तो सीता का ध्यान उन्हीं लोगों पर था, किन्तु जब सारी भीड़ विदा हुई थी, उन के हृदय में भावनाओं का ज्वार सा

उमड़ रहा था।

सीता को उर्मिला के नेत्र याद आ रहे थे, जो रोने से लाल हो गये थे। उन्हें लगा कि वे भले ही वन में हों, किन्तु अपने पति के साथ तो हैं, किन्तु उस उर्मिला का क्या हाल होगा, जो विवाह के कुछ माह बाद ही अपने पति से चौदह वर्षों के लम्बे अन्तराल के लिये बिछड़ गई है। जिसका पति एक षड्यन्त्रपूर्ण हठ के कारण जंगल-जंगल ठोकरें खाने के लिये विवश है, उसके लिये महल के सुखों का क्या मूल्य।

उर्मिला भले ही महलों में हो, लक्ष्मण से दूर रहने के कारण विरह के काँटे उसे चुभते ही रहेंगे। उन्हें लगा, उर्मिला के दुःख के समक्ष उनका कष्ट कुछ भी नहीं है।

सहसा, विचारों की दिशा बदली। वे सोचने लगीं, माता कैकेयी ने चौदह वर्षों की समय सीमा ही क्यों रखी? वे पन्द्रह वर्ष, बीस वर्ष, या यदि भरत के राज्य को निष्कण्टक ही करना था, तो राम के आजीवन वनवास की माँग भी रख सकती थीं। वैसे तो जीवन का कुछ भरोसा नहीं है, किन्तु एक आदमी के लिये चौदह वर्ष जीवन का एक हिस्सा मात्र है।

माता कैकेयी के मन में, राम के प्रति कहीं न कहीं, अवश्य ही कुछ कोमल भावनायें रही होंगी या शायद यह उनका अपराध-बोध रहा होगा, अन्यथा वे उन्हें चौदह वर्ष बाद भी अयोध्या वापस आने की अनुमति नहीं देतीं। सीता को लगा, आने वाला भविष्य, इस अवधि के चौदह वर्ष ही रखने का शायद कोई तर्क संगत कारण दे सके।

विचारों का क्रम और आगे बढ़ा, तो वे सोचने लगीं कि माता कैकेयी, उन्हें किसी भी वन जाने के लिये कह सकती थीं... उन्होंने बहुत दूर घोर दक्षिण में स्थित दण्डकवन ही क्यों चुना? क्या उन्हें यह आशंका थी कि केवल वनवास के लिये कहने पर राम, पास के ही किसी वन में जाकर निवास कर सकते हैं और उनके पुत्र भरत के राज्य को निष्कण्टक नहीं रहने दे सकते हैं। सीता ने इस विषय में श्रीराम से चर्चा करने का मन बनाया और उनकी ओर देखकर पूछा।

''प्रभु, दण्डकवन की क्या विशेषता है?''

‘‘मैंने सुना है सीते, वह बहुत रमणीक स्थान है, और वहाँ पर बहुत से महान तपस्वी और ऋषि भी रहते हैं।’’

‘‘प्रभु, क्या वे वहाँ निर्भय होकर निवास करते हैं?’’

‘‘हाँ सीते, मेरी जानकारी के अनुसार लगभग निर्भय ही।’’

‘‘लगभग निर्भय का अर्थ तो यह हुआ कि वहाँ कुछ भय का कारण भी विद्यमान है।’’

‘‘हाँ, ऐसा है सीते... यह वन बहुत बड़े क्षेत्र में फैला हुआ है, अतः इसमें बहुत से हिंसक पशु तो हैं ही, लंका का राजा रावण और उसके गण आकर अक्सर इन लोगों को सताते रहते हैं; रावण ने यह क्षेत्र अपनी बहन सुपर्णखा को दे रखा है। ‘‘

‘‘क्या लंका वहाँ से पास ही है?’’

‘‘बहुत पास तो नहीं, किन्तु बहुत दूर भी नहीं है।’’

‘‘क्या रावण बहुत शक्तिशाली है?’’

‘‘हाँ, रावण बहुत शक्तिशाली है; वह सात द्वीपों का अधिपति है, साथ ही राक्षस धर्म को मानने वाला है, अतः देवताओं को पूजने वाले ऋषियों से उसका स्वाभाविक बैर है।’’

‘‘हूँ’’ कहकर सीता चुप हो गईं। उनको लगा कि माता कैकेयी द्वारा राम को दण्डकवन भेजने का कारण कुछ स्पष्ट हो रहा है। सीता ने सुन रखा था कि बचपन में जब राम और लक्ष्मण सोलह वर्ष से भी कम उम्र के बालक थे, तभी उन्होंने महर्षि विश्वामित्र के आश्रम जाकर मारीच और सुबाहु तथा उनके अन्य साथी राक्षसों का वध किया था। उन्होंने वहाँ ताड़का नामक महाबलशाली राक्षसी का भी वध किया था। कैकेयी को राम और लक्ष्मण की शक्ति का सहज अनुमान रहा होगा और यह भी अनुमान रहा होगा कि राम और लक्ष्मण में आपस में बहुत अधिक प्रेम है और लक्ष्मण, राम को अकेले वन नहीं जाने देंगे... वे भी अवश्य ही राम के साथ जायेंगे।

सीता को लगा कि कैकेयी ने यह भी सोचा होगा कि जो रावण, सीता

के स्वयंवर में मिथिला तक आ सकता है, वह अपने साम्राज्य के विस्तार के लिये अयोध्या तक भी आ सकता है; किन्तु राम और लक्ष्मण के दण्डकवन में होने के कारण वह पहले उन्हीं से उलझेगा, और कम से कम चौदह वर्षों के लम्बे अन्तराल तक राम और रावण दोनों की ओर से निश्चिन्त होकर भरत को अयोध्या पर अपने शासन को सुदृढ़ करने का अवसर मिल जायेगा।

विचारों का यह प्रवाह आगे बढ़ा तो उन्हें लगा, उनके श्वसुर, महाराज दशरथ ने भरत और शत्रुघ्न के अयोध्या में न होने के समय ही, अकस्मात् राम के राजतिलक का फैसला क्यों किया? अगर उन्हें अपने गिरते स्वास्थ्य के कारण इसकी शीघ्रता थी, तो वे समय रहते भरत और शत्रुघ्न को बुलवा सकते थे और उनके आने के बाद का कोई मुहूर्त निश्चित कर सकते थे।

अवश्य ही उन्हें किसी व्यवधान की आशंका रही होगी, और कैकेयी को उन्होंने दो वर देने का आश्वासन भी दे रखा था। अतः यह व्यवधान कैकेयी की ओर से बहुत सरलता से उत्पन्न किया जा सकता है, यह अनुमान भी उन्हें रहा होगा। कैकेय देश से कैकेयी की सेवा में आई दासी मन्थरा की कुटिलता और कैकेयी पर उसके प्रभाव का अनुमान भी उन्हें अवश्य ही रहा होगा।

राज्य के लिये सगे भाइयों में भी युद्ध के बहुत से उदाहरण भी उन्हें पता होंगे, शायद इसीलिये उन्होंने भरत की अनुपस्थिति में इस कार्य को अतिशीघ्रता से निपटा डालने की सोची होगी, किन्तु नियति को यह स्वीकार नहीं था। मन्थरा ने कैकेयी को भड़काकर कुटिलतापूर्वक उनकी योजना को ध्वस्त ही नहीं किया, दोनों ने मिलकर उन्हें हृदय-विदारक पीड़ा भी पहुँचाई। चूँकि दशरथ, राम के राजतिलक के पक्ष में थे, अतः अवश्य ही दशरथ का अशक्त होना भी कैकेयी को उचित ही लगा होगा। कैकेयी की निर्ममता को याद कर सीता का मन उनके व्यवहार के प्रति वितृष्णा से भर उठा।

वे चलते हुये दूर आ चुके थे और साँझ ढलने लगी थी। लक्ष्मण ने प्रयास करके एक सरोवर ढूँढ़ा और उसके पास ही कुछ पुआल इत्यादि बटोरकर बिछा दिया। वे जंगल से कुछ फल भी ले आये।

महल से बाहर, जंगल के प्राकृतिक वातावरण में यह सीता के जीवन में पहली रात्रि थी। सरोवर का किनारा व सघन वृक्षों के कारण हवा थोड़ी तेज और ठण्ढी थी। इस हवा में हरियाली की सुगन्ध भरी हुई थी। कभी-कभी किसी पक्षी का स्वर भी सुनाई दे जाता था। पत्तों से गुजरती हवा भी ध्वनि पैदा कर रही थीं।

सीता, पुआल पर सरोवर की ओर मुख करके बैठ गईं। रात्रि की कालिमा घिर चुकी थी। आकाश में चन्द्रमा और तारों का साम्राज्य था। कभी हवा से और कभी पानी में रहने वाले किसी प्राणी के चलने के कारण, सरोवर के पानी में उठने वाली चन्द्रमा की छाया हिल-डुल रही थी। पास ही राम और लक्ष्मण भी बैठे हुये थे।

सभी के मन में कुछ न कुछ चल रहा था, किन्तु कोई कुछ बोल नहीं रहा था। तभी लक्ष्मण ने खामोशी तोड़ी। वे बोले,

‘‘कल हम इस समय अयोध्या के राजमहल में थे, आज यहाँ हैं, कल पता नहीं कहाँ होंगे।’’

‘‘यही प्रारब्ध है।’’ राम ने कहा।

सीता ने सुना, तो वे बोलीं,

‘‘बुरा क्या है; यह भी जीवन की पुस्तक का एक पृष्ठ ही तो है, और मुझे लगता है इस पर गद्य नहीं गीत लिखा हुआ है।’’

‘‘सीता, क्या तुम्हें यह गीत अच्छा लग रहा है?’’ राम ने कहा।

इस प्रश्न के उत्तर में सीता मौन हो गयीं, कुछ बोलीं नहीं।

‘‘सीते!’’ राम ने पुकारा

‘‘क्या।’’

‘‘मैंने पूछा, क्या तुम्हें यह गीत अच्छा लग रहा है?’’

‘‘मुझे उर्मिला का स्मरण हो आया है; सच तो यह है कि उसकी वे रोई-रोई आँखें मैं पल भर के लिये भी भुला नहीं पा रही हूँ; पता नहीं क्यों,

पर मुझे बराबर लग रहा है कि इस यात्रा में हम तीन नहीं चार हैं, भले ही उर्मिला शरीर से हमारे साथ न हों।

राम चुप रह गये, किन्तु पीड़ा उनके चेहरे पर भी छलक आयी।

सीता ने फिर कहा,

‘‘मुझे यह गीत बहुत अच्छा लगता, यदि इसमें उर्मिला की पीड़ा का दर्द नहीं होता।’’

‘‘तुम ठीक कहती हो।’’ उन्होंने कहा और बरबस उनकी दृष्टि लक्ष्मण की ओर चली गई। लक्ष्मण ने इसे महसूस किया। उन्होंने दोनों को इंगित करके कहा,

‘‘जो सौभाग्य है, उसे पीड़ा कैसे कह सकते हैं; आपके लिये कुछ कर पाने का अवसर क्या पीड़ा है ?’’

इसके बाद फिर मौन छा गया। थोड़ी देर में सभी अपने-अपने स्थान पर लेट गये।

महलों से चलकर
पुआल के बिस्तर तक
आ पहुँचा जीवन
पर मन के घट
अब भी
अमृत भरा हुआ है

पुआल के बिस्तर पर लेटी सीता को सब कुछ स्वप्नवत् लग रहा था। लेटे-लेटे सीता की थकी हुई आँखों में कब नींद भर गई और वे सो गईं, उन्हें पता ही नहीं लगा।

सुबह पक्षियों के कलरव से आँखें खुलीं। जंगल की ताजी हवा उन्हें प्राणवायु सी लगी। इस हवा में सुबह की ऐसी सुगन्ध थी, जैसी उन्होंने अपने अब तक के जीवन में कभी भी नहीं महसूस की थी। उन्होंने देखा,

राम भी जाग चुके थे, किन्तु लक्ष्मण नहीं दिखाई दे रहे थे। कुछ चिन्ता सी हुई। तब तक उन्हें लक्ष्मण आते हुये दिखे। सीता ने देखा, वे अपनी प्रातःकालीन दिनचर्या पूरी कर चुके थे, उन्होंने प्रश्नवाचक दृष्टि से लक्ष्मण की ओर देखा तो, वे बोले,

"बस, यहीं आस-पास टहल रहा था, कुछ फल भी मिल गये हैं, लेता आया हूँ।

"लक्ष्मण, तुम यहीं बैठो; हम लोग भी संध्या पूजन आदि करके आते हैं'' कहकर राम, सीता के साथ उठ खड़े हुये।

कुछ देर बाद उन्होंने अपनी आगे की यात्रा प्रारम्भ कर दी।

11. अहिल्याएँ होती हैं

चित्रकूट आदि विभिन्न स्थानों पर रुकते, बहुत से ऋषियों और ऋषि-पत्नियों का आशीर्वाद प्राप्त करते, विभिन्न अनुभवों से गुजरते हुये श्रीराम, सीता और लक्ष्मण, दण्डकवन पहुँच चुके थे। उन्हें अयोध्या से चले लगभग एक वर्ष हो चुका था। वे संन्यासियों के वेष में तो थे ही, उन्हीं के जैसा जीवन जीते-जीते मन से भी संन्यासी ही हो चुके थे।

सीता को हर दिन कुछ नया-नया सा लगता था। कभी-कभी कोई ऋषि या मुनि भी आ जाते थे, जिनसे राम की कुछ आध्यात्मिक चर्चायें भी होती थीं, और सीता उन्हें बड़े मनोयोग से सुनती थीं।

उस दिन लक्ष्मण, जंगल में कुछ फल इत्यादि लेने गये हुये थे, और सीता, राम के साथ एक घने वृक्ष की छाया में बैठी थीं। कुछ ठण्डी और धीरे-धीरे बहती हवा, कुछ पक्षी, कुछ फूलों वाले वृक्ष और आसमान पर हल्के बादल थे, इसलिये धूप नहीं थी। सीता ने राम की ओर देखा। साँवला, सुगठित शरीर, बाल बढ़कर जटाओं जैसे हो गये थे। उनका, राम ने सिर पर जूड़ा सा बना रखा था। संयासियों जैसे वस्त्र और मुख पर तेज देखकर सीता के मन में श्रद्धा उमड़ पड़ी।

सीता ने महसूस किया कि श्रीराम को देखने मात्र से उनके अन्दर अद्भुत आनन्द तो भर ही जाता है, जो दैहिक प्रेम से जनित किसी प्रिय को देखने से मिलने वाली खुशी से सर्वथा अलग है, साथ ही यह मन में पवित्रता का भाव भी भर देता है।

उन्हें स्मरण हो आया कि जब श्रीराम, विश्वामित्र के आश्रम से उनके स्वयंवर में भाग लेने के लिये मिथिला आ रहे थे, तो रास्ते में अहिल्या, जिनके बारे में कहा जाता था कि वे पाषाण हो चुकी थीं, उनके स्पर्श-मात्र से अपने स्वाभाविक मानवीय रूप में लौट आई थीं। यह कथा उन्होंने बहुत लोगों से सुन रखी थी। यह सब कुछ उन्हें बहुत आश्चर्यजनक लगता था।

सीता ने भरपूर दृष्टि राम पर डाली तो शरीर में सिहरन सी भर उठी और तब उन्हें लगा कि जिसका दर्शन मात्र, शरीर में स्पन्दन भर दे, उसके स्पर्श से पाषाण जीवित हो उठा हो, इसमें आश्चर्य क्या है। उन्हें यह भी स्मरण हो आया कि जब प्रथम बार उन्होंने राम को देखा था, उस समय वे प्रथम दृष्टि में हो जाने वाले प्रेम की आयु में ही थीं, किन्तु उनका वह प्रेम कोई शारीरिक आकर्षण से हो उठने वाला प्रेम नहीं था।

वह मात्र भावनात्मक प्रेम भी नहीं था, किन्तु जो भी था उसे व्यक्त करने की सामर्थ्य शब्दों में नहीं थी। उनके इस टकटकी सी लगाकर देखने से राम को लगा कि शायद वे कुछ कहना चाहती हैं। उन्होंने कहा,

''सीते।''

''प्रभु।''

''क्या देख रही हो? कुछ कहना चाहती हो क्या।''

''क्या आप मुझे अहिल्या प्रकरण के बारे में बतायेंगे?''

''हाँ, क्यों नहीं!''

''बताइये।''

''सीते, अहिल्या गौतम ऋषि की पत्नी थीं। यह विडम्बना ही है कि वे अत्यन्त बाल्यावस्था में ही गौतम ऋषि को मिली थीं और ऋषि ने ही उनका

लालन-पालन किया था, किन्तु बड़े होने पर वे स्वयं ही उन पर मुग्ध हो गये और उनसे विवाह कर लिया। स्वाभाविक है, यह अहिल्या के लिये बहुत कष्टकारक रहा होगा।

यह अत्याचार वे सह गईं, किन्तु एक बार जब किसी अन्य पुरुष ने गौतम ऋषि की अनुपस्थिति में उनके जैसा बनकर और धोखे से घर में घुसकर उनसे जबरदस्ती करने का प्रयास किया, तब उनकी आँखें बेबसी, शर्म, पीड़ा और अपने दुर्भाग्य की आग में जल उठीं।

तभी गौतम ऋषि आ गये और उन्होंने अहिल्या से किसी प्रकार की सहानुभूति दिखलाने के स्थान पर उन्हीं को लांछित और अपमानित किया।

''प्रभु, क्या ऐसा नहीं है कि जब पति-पत्नी की आयु में बहुत अधिक अन्तर होता है, तो पुरुष बहुधा अपनी पत्नी पर विश्वास नहीं रख पाते, शंकालु हो जाते हैं!''

''तुम ठीक कह रही हो सीते; बिल्कुल यही हुआ; गौतम ऋषि के व्यवहार से पहले से ही पीड़ित अहिल्या, उनके द्वारा किये गये इस अपमान से हतबुद्धि होकर रह गईं। वे घोर अवसाद की स्थिति में चली गईं और उनके नेत्रों में इतना शून्य भर गया कि उन्होंने किसी भी बात पर प्रतिक्रिया देना बन्द कर दिया।

एक बार तो उनका नन्हा बच्चा भूख के कारण रोता रहा और वे उसी अवसाद की स्थिति में शून्य में देखती रहीं। बच्चे ने रो-रोकर अपने प्राण त्याग दिये, किन्तु वे प्रतिक्रिया-विहीन ही रहीं। लोग कहने लगे कि अहिल्या पत्थर हो गई हैं।''

''फिर आपने उन्हें कैसे ठीक किया?''

''कुछ नहीं, केवल उन्हें 'माँ' कहकर पुकारा, थोड़े स्नेह के बोल बोले; उन्हें परिस्थितियों से हारने की नहीं, लड़ने की सलाह दी।''

''फिर...''

''किसी से अपनी बात कह लेने से मन तो हलका हो ही जाता है, पीड़ायें भी कुछ कम लगने लगती हैं न!

''हाँ''

''तो वही उनके साथ भी हुआ। मेरे सहानुभूति और आदर के कुछ शब्दों ने उनके मन की गाँठें खोल दीं। वे मानों फूट पड़ीं। अपने बचपन से लेकर वर्तमान तक की पता नहीं कितनी बातें कह डालीं। बहुत पीड़ा थी उनके मन में। अपनी व्यथा कहते कई बार वे रो पड़ती थीं। उनका रोना और उनके आँसू मुझसे देखे नहीं जा रहे थे, किन्तु मैं चुपचाप उन्हें सुनता रहा।''

''ओह! वे रो पड़ीं! इसका अर्थ है कि बहुत पीड़ाजनक अनुभवों को जिया होगा उन्होंने।''

''हाँ, और वह सब कुछ कह लेने के बाद जब वे कुछ शान्त हुईं तब मुझसे मेरे सम्बन्ध में पूछने लगीं।''

सीता ने राम के मुख की ओर देखा। वे उन्हें बहुत महान लगे।

''फिर क्या बताया आपने? उन्होंने पूछा।

''जो था वही। ठीक से तो सब कुछ याद नहीं पर हाँ, हम बहुत देर तक बातें करते रहे। मैंने उन्हें कभी-कभी अपने सुख-दुःख किसी से बाँटते रहने और विपरीत परिस्थितियों में भी मन को दृढ़ रखने का परामर्श भी दिया, और इस सबके अन्त में उन्होंने स्नेह से मेरे सिर पर हाथ फेरा, मुझे आशीर्वाद दिया और सामान्य स्थिति में लौट आईं।''

''फिर?''

''बस इतना ही... और लोग कहने लगे कि अहिल्या, जो पत्थर हो गई थीं, वे राम के स्पर्श से पुनः स्त्री हो गई हैं। बात समाप्त करने के बाद राम ने देखा, सीता के नेत्र आँसुओं से भरे हुये थे। उन्होंने सीता के हाथ अपने हाथ में लेकर कहा,

''किन्तु आप क्यों रो रही हैं?''

''कुछ नहीं, ऐसे ही।'' सीता ने अश्रु पोंछते हुए कहा।

12. कल की आहट

राम और लक्ष्मण के साथ सीता दण्डकवन आ चुकी थीं। इस विशाल वन में ऋषियों के बहुत से आश्रम थे। मार्ग में पड़ने वाले सभी आश्रमों में उनका हृदय से स्वागत हुआ था। इस यात्रा में जव नामक राक्षस के पुत्र विराघ ने सीता को उनसे छीनने का प्रयास किया। राम और लक्ष्मण से उसका भयंकर युद्ध हुआ, जिसमें विराघ मारा गया। विराघ को अपना पूर्व जन्म स्मरण था। मरने से पूर्व उसने राम को निकट बुलाया। बोला -

''प्रभु! पूर्व जन्म में मैं गन्धर्व था, किन्तु इस जन्म में तो राक्षस ही हूँ; मेरी विनती है कि मृत्यु के बाद राक्षसों की प्रथा के अनुसार ही आप मुझे मिट्टी में दफन करवा दें।''

मृत्यु के बाद, उसकी इस इच्छा का सम्मान करते हुये राम के आदेश से लक्ष्मण ने एक बड़ा गढ्ढा खोदकर विराघ की देह को उसमें दफना दिया।

वे वहाँ से चले तो शरभंग ऋषि के आश्रम पहुँचे। शरभंग अपनी इन्द्रियों पर विजय प्राप्त कर चुके थे और अपनी देह छोड़ने का निश्चय कर चुके थे, किन्तु जब उन्हें श्रीराम के इस ओर आने का समाचार मिला तो

ऋषि ने उनके दर्शनों तक देह में ही रहने का निश्चय किया।

राम आये। शरभंग ने उनका बहुत श्रद्धा और भक्ति के साथ स्वागत किया। कुछ देर तक आध्यात्मिक चर्चा भी की, और फिर उन्होंने राम से कहा।

''आपके दर्शनों की मेरी अभिलाषा पूर्ण हुई इससे अधिक कोई क्या चाह सकता है; अब आप जाने को तत्पर हैं तो मुझे भी इस संसार को त्यागने की अनुमति दीजिये।''

''ऋषिवर, आपकी किसी भी इच्छा का अनादर मैं नहीं कर सकता... आपने कुछ सोचकर ही यह निर्णय लिया होगा।''

ऋषि शरभंग ने अपनी देह के त्याग के निश्चय से अग्नि प्रज्ज्वलित करायी और राम से प्रार्थना की कि उनकी देह के पूर्णतः भस्मीभूत होने तक वे वहीं रुके रहें, जायें नहीं।

सीता का मन इस प्रसंग से बहुत अधिक व्याकुल हो उठा था। राम ने इसे समझा और उनसे कहा,

''सीते, व्याकुल मत हों; ऋषिवर अपनी आयु ही नहीं पूरी कर चुके, वे अपनी इन्द्रियों पर पूर्ण विजय भी प्राप्त कर चुके हैं, अब उन्हें यह नश्वर देह छोड़नी तो है ही।''

राम के समझाने से सीता का मन कुछ तो शान्त हुआ किन्तु जब शरभंग मन्त्रोच्चार करते हुए अग्नि में प्रवेश करने लगे, सीता की देह रोमांच से भर उठी। उन्होंने राम का हाथ कसकर पकड़ लिया और नेत्र बन्द कर लिये।

उन्हें लग रहा था कि संभवतः कुछ देर में ऋषि के पीड़ा भरे स्वरों और चर्म जलने की गन्ध से वातावरण भर उठेगा, किन्तु उन्हें बहुत आश्चर्य हुआ, जब ऐसा कुछ भी नहीं हुआ। कुछ देर बाद उन्हें राम का स्वर सुनाई दिया।

''सीते!''

‘‘हाँ।’’

‘‘नेत्र खोलो।’’

सीता ने नेत्र खोले। शरभंग मुनि की देह राख हो चुकी थी और अग्नि भी लगभग शान्त हो चुकी थी। उनके जीवित जलने की कल्पना से सीता की देह में एक बार पुनः सिहरन सी दौड़ गयी। वे बहुत आश्चर्यचकित थीं कि न ऋषि की पीड़ा की ध्वनियाँ, न चर्म जलने की कोई गन्ध ही आयी और सब कुछ इतना शीघ्र हो गया था, जैसे बस कोई एक कक्ष से उठकर दूसरे कक्ष में चला गया हो।

शरभंग के आश्रम से चलकर राम, ऋषि सुतीक्ष्ण के आश्रम पहुँचे। उनसे मिलकर राम को लगा कि उन्हें दण्डक वन क्षेत्र की अच्छी जानकारी है, अतः उनसे विदा लेते समय राम ने उनसे कहा,

‘‘ऋषिवर, आपको इस क्षेत्र में निवास करते बहुत समय हो गया है, अतः वनवास के समय हमारे ठहरने के लिये आपकी दृष्टि में कौन-सा स्थान उत्तम है?’

‘‘श्रीराम मेरा सौभाग्य होगा यदि आप लोग सुखपूर्वक यहीं निवास करें; यहाँ समय-समय पर ऋषियों के समुदाय भी आते रहते हैं। अच्छा सतसंग रहेगा और फिर यह स्थान सभी सुविधाओं से युक्त भी है। मैं स्वयं भी आप सभी का बहुत ध्यान रखूँगा।’’ इतना कहने के बाद ऋषि जैसे कुछ सोचकर बोले, -‘‘बस, यहाँ पर मृग बहुत अधिक हैं और बहुधा उनका उपद्रव भी रहता है।’’

‘‘आपके इस प्रस्ताव के लिये हम कृतज्ञ हैं, किन्तु आप अन्यथा न लें; हम अपना यह समय किसी एकांत और अधिक शान्त स्थान में चाहते थे।’’

‘‘फिर तो मेरी दृष्टि में पंचवटी का क्षेत्र आपके लिये बहुत अच्छा रहेगा...। वह स्थान बहुत सुन्दर भी है और शान्त भी।’’

चलते समय सुतीक्ष्ण ने उनसे दण्डकारण्य क्षेत्र के राक्षसों के शमन की प्रार्थना की और राम ने उन्हें इसका आश्वासन भी दिया। राम के राक्षसों के शमन के आश्वासन पर सीता कुछ चिन्तित हुईं। मार्ग में सीता ने उनसे

कहा,

"आपने ऋषि को राक्षसों के शमन का आश्वासन दिया है।"

"हाँ।"

"किन्तु मैं चाहती हूँ कि कभी भी आपके हाथ से किसी निरपराध का वध न हो, भले ही वह राक्षस ही क्यों न हो।"

"आपने मेरे मन की बात की है सीते; और मैं कभी भी किसी निरपराध का वध न करने का आपको आश्वासन देता हूँ।

विभिन्न ऋषियों, मुनियों से मिलते हुए राम, पंचवटी क्षेत्र में पहुँचे तो उस स्थान के प्राकृतिक सौन्दर्य से अभिभूत हो उठे। वहाँ उन्हें अपनी अपेक्षा के अनुरूप शान्ति भी लगी, तो उन्होंने सीता और लक्ष्मण की सहमति से वहीं प्रवास करने का निश्चय किया और सबकी सहायता से, रहने के लिये एक पर्णकुटी का निर्माण कर लिया।

पंचवटी का क्षेत्र था। हेमन्त ऋतु आ चुकी थी। भयंकर ठण्ढ और पाले के दिन थे। पत्ते झड़ जाने के कारण वृक्ष सूने दिखाई दे रहे थे। सूर्य दक्षिणायन हो चुके थे। रातें बड़ी और दिन छोटे होने लगे थे। धूप का स्पर्श बहुत सुखद प्रतीत होने लगा था। यह क्षेत्र तरह-तरह के जीव जन्तुओं से भरा हुआ था, किन्तु अत्यधिक ठण्ढ होने के कारण वे भी कम दिखाई देने लगे थे। पाला पड़ने से अधिकतर पौधों में केवल डंडियाँ ही बची हुई थीं।

प्रातःकाल का समय था। पेड़-पौधे और भूमि पर उगी घास पर ओस की बूँदें चमक रही थीं। राम, लक्ष्मण और सीता, गोदावरी में स्नान करने के बाद एक थोड़े ऊँचे स्थान पर सुबह की हल्की नर्म धूप में बैठे थे। कहीं से ढूँढ़कर लक्ष्मण, एक बड़े से पत्ते का दोना सा बनाकर कुछ पुष्प एकत्रित कर लाये थे।

सब ने पास ही एक छोटा सा मन्दिर भी बना लिया था। अब सभी मिलकर उसी मन्दिर गये और मन्त्रोच्चार के साथ विधिवत पूजन- अर्चन किया। उसके बाद सीता सबके लिए कुछ अल्पाहार का प्रबन्ध करने आश्रम में चली गईं। राम और लक्ष्मण वहीं बैठकर उनकी प्रतीक्षा करने लगे।

सीता, आश्रम में अल्पाहार तैयार कर रही थीं, तभी उन्हें लगा कि राम किसी स्त्री से बातें कर रहे हैं। इस घोर वन में कौन आ गया, इस उत्सुकता से सीता ने आश्रम की खिड़की से झाँका, तो देखा, सचमुच राम मुस्कराते हुये एक स्त्री से बातें कर रहे हैं और लक्ष्मण कुछ दूर हटकर खड़े थे।

सीता ने देखा, स्त्री एक सुन्दर नवयुवती थी, किन्तु उसके मुख पर नारी सुलभ लज्जा और कोमलता नहीं थी। उन्हें, उसके हाव-भाव भी अच्छे नहीं लगे। थोड़ी देर में उन्होंने देखा कि राम ने लक्ष्मण की ओर इशारा किया और वह स्त्री, लक्ष्मण के पास जाकर बातें करने लगी।

अब तक अल्पाहार तैयार हो चुका था। सीता, राम और लक्ष्मण को बुलाने के लिये बाहर आ गईं। उन्होंने देखा, लक्ष्मण भी उससे हँसते हुए बातें कर रहे थे। सीता ने राम के पास आकर धीरे से पूछा,

''यह स्त्री कौन है?''

''यही रावण की बहन सुपर्णखा है और इस क्षेत्र की स्वामिनी है। इसने रावण की इच्छा के विरुद्ध एक युवक के साथ भागकर विवाह कर लिया था, इससे स्वयं को अपमानित अनुभव कर रावण ने उस युवक का वध कर दिया, किन्तु अपनी युवा विधवा बहन के अश्रु पोंछने के लिये रावण ने दण्डकारण्य का क्षेत्र इसे सौंप दिया।'' राम ने कहा।

''क्यों आई है?''

सीता के इस प्रश्न पर राम हल्के से हँस पड़े। बोले,

''पहले यह मेरे पास आयी थी।''

''किन्तु क्यों?''

''इसे जाने दो, बाद में बताऊँगा; अभी तो मैंने ही इसे लक्ष्मण के पास भेजा है।''

''कुछ विशेष है क्या? सीता का कुतूहल जा नहीं रहा था। राम ने सीता के मुख की ओर देखा, मुस्कराये, फिर बोले,

''कुछ देर बाद यह तुम्हें स्वयं ही स्पष्ट हो जायेगा, मुझे कुछ भी

बताना नहीं पड़ेगा।

सीता ठगी सी सुपर्णखा की ओर देखने लगीं, फिर जैसे कुछ स्मरण हो आया हो ऐसे बोलीं,

''अरे हाँ, मैं जो कहने आयी थी वह तो भूल ही गयी।''

''क्या?''

''अल्पाहार तैयार है।''

''लक्ष्मण को आने दो, चलते हैं।'' सीता, फिर लक्ष्मण और सुपर्णखा की ओर ही देखने लगीं। उन्होंने देखा, लक्ष्मण भी हँसते हुए राम को इंगित करते हुये कुछ कह रहे हैं। वह लक्ष्मण को छोड़कर राम के पास आ गयी।

लक्ष्मण से बात करते समय सुपर्णखा ने एक दो बार सीता की ओर भी देखा था; किन्तु उसने एक बार भरपूर दृष्टि सीता पर डाली और उपेक्षा से मुँह फेर लिया। वह कुछ खीजी, चिढ़ी और उत्तेजित लग रही थी। उसने राम की ओर देखा, तो राम ने पूछा।

''क्या हुआ?''

प्रत्युत्तर में उसने अति गर्व से कहा,

''मैं लंकापति राक्षसेन्द्र रावण की भगिनी हूँ राम! मुझसे बातें मत बनाओ, अपितु अपने को धन्य समझो कि मैं तुमसे प्रणय-निवेदन कर रही हूँ; इसे स्वीकार करो।''

अब सब कुछ सीता की समझ में आ गया। अवश्य इसने पहले राम से प्रणय-निवेदन किया होगा, इस पर उन्होंने हँसी करते हुए लक्ष्मण के पास भेजा होगा, और लक्ष्मण ने पुनः इसे राम के पास भेजा है; किन्तु सीता ने पहली बार इस तरह निर्लज्जतापूर्वक किसी स्त्री को प्रणय-निवेदन करते सुना था। वे आश्चर्यचकित रह गईं और राम की ओर देखने लगीं। तब तक लक्ष्मण भी पास आ गये थे। राम ने सीता को इंगित करते हुये सुपर्णखा से कहा,

''सुपर्णखा, ये मेरी भार्या हैं और मैं एक पत्नी व्रतधारी हूँ, तुम्हारी

मनोकामना पूर्ण नहीं कर सकता।''

सुपर्णखा ने बहुत क्रोध से सीता की ओर देखा। सीता ने देखा, उसके नेत्र लाल हो गये थे और चेहरा तन गया था। उसने इतना कसकर अपना सिर झटका कि उसके केश खुलकर बिखर गये, फिर दाँत पीसते हुये कहा,

''राम, मैं अपनी राह के इस रोड़े को अभी समाप्त कर देती हूँ। इसके बाद तुम्हें मेरा आग्रह स्वीकार करने में कोई बाधा नहीं रह जायेगी।''

यह कहते हुए वह सीता की ओर झपटी। सीता उसके इस अचानक आक्रमण से चौंककर पीछे हटीं और उन्होंने देखा कि पता नहीं कब, तलवार लिए लक्ष्मण का हाथ उन दोनों के मध्य आ गया था। सुपर्णखा अपने को सँभाल नहीं सकी। लक्ष्मण की तलवार से उसका मुख टकरा गया। वह चोट खाकर भूमि पर गिर पड़ी।

सीता ने देखा, सुपर्णखा के इस कार्य से राम आश्चर्य-चकित और लक्ष्मण क्रोधित दिखाई दे रहे थे। उन्होंने भूमि पर पड़ी हुई सुपर्णखा को देखा। उसके नाक और कान पर तलवार से और भूमि पर गिरते समय किसी पत्थर से टकराने से घाव हो गये थे।

बहते हुये रुधिर से उसका चेहरा रँग गया था, और कुछ रक्त भूमि पर भी पड़ा था। सीता ने सहारा देकर उसे उठाया, किन्तु उसने उठते ही सीता को धक्का दे दिया। लक्ष्मण क्रोधित होकर उसकी ओर झपटे, किन्तु सीता ने सँभलते हुए हाथ के इशारे से उन्हें रोक दिया और बोलीं,

''मैं ठीक हूँ, चिन्तित मत हो।''

सुपर्णखा अब तक सँभल चुकी थी। उसने अपने चेहरे पर हाथ फेरा तो हाथ रक्त से सन गया। सुपर्णखा अपमानित और घायल थी। उसने पैर पटकते हुये कहा,

''चिन्ता क्या होती है, और वह कैसे चिता बन जाती है, यह तुम सबको शीघ्र ही ज्ञात हो जायेगा। तुमने अपने काल को स्वयं आमंत्रित किया है राम।''

फिर वह बहुत तेजी के साथ वहाँ से चली गई। उसके जाने के बाद

सीता को लगा, जैसे कोई तेज धूल भरी आँधी गुजर गई हो। उनका हृदय कुछ जोर से धड़क रहा था। उन्होंने लक्ष्मण की ओर देखा उनके चेहरे पर शान्ति थी। फिर उन्होंने राम की ओर देखा। गम्भीर चेहरा किन्तु होंठ थोड़े से तिरछे। उन्हें लगा, राम कुछ सोच रहे है। उन्होंने उनसे पूछा,

''आप कुछ सोच रहे हैं; क्या वह फिर आयेगी?''

''आ भी सकती है।''

''क्यों?''

''बदला लेने का प्रयास अवश्य करेगी।''

सीता को लगा, उनके हृदय में एक बार पुनः धक् से हुआ है।

इसके बाद राम ने सावधानी रखते हुए, लक्ष्मण को धनुष-बाण धारण कर, सीता को वृक्षों से घिरी, पर्वत की एक गुफा में ले जाकर सुरक्षित रखने का आदेश दिया। लक्ष्मण इसके लिये तुरन्त तैयार हो गये, किन्तु सीता ठिठकीं। उन्होंने राम से तो कुछ नहीं कहा, किन्तु लक्ष्मण की ओर देखकर बोलीं,

''यूँ अकेले इन्हें छोड़कर कैसे जा सकते हैं हम?''

''चिन्ता की बात नहीं है, वे अकेले ही उन सबके लिये बहुत हैं।' लक्ष्मण ने कहा।

राम का अनुमान सत्य सिद्ध हुआ। शीघ्र ही सुर्पणखा के उलाहने से अति उत्तेजित खर और दूषण बहुत से साथी राक्षसों की सेना लेकर लड़ने के लिये आ गये। सुपर्णखा भी साथ ही थी। बाणों की भयंकर वर्षा करते हुये राम ने अकेले ही उनके विरुद्ध मोर्चा सँभाल लिया। कुछ ही समय के युद्ध के बाद बहुत से राक्षस मारे गये, तो शेष ने वहाँ से भागने में अपनी कुशल समझी। विलाप करती हुई सुपर्णखा भी उनके पीछे-पीछे चली गयी।

सीता मन मारकर लक्ष्मण के साथ चल तो पड़ीं, किन्तु जाते-जाते बार-बार मुड़-मुड़कर राम को देखती जा रही थीं। लक्ष्मण के उत्तर से उनकी आशंकायें कम तो हुई थीं, किन्तु समाप्त नहीं। राम उनकी ओर ही देख रहे

थे। उन्होंने सीता की मनःस्थिति समझी और कुछ मुस्कराकर हाथ उठाकर उन्हें आश्वस्त करने का प्रयास किया।

सीता चली तो गयीं, किन्तु सुपर्णखा के पक्ष में लड़ने आये राक्षसों के विनाश के बाद जब तक राम उन्हें लेने नहीं आये, वे बेचैन ही रहीं और मन ही मन उनकी कुशलता की कामना करती रहीं। वापस आकर राक्षसों की विशाल सेना का विनाश देखकर राम के पराक्रम के प्रति उनका मन गर्व से भर उठा।

* * *

चित्रकूट में दस माह और उसके पश्चात् इस दण्डकारण्य में रहते हुए लगभग बारह वर्ष व्यतीत हो चुके थे। सीता अपने आश्रम में बैठी हुई थीं। उन्होंने इसे बहुत सुरुचिपूर्ण ढंग से सजाया था। रैन-बसेरे से शुरू होकर, यह एक छोटे से आश्रम का रूप ले चुका था। सीता सोचने लगीं, बस लगभग एक वर्ष और यहाँ रहना है, उसके बाद घर परिवार के लोग मिलेंगे।

घर परिवार का ध्यान आते ही सबसे पहले उन्हें उर्मिला का ध्यान आया उस बेचारी ने अभी देखा ही क्या था? विवाह के मात्र छह माह बाद ही वह अपने पति से चौदह वर्षों के लम्बे अन्तराल के लिये बिछुड़ गई थी। सीता सोच नहीं पा रहीं थीं कि उसके दिन कैसे कटते होंगे; किन्तु इस चौदह वर्ष के वनवास के समाप्त होने पर सबसे अधिक खुश होने वाली वही होगी। उन्होंने उर्मिला की खुशी के लिये इस एक वर्ष के जल्दी बीतने की कामना की।

उन्हें लग रहा था कि उर्मिला भले ही उनकी छोटी बहन थी, किन्तु इतने बड़े त्याग के बाद उसका कद बहुत अधिक बड़ा हो गया था। फिर उन्हें अपने श्वसुर, महाराज दशरथ का स्मरण हो आया। वे एक सीधे सच्चे इंसान थे। अपने बड़े पुत्र राम का राजतिलक देखना चाहते थे, किन्तु कैकेयी के व्यवहार ने उन्हें इस सुख से ही वंचित नहीं किया बल्कि उनको प्राणान्तक

पीड़ा भी दी।

कैकेयी का चरित्र उन्हें पहेली सा लगने लगा। वे राम को भरत से अधिक चाहती थीं ,फिर उन्होंने ऐसा हठ क्यों किया? पहले राम से इतना अधिक प्रेम, फिर उन्हें मात्र वल्कल वस्त्रों में चौदह वर्षों के लिये सुदूर दक्षिण में स्थित दण्डकवन भेजना, उनकी कूटनीति थी या यह इस परिवार का भाग्य था और वे इसके लिये एक बहाना मात्र थीं।

सीता के मन में राम और अपने लिये नहीं, किन्तु उर्मिला और लक्ष्मण के लिये बहुत अधिक दुःख था। वे बिल्कुल अकारण ही यह दुःख उठा रहे थे। विदा लेते समय उर्मिला का आँसुओं से भरा हुआ चेहरा सीता की आँखों के आगे से हट नहीं रहा था। उर्मिला के दुःख को याद कर सीता के नेत्र भर आये। सहसा एक गिलहरी उनके पाँव को छूते हुए निकल गई। इससे वे चौंक गईं। सीता ने अपनी आँखें पोंछीं। उन्हें लगा, यदि कहीं श्रीराम या लक्ष्मण ने उन्हें रोते देखा, तो वे भी दुःखी हो जायेंगे। उन्होंने सामान्य होने का प्रयास किया, किन्तु विचारों का क्रम टूट नहीं रहा था।

सीता को, माता कौशल्या का सदैव ममता भरा व्यवहार याद आया, तो उन्हें लगा, ईश्वर सभी को ऐसी सास दे। उन्हें माता सुमित्रा की याद आई, तो फिर लगा कि वे भी अचानक ही कैकेयी के दुराग्रह का शिकार होकर सन्तान से बिछड़ने का दुःख पा रही हैं। उन्हें लगा, कैकेयी ने अपना अस्त्र तो श्रीराम पर चलाया था, किन्तु उसकी चपेट में पूरा परिवार ही आ गया, और जिस भरत के लिये उन्होंने यह सब किया वही सबसे अधिक दुःखी और कैकेयी के विरोधी हो गये।

तभी एक बन्दर दौड़ता हुआ आया और सीता के पास रखी टोकरी से एक फल उठाकर भाग गया। उस दुःख में भी सीता को बन्दर की यह हरकत देखकर हँसी आ गई। उन्होंने फलों की टोकरी उठाकर अन्दर रखी और स्वयं आश्रम से बाहर आकर अपने इस निवास को देखने लगीं।

उन्हें लगा, कहीं न कहीं, उन्हें यह आश्रम और यह स्थान प्रिय लगने लगा है। ऐसा लगता है, जैसे यह प्रकृति की गोद में उनका एक छोटा सा घर है, जिसमें वे अपने पति और देवर के साथ रहती हैं। कितना सीधा,

सादा और सरल जीवन है। उन्हें लगा, उनके मन में इस घर और स्थान के लिये मोह पैदा हो रहा है।

उनका आश्रम केले, कनेर, अशोक, आम आदि तरह तरह के वृक्षों से दूर-दूर तक घिरा हुआ था। इनमें बहुत से वृक्ष सीता के अपने लगाये हुए थे। भाँति-भाँति के फूलों के पौधे भी थे। ये भी सीता के अपने हाथों के लगाये हुये थे। वृक्षों पर बहुत से पक्षियों का बसेरा था और कुञ्जों में बहुधा हिरन आदि दिखाई पड़ जाते थे। उन्होंने आश्रम के निकट ही एक छोटी सी गौशाला बनाकर उसमें एक गाय भी पाल रखी थी। वे उठकर आश्रम से बाहर आईं और टहलने लगीं। धूप बहुत हल्की थी। हवा में शीतलता थी।

सीता निकट के एक कनेर के वृक्ष के पास आईं। कनेर के कुछ पुष्प चुनकर उन्होंने अपनी बाँयीं हथेली में समेटे, फिर वे एक-एक फूल उठाकर हिरन के बच्चों पर फेंकने लगीं। किसी बच्चे को फूल लग जाता, तो अपने शरीर को हिलाकर वह उछलते हुए भागता और सीता हँस पड़तीं। उन्हें यह खेल बहुत अच्छा लग रहा था।

सहसा उन्होंने एक बहुत सुन्दर मृग देखा। वह अन्य मृगों से अलग था। रंग सुनहरा और चमकदार था। ऐसा लगता था, किसी ने सोने का मृग बना डाला है। सीता आश्चर्य से भर गईं। उस मृग की सुन्दरता ने उन्हें मोहित कर लिया। उन्होंने देखा, उस मृग का चलना, दौड़ना, कुलाँचे भरना, सब कुछ दूसरे मृगों से अलग था। उन्होंने लक्ष्मण को आवाज दी। जब उनकी ओर से प्रत्युत्तर मिला, तो उन्होंने कहा कि वे अपने भाई को साथ लेकर शीघ्र आ जायें, एक अद्भुत मृग दिखाना है। लक्ष्मण, राम को लेकर आ गये। उनके आने पर सीता ने उस मृग को इंगित कर कहा,

''लक्ष्मण देखो, वह मृग कितना अद्भुत है!'' लक्ष्मण उसे गौर से देखने लगे। उन्होंने इसका कुछ उत्तर नहीं दिया। सीता ने पुनः राम की ओर देखा और कहा,

''बहुत सुन्दर है न!''

राम ने कहा,- ''हाँ सचमुच बहुत सुन्दर है।''

राम के उत्तर से उत्साहित होकर सीता ने कहा,

''वह मृग मुझे ला दो, मैं पालूँगी... हमारा वनवास का समय पूरा होने पर जब हम वापस अयोध्या चलेंगे, मैं इसे भी ले चलूँगी; सभी लोग इसे देखकर आश्चर्य करेंगे।''

राम उनकी बात सुनकर मुस्कराये और बोले,

''मृग को जीवित पकड़ पाना आसान नहीं होता; वे बहुत तेज भागते हैं और हमारे पास कोई जाल भी तो नहीं है।''

''यदि आप उसे जीवित पकड़ सकें तो बहुत अच्छा है, अन्यथा उससे प्राप्त मृगचर्म, आसन के लिये कितना सुन्दर होगा... ऐसा मृगचर्म किसी के पास नहीं होगा।''

लक्ष्मण अभी तक शान्त होकर सुन रहे थे, बोले,- ''मुझे उस मृग पर सन्देह है।''

''क्या?''राम ने कहा।

''यह वन प्रदेश है; यहाँ राक्षसों का अक्सर उपद्रव रहता है; यह प्रदेश राक्षसराज रावण की पहुँच से बहुत दूर भी नहीं है।''

''क्या कहना चाहते हो लक्ष्मण?''

''मुझे यह मायावी मृग लगता है। यह स्वयं कोई राक्षस या किसी राक्षस की माया हो सकता है; इसे पाने की चेष्टा व्यर्थ और खतरनाक हो सकती है।

''तुम ऐसा क्यों सोचते हो लक्ष्मण, क्या तुम भयभीत हो?'' सीता ने कहा,

''भय क्या होता है, यह लक्ष्मण ने कभी नहीं जाना, किन्तु व्यर्थ में खतरा मोल लेना भी मुझे उचित नहीं लगता,'' लक्ष्मण ने कहा।

किन्तु राम, सीता के आग्रह को व्यर्थ नहीं जाने देना चाहते थे। उन्हें स्मरण था कि चित्रकूट में अनसुइया और पंचवटी में महर्षि अगस्त्य ने उनसे

सीता की हर इच्छा पूरी करने को कहा था। अतः वे बोले,

"लक्ष्मण, तुम्हारी बात ठीक हो सकती है, किन्तु तब तो उसका मारा जाना और भी आवश्यक है।"

थोड़ा रुककर राम ने फिर कहा,

"यदि वह सचमुच मृग है, तो सीता की इच्छा पूरी हो जायेगी, और यदि वह राक्षसी माया है, तो जिसने हमारे आश्रम तक गलत भावना लेकर आने का दुःसाहस किया है, उसका अन्त आवश्यक है।"

"ठीक है भ्राताश्री, जैसा आप उचित समझें।"

इसके बाद, राम तो धनुष लेकर उस मृग के पीछे निकल पड़े, किन्तु सीता को लक्ष्मण द्वारा राम को रोका जाना, अच्छा नहीं लगा था। वे वहीं बैठकर राम की प्रतीक्षा करने लगीं। लक्ष्मण भी वहीं थोड़ा हटकर खड़े हो गये। अचानक राम के स्वर में हा सीते! हा लक्ष्मण' सुनाई पड़ा, और सीता के आदेश से लक्ष्मण उन्हें ढूँढ़ने निकले। जाते-जाते लक्ष्मण ने उन्हें किसी अजनबी पर विश्वास न करने की सलाह दी।

इस बीच पहले से बनाई गयी योजना के अनुसार ही साधु वेष में रावण आया। सीता ने लक्ष्मण की सलाह का ध्यान न रखते हुए उसका विश्वास किया। और रावण सीता का अपहरण कर रास्ते में बाधा डालने वाले जटायु को परास्त करते हुए लंका पहुँच गया।

राम और लक्ष्मण लौटकर आये। उन्होंने सीता को न आश्रम और न आस-पास ही कहीं पाया। उनका मन आशंकाओं से भर उठा, और शीघ्र वे समझ गये कि अवश्य ही सीता किसी संकट में हैं। दोनों के नेत्रों में रक्त और साँसों में तूफान भर उठा।

इधर रावण ने पहले सीता को महल में ले जाकर अपना वैभव दिखा कर प्रभावित करने का प्रयास किया, किन्तु उसमें सफल न होने पर उन्हें अशोक के वृक्षों की एक वाटिका में कुछ अत्यन्त निर्मम राक्षसियों के पहरे में कैद कर दिया।

13. कैद हुये दिन

सीता, अशोक के पेड़ों से घिरी वाटिका में पहुँच चुकी थीं। रोते-रोते उनके गले में तकलीफ होने लगी थी। आँखों से बहे हुए आँसू पोंछ-पोंछकर उनके वस्त्र का एक कोना भीग चुका था और मुख पर आँसू सूखे हुए थे। अशोक वाटिका पहुँचकर सीता एक वृक्ष के सहारे खड़ी हो गयीं। उन्हें लग रहा था, उनके शरीर में जान नहीं है।

उन्हें पानी पीने और कहीं बैठने की तीव्र इच्छा हो रही थी। उन्होंने आँखें उठाकर हर ओर देखा। थोड़ी दूर पर कुछ राक्षस स्त्रियाँ आपस में कुछ बातें कर रही थीं। कुछ राक्षस स्त्रियाँ चारों ओर बिखरकर भी खड़ी थीं। सीता समझ गईं, ये उन पर पहरा रखने के लिये ही वहाँ होंगी। उनको अपनी ओर देखते पाकर, उसमें से एक उनकी ओर आई। सीता ने देखा, उसके मुख पर क्रूरता नहीं, सरलता विद्यमान थी। उसने पास आकर पूछा,

‘‘कुछ चाहिये बेटी?’’

‘‘पानी,’’ सीता बहुत कठिनाई से कह पायीं।

‘‘बेटी, मैं अभी लाई।’’ कहकर वह चली गई और कुछ ही देर में पानी से भरा एक पात्र ले आई और कहने लगी,

‘‘लो, शुद्ध जल है; पीलो और आँखें भी धो लो; चेहरे पर आँसू सूख गये हैं।’’

सीता को उसके स्वर में अपनत्व लगा। उन्होंने उसके हाथ से पानी लिया। मुख पर डाला तो ठण्ढे पानी का स्पर्श जैसे अन्दर तक ठण्ढक भर गया। सीता ने मुख धोया और फिर वे बहुत सा पानी पी गईं। पानी पीकर सीता को कुछ जान सी मिली, तो उन्होंने देखा, वह स्त्री इतनी देर में कुछ पुआल, एक आसन और एक केले के पत्ते पर रखकर कुछ फल ला चुकी थी। उसका स्नेह देखकर सीता का मन भर आया- वे बोलीं,

‘‘माँ, इस हतभागिनी के लिये आप इतना परेशान न हों।’’

‘‘ऐसे नहीं कहते बेटी’’ कहते हुये उसने पुआल बिछाये, फिर उसके ऊपर एक आसन डाल दिया और बोली,

‘‘लो बैठो, और कुछ फल लाई हूँ, इन्हें खालो।’’

सीता उस आसन पर बैठ गईं। बैठते ही उन्हें लगा, जैसे थकान और दर्द से उनका पोर-पोर दुख रहा है। उस स्त्री ने सीता के सर पर हाथ फेरा और बोली,

‘‘बेटी, मेरा नाम त्रिजटा है; मैं इसी जगह रहूँगी... तुम्हें कभी भी किसी वस्तु की आवश्यकता हो तो मुझे बुला लेना,’’ फिर थोड़ा रुककर बोली,

‘‘तुमने फल नहीं लिये बेटी।’’

‘‘मुझे भूख नहीं है माँ,’’ सीता ने कहा।

किन्तु त्रिजटा नहीं मानी। वह आग्रह करती ही रही, तो सीता ने फल लेकर रख लिये और बोलीं,

‘‘माँ, मैं इन्हें थोड़ी देर बाद खा लूँगी।’’

‘‘तुम खा अवश्य लेना बेटी, किन्तु मैं अब चलती हूँ; तुम थोड़ा विश्राम कर लो, मैं फिर आऊँगी।’’

उसके जाने के बाद सीता, वृक्ष से पीठ टिकाकर बैठ गईं। बैठे-बैठे ही कब उनकी आँख लग गई, उन्हें पता ही नहीं लगा। कुछ देर बाद जब उनकी आँखें खुलीं तो दोपहर ढल चुकी थी। सीता को ध्यान आया कि यदि वे अपनी कुटी में होतीं, तो यह समय शाम की पूजा का होता।

उन्हें लगा दुनिया कितनी जल्दी बदल जाती है। वे मिथिला में अपने पिता का घर छोड़कर एक दिन अयोध्या आई थीं और थोड़े समय बाद, जब वे अयोध्या के अपने नये परिवार के बीच स्वयं को ढाल ही रही थीं कि उन्हें राम के राजतिलक का समाचार मिला; फिर अचानक ही उन्हें महलों को छोड़कर वन-वन भटकने की अपनी नियति को स्वीकार करना पड़ा, और फिर जब वे वहाँ उस दण्डकवन में रच बस गई थीं, तभी अचानक एक काली आँधी सा रावण आया। सीता के उस छोटे से घर को भी तिनकों सा उड़ाकर, उन्हें यहाँ ले आया और आज वे उसकी बन्दिनी हो चुकी हैं।

उन्हें लगा, वे निपट अँधेरे में खुले आसमान के नीचे बैठी हैं। उनके साथ ऐसा क्यों हो रहा है, यह सोचते हुए उन्होंने एक गहरी साँस लेकर अपने नेत्र बन्द कर लिये। सीता को लगा, उनकी साँसें तेज हो रही हैं, किन्तु थोड़ी देर में ही इन साँसों की गति स्वाभाविक और फिर धीमी हो गईं।

मन शान्त होने लगा, और सीता ध्यान की गहन अवस्था में पहुँच गईं। उन्हें लगा, वह शून्य में तैरते हुए कहीं हिमालय के वनों में पहुँच गई हैं, जहाँ वे ऋषि कुशध्वज की अत्यन्त सुन्दर और तपस्विनी कन्या वेदवती हैं। उनके शीश पर जटा है और वे एक अत्यन्त रमणीक स्थान पर बैठी, ईश्वर का ध्यान कर रही हैं। सहसा रावण वहाँ आया और वेदवती से प्रणय निवेदन करने लगा।

वेदवती को रावण का यह प्रस्ताव बहुत अपमानजनक लगा। उसे क्रोध आया और उसने रावण की बहुत भर्त्सना की। रावण ने क्रोधित होकर उसके केश पकड़कर खींचे। वेदवती ने अपने केशों को झटके के साथ सर से अलग कर दिया। इसमें उसे भयंकर पीड़ा हुई। उस क्षोभ, पीड़ा और क्रोध की अवस्था में ही वेदवती ने पेड़ों की टहनियाँ एकत्रित कर अग्नि प्रज्ज्वलित की और उसमें प्रवेश करते हुए रावण को सम्बोधित कर कहा,

''नीच! इस जन्म में तो मैं मजबूर हूँ, किन्तु शीघ्र ही अगला जन्म लेकर तेरी मृत्यु का कारण बनूँगी।''

सीता को आग की भीषण तपन महसूस होने लगी। उनका शरीर काँप सा गया और उनके नेत्र खुल गए। हृदय जोरों से धड़क रहा था। उन्हें लगा कि वे कोई भयानक स्वप्न देखकर उठी हैं। थोड़ी देर बाद वे सामान्य हुईं तो उन्हें लगा कि शायद उन्हें अपने साथ हो रहे इस घटना-चक्र के कारण का बोध हो गया है। वे शान्ति अनुभव करने लगीं। उन्हें लगने लगा कि अवश्य ही वे रावण के वध का कारण बनने के लिए ही लंका पहुँची हैं, और शीघ्र ही इस कार्य को पूरा कर, राम उन्हें ले जायेंगे।

एक गहरी साँस लेते हुए उन्होंने अब तक के हुए घटना क्रम पर एक विहंगम दृष्टि डाली, तो उन्हें लगने लगा कि इस घटना के पीछे कुछ न कुछ कारण अवश्य है। मन हलका लगने लगा था। उन्होंने त्रिजटा के रखे फलों में से कुछ फल लिये, फिर उसी स्थान पर लेट गईं और थोड़ी देर में थके हुए शरीर और रोने के कारण लाल हुए नेत्रों वाली सीता को नींद आ गई।

* * *

सीता की आँखें खुलीं तो उस समय रात्रि हो चुकी थी। आँखें खुलते ही एक बार वे चौंक उठीं। चारों ओर गहन सन्नाटा और अंधकार पसरा हुआ था। केवल हवा के चलने से वृक्षों से ध्वनि उत्पन्न हो रही थी। कभी-कभी इस सन्नाटे को चीरती किसी पक्षी या किसी जन्तु की आवाज सुनाई दे जाती थी। वे उठकर बैठ गईं। कुछ देर तक उन्हें समझ में ही नहीं आया कि वे कहाँ हैं, किन्तु थोड़ी देर बाद उन्हें ध्यान आया कि वे रावण की कैद में हैं।

इतना घोर सन्नाटा था कि उन्हें अपने हृदय की धक्-धक् भी सुनाई दे रही थी। थोड़ी देर में जब वे सामान्य स्थिति में आईं, तो उस अंधकार में ही चारों ओर देखने का प्रयास करने लगीं। आसमान में कुछ तारे और चारों ओर चाँद का हलका-हलका प्रकाश था। उसी प्रकाश में वृक्षों के झुण्ड,

छायाओं की भाँति दिख रहे थे। हवा के प्रवाह से उनकी डालियाँ हिल रही थीं।

सीता को स्मरण हो आया कि वे जब तक जाग रही थीं, बहुत सी राक्षस स्त्रियाँ उन्हें घेरे हुए थीं। शायद वे यहीं कहीं होंगी। सहसा उन्हें लगा, कोई मानवाकृति कुछ दूर पर बैठी हुई है। वे बहुत जोर से चौंक गईं और बोलीं,

''कौन है?''

उत्तर मिला,-''बेटी, मैं हूँ त्रिजटा; अन्यथा मत समझना, किन्तु तुम्हें अकेला छोड़कर जाने का मन नहीं हुआ।''

सीता अचम्भित हुईं, बोलीं,

''माँ, क्या आप तब से इसी प्रकार बैठी हुई हैं?''

''हाँ बेटी; अब उम्र हो गई है... वैसे भी रात भर ठीक से नींद कहाँ आती है, और फिर यहाँ कोई कीड़ा-मकोड़ा या वन्य-जन्तु कभी भी आ सकता है।''

''यदि ऐसा है तो आप सो जाइए माँ, मैं बैठी हूँ।''

''नहीं बेटी, तुम्हारा कष्ट देखकर मेरी छाती फटी जा रही है। मैं सो नहीं पाऊँगी, पर तुम लेट जाओ; कुछ देर में आँख लग जायेगी। तुम्हारा इस प्रकार बैठे रहना, मेरे कष्ट को बढ़ा देगा।''

सीता समझ गईं, त्रिजटा नहीं मानेगी। वे चुपचाप पुनः लेट गईं। सीता के नेत्रों में नींद नहीं थी। उनकी आँखों के आगे सोने के मृग के लिये अपने आग्रह का चित्र आया, तो उन्हें लगा कि उनकी बुद्धि को क्या हो गया था? वे क्यों नहीं समझ पाईं कि मृग सोने का नहीं हो सकता, जबकि लक्ष्मण बराबर कह रहे थे कि यह किसी राक्षस का कपट हो सकता है।

उन्हें याद आया कि जब राम पर खतरे की आशंका से, वे लक्ष्मण को उन्हें ढूँढ़ने भेज रही थीं, तब भी लक्ष्मण बराबर कह रहे थे कि राम को कोई खतरा नहीं हो सकता; इसमें अवश्य ही कोई चाल है और उनको ढूँढ़ने जाने की आवश्कता नहीं है; पर उन्होंने लक्ष्मण को जबरदस्ती भेजा था। वे

लक्ष्मण के प्रति कटु हो गई थीं। यदि लक्ष्मण वहीं होते, तो रावण उनका अपहरण करने का साहस नहीं कर पाता। उन्होंने किसी अजनबी पर विश्वास न करने की सलाह भी दी थी, किन्तु उन्होंने लक्ष्मण की सलाह को भी महत्त्व नहीं दिया था।

क्या यह किसी सीमा-रेखा या लक्ष्मण-रेखा का उल्लंघन नहीं था? लक्ष्मण के प्रति अपने व्यवहार को याद कर उन्हें अपने हृदय में पीड़ा का अनुभव हुआ। कुछ आत्मग्लानि सी होने लगी। उन्हें लगा, उनका कण्ठ रुँध रहा है। उन्होंने दोनों हाथ अपने सीने पर रखकर नेत्र बन्द कर लिये और गहरी साँसें लेने लगीं। थोड़ी ही देर में उन्हें पुनः नींद आ गई।

* * *

सीता को अशोक वाटिका में रहते हुए दो तीन दिन व्यतीत हो गये थे। वे अब तक इस वाटिका से थोड़ा परिचित भी हो चुकी थीं। वहाँ बहुत से सुन्दर फल और फूलों वाले वृक्ष थे, जिन पर भाँति-भाँति के पक्षी कलरव करते रहते थे। एक सरोवर भी था। उसके तट पर भी बहुत सुन्दर वृक्ष थे और उनसे गिरने वाले फूल उसके पानी पर तैरते हुए बहुत सुन्दर लगते थे। इनमें कुछ जल पर तैरने वाले पक्षी भी तैरा करते थे। सारे उपवन की भूमि इन वृक्षों से झड़ने वाले पुष्पों और पत्तों से भरी रहती थी।

इस उपवन में अशोक के वृक्ष बहुत अधिक मात्रा में थे, शायद इसीलिये लोग इसे अशोक वाटिका कहने लगे थे। यहाँ कुछ मृग और खरगोश भी थे। इस उपवन में एक भव्य शिव मन्दिर भी था। सीता के ये दिन शान्ति से व्यतीत हुए थे। न रावण, न कोई राक्षसी या राक्षस ही उन्हें तंग करने आया था।

त्रिजटा, वृद्धावस्था की ओर अग्रसर स्त्री थी। वह राक्षस जाति की अवश्य थी, किन्तु अत्यन्त कोमल हृदय की थी। उसने सीता को अपने साथ लेकर आस-पास का क्षेत्र दिखा दिया था और आवश्यक बातें भी समझा दी

थीं। वह अपने घर से कुछ वस्त्र भी ले आई थी, जिनसे सीता का काम चल रहा था। वह वृक्षों से छाँट-छाँटकर कुछ मधुर फल भी ले आती थी और बहुत समझा-बुझाकर आग्रहपूर्वक सीता को वे फल खिला देती थी।

सीता, उस शिव मन्दिर को देखती थीं, तो उनकी बहुत इच्छा होती थी कि वे उसमें जायें और भगवान शिव के सामने बैठकर खूब रो लें, किन्तु उन्हें भय लगता था कि कहीं उसी समय रावण वहाँ न आ जाये। त्रिजटा पास आई तो उन्होंने उससे पूछा,

"माँ, क्या रावण उस मन्दिर में आता है?"

"नहीं, वह शायद ही कभी यहाँ आता है," त्रिजटा ने कहा।

"क्या मैं वहाँ जा सकती हूँ? क्या यह सुरक्षित होगा?"

"हाँ, तुम प्रसन्नतापूर्वक जा सकती हो, और यदि कभी रावण के आने की सम्भावना हुई तो मैं तुम्हें पहले से ही सावधान कर दूँगी।"

"माँ, मैं उस मन्दिर में जाना चाहती हूँ।"

"ठीक है बेटी, जब इच्छा हो तब चलना, मैं तुम्हारे साथ ही रहूँगी।" सीता आश्वस्त हुईं। वे मन्दिर जा सकेंगी, यह बात सोचकर मन में कहीं हर्ष भी हुआ। बोलीं,

"मैं शीघ्र ही वहाँ जाना चाहती हूँ।" सीता ने अपनी बात समाप्त ही की थी कि दो राक्षस स्त्रियाँ वहाँ आ गईं। सीता ने भयभीत और प्रश्नवाचक दृष्टि से उनकी ओर देखा। उनमें से एक बोली,

"सीते, मेरा नाम विशालाक्षी है, और मेरे साथ यह चण्डोदरी है; हमसे भयभीत होने की आवश्यकता नहीं है; हम राक्षसराज रावण, जो सप्तदीपों के स्वामी, बहुत वीर और दयालु हैं, की ओर से तुम्हारे लिये अत्यन्त सुन्दर और मूल्यवान वस्त्राभूषण लाई है, वह अपने साथ कुछ नये वस्त्र और बहुत से आभूषण लाई थी। तुम अपना मलिन वेष त्यागो और ये वस्त्राभूषण धारण करो।"

वे अपने साथ कुछ नये वस्त्र और बहुत से बहुमूल्य आभूषण लायी

थीं।

विशालाक्षी के पश्चात् चण्डोदरी बोली,

''सीते, तुम बहुत भाग्यशाली हो, कि हमारे महाप्रतापी राजा ने तुम्हें अपनी भार्या बनाने का निश्चय किया है; उस वन-वन भटकते राम के पास रखा ही क्या है? तुम उसे भूलकर इस महान सौभाग्य को स्वीकार करो... संसार की सभी सुख सुविधायें तुम्हारी चेरी होंगीं।''

सीता जब से यहाँ आई थीं, उन्हें पूर्ण आशंका थी कि रावण की ओर से इस तरह की बातें आयेंगी, किन्तु इस समय अचानक इन राक्षस स्त्रियों की बातों से वे विचलित हो गईं, फिर अपने को सँभालकर बोलीं,

''मेरे लिये ऐसी बात सुनना भी बहुत कष्टदायक है; मैं श्रीराम के अतिरिक्त किसी अन्य पुरुष का विचार भी मन में नहीं ला सकती।''

विशालाक्षी पुनः बोली,

''तुम गलती कर रही हो सीते; सौभाग्य के ऐसे अवसर बार-बार नहीं आते... फिर हमारे महाराज तो तुम्हें बहुत अधिक चाहते हैं; तुम उनकी सबसे प्रिय रानी बनकर रहोगी।''

विशालाक्षी के शब्द सुनकर सीता को लगा, जैसे किसी ने उनके ऊपर गन्दगी फेंक दी हो। उनका मन वितृष्णा से भर उठा और वाणी तिक्त हो उठी। वे बोलीं,

''पुनः ऐसा निन्दनीय प्रस्ताव लेकर मत आना, अन्यथा श्रीराम उस दुरात्मा रावण के वध के साथ-साथ तुम्हें भी दण्डित करेंगे।''

सीता का कथन सुनकर दोनों राक्षस स्त्रियाँ व्यंग्य से हँसीं। चण्डोदरी चेतावनी सी देती हुई बोली,

''सीता, तुम अपनी मृत्यु को निमंत्रण दे रही हो!''

''मुझे मृत्यु का भय नहीं है; मेरे लिये इस प्रस्ताव को मानने से मृत्यु कई गुना अधिक श्रेयस्कर है।''

‘‘ठीक है, फिर मृत्यु की ही प्रतीक्षा करो।’’ कहते हुए वे वापस लौट गईं।

उनके जाते ही सीता उठीं और मन्दिर की ओर चल पड़ीं। उनके नेत्रों में आँसू थे और कण्ठ रुँध रहा था। त्रिजटा दुःखी मन से उनके पीछे-पीछे आ रही थी। सीता मन्दिर के पास तक पहुँचकर सीढ़ियों पर ऐसे बैठ गईं, जैसे बहुत थक गई हों। त्रिजटा पास आई, उनका हाथ पकड़ा और बोली,

‘‘बेटी, उठो अन्दर चलो।’’

सीता उठीं। सीढ़ियाँ चढ़कर मन्दिर में पहुँचीं। शिव को प्रणाम किया, फिर मन्दिर की दीवार से सटकर बैठ गईं और ऐसे फूट-फूटकर रोने लगीं, जैसे कोई बहुत दुःख के बाद अपने का सानिध्य पाकर रोता है। त्रिजटा चुपचाप देखती रही। उसे शब्द नहीं सूझ रहे थे। बहुत देर तक रोने के बाद सीता चुप हो गईं। बैठे-बैठे उन्हें नींद सी आ गई। थोड़ी देर बाद उन्होंने अपने नेत्र खोले तो त्रिजटा ने सीता के सिर पर हाथ रखा और बोली,

‘‘बेटी, अभी बैठोगी या चलोगी?’’

‘‘यहाँ से जाने का मन तो नहीं कर रहा है, किन्तु चलना तो होगा ही।’’ कहकर सीता उठीं। एक बार पुनः शिव को प्रणाम किया और धीरे-धीरे चलते हुए बाहर आ गईं।

सीता को अशोक वाटिका में रहते हुए कुछ दिन हो गये थे। अब तक उन्होंने अपनी दिनचर्या नियमित कर ली थी। सुबह स्नानादि के बाद कुछ फूल एकत्रित करना, और फिर मन्दिर जाकर पूजन-अर्चन करना। मन्दिर की साफ-सफाई का कार्य भी वे करने लगी थीं। इसके बाद का उनका अधिकांश समय मन्दिर में ध्यान की अवस्था में बैठे-बैठे ही व्यतीत होता था।

शाम को वे थोड़ी देर आस-पास टहलती थीं। इस सारे समय में, रावण द्वारा पहरे पर नियुक्त की हुई राक्षस स्त्रियाँ उन पर कड़ी दृष्टि रखती थीं। किन्तु त्रिजटा का उन्हें बहुत अधिक सहारा था। वह साये की भाँति उनके साथ रहती थी। उसी के लाये फल खाकर वे दिन व्यतीत करती थीं।

त्रिजटा, उनके वस्त्र आदि भी धोकर सुखाकर लाती थी। दोनों अक्सर राम की चर्चा किया करती थीं। इससे उन दोनों को बहुत सुख मिलता था।

* * *

रावण की भेजी हुई राक्षस स्त्रियाँ, लगभग रोज ही सीता को समझाने आती थीं। स्वयं रावण भी एक दो बार आया था, किन्तु सन्तोष की बात यह थी कि वह हमेशा दूर से ही बात करता था। उसने कभी सीता को छूने या जबरदस्ती करने का कोई प्रयास नहीं किया था। यद्यपि सीता को दृढ़ विश्वास था कि शीघ्र ही राम आयेंगे और रावण को मारकर उन्हें मुक्त कराकर ले जायेंगे, फिर भी उन्होंने त्रिजटा की मदद से एक जंगली, जहरीले फलों वाले वृक्ष के कुछ फल इकट्ठे कर लिये थे, ताकि यदि कभी रावण उनके साथ जबरदस्ती करने का प्रयास करे, तो वे उसे खाकर अपने प्राण त्याग सकें।

सीता, अशोक वाटिका में स्थित शिव मन्दिर से सटे एक वृक्ष के नीचे उसके तने का सहारा लेकर बैठी हुई थीं। शरीर पर त्रिजटा के लाये हल्के पीले वस्त्र, खुले हुए केश, मुख पर उदासी और आँखों में सूनापन; अधरों का बार-बार कुछ हिलना... कुल मिलाकर उन्हें देखने से ही लग रहा था कि वे अवश्य कहीं विचारों में खोई हुई हैं।

अचानक हवा कुछ तेज हुई और जिस वृक्ष के नीचे वे बैठी थीं, उससे बहुत से फूल टूटे। कुछ सीता के ऊपर, कुछ उनके पैरों पर और कुछ उनके आस-पास बिखर गये। सीता के ऊपर जो फूल गिरे थे, उनमें से कुछ उनके सिर पर गिरकर, बालों पर और कुछ उनके कन्धों पर ठहर गये थे।

इन फूलों ने अचानक उन्हें उन फूलों की याद दिला दी, जो उनके स्वयंवर के समय उन पर और श्रीराम पर बरसाये गये थे। सीता को लगा, वे बहुत सुनहरे और भाग्य के चरमोत्कर्ष के क्षण थे। राम को उन्होंने मात्र एक दिन पूर्व प्रथम बार देखा था और उसी समय वे उस पुरुषोचित सौन्दर्य के सम्मुख मन हार गयी थीं। एक मात्र वे ही शिव-धनुष तोड़ सकें, इस कामना के साथ मन ही मन उस घड़ी से लेकर राम के धनुष तोड़ने तक, उन्होंने पता

नहीं कितनी प्रार्थनायें, कितनी मनौतियाँ कर डाली थीं।

आज वे पुनः उसी तरह श्रीराम के आने की प्रतीक्षा में ईश्वर से विनतियाँ कर रहीं थीं। आज फिर उनकी आँखों में राम का रूप उतर आया था। साधारण से वस्त्रों में और सन्यासियों जैसी वेशभूषा में भी, वे स्वयंवर के समय वाले राम से कम चित्ताकर्षक नहीं थे। वन में उनके पीछे चलते समय वे राम के मृदुल चरण निहारती हुई चला करती थीं। धरती पर बने हुए राम के पद चिन्हों को बचाते हुये चलना उनके लिए खेल भी था और राम के प्रति श्रद्धा भी।

सीता उठीं। वृक्षों के नीचे से हटकर खुले में आईं। कुछ कदम चलीं। घास का स्पर्श पैरों को बहुत अच्छा लगा। वे मन्दिर की सीढ़ियों तक आईं और उन पर बैठकर आसमान की ओर देखने लगीं।

सीता सोचने लगीं, यह कहाँ से शुरू और कहाँ खत्म है, कोई नहीं जानता; यह कल्पनाओं से परे और इसीलिये किसी भी वर्णन से भी परे है... मन की किसी भी दौड़ से भी आगे निकल जाता है।

विचारों में खोई सीता, सीढ़ियों से उठीं और मन्दिर के अन्दर पहुँच गईं। ईश्वर के विग्रहों को प्रणाम करके, उन पर चढ़े पुष्पों में से एक पुष्प उठाकर अपने मस्तक पर लगाया, फिर उसे अपनी दोनों हथेलियों के मध्य रखकर मन्दिर में एक ओर बैठ गईं। उन्होंने शिव, फिर गौरी की मूर्ति की ओर देखा। उन्हें स्मरण हो आया कि जब उपवन में राम को प्रथम बार देखकर, वे मन्दिर में गौरी की मूर्ति के सम्मुख खड़ी होकर, प्रार्थना में श्रीराम को माँग रही थीं, तब उन्हें लगा था कि मूर्ति ने मुस्कराकर उन्हें आशीर्वाद दिया है।

आज पुनः वे इसी याचना के साथ गौरी के सम्मुख खड़ी थीं। क्या आज फिर गौरी उन्हें मुस्कराकर आशीर्वाद देंगी? सीता ने आशापूर्ण दृष्टि से गौरी की ओर देखा, फिर सिर झुकाकर और उस फूल को अपनी दोनों हथेलियों के मध्य रखकर अपने मस्तक से लगा लिया। फूल का शीतल और मृदुल स्पर्श उन्हें गौरी की हथेली के स्पर्श के आभास सा लगा। उन्होंने नेत्र बन्द कर लिये और उस फूल को अपनी दोनों पलकों से छुआकर फिर

शान्त बैठ गईं।

उन्हें अपने अन्दर प्रकाश सा लगा और लगा, कि राम से उनका मिलन अब बहुत दूर नहीं है। कुछ देर तक वे इसी अवस्था में बैठी रहीं, फिर धीरे से उठीं। भगवान के विग्रहों को प्रणाम किया और वापस हो लीं; किन्तु उन्होंने अनुभव किया, बहुत दिनों के बाद उनके अधरों पर हल्की सी मुस्कराहट, मन में शान्ति, सन्तोष और कुछ आनन्द सा था।

* * *

सुबह का समय था। सीता मन्दिर से लौटकर वृक्षों के एक कुंज के नीचे विचारों में खोई हुई बैठी थीं। तभी उन्होंने देखा कि कुछ स्त्रियों से घिरा हुआ रावण उनकी ओर ही आ रहा था। उसने बहुत मूल्यवान वस्त्र और आभूषण धारण कर रखे थे। तनी हुई गर्दन, गर्वपूर्ण दृष्टि लिये, वह एक-एक कदम भूमि पर बहुत अभिमान से रखता हुआ चला आ रहा था। उसके साथ जो स्त्रियाँ थीं, उनमें से कुछ ने अपने हाथों में, कीमती वस्त्रों से ढके थाल पकड़ रखे थे। ऐसा लग रहा था, उन थालों में अवश्य ही कुछ बहुमूल्य वस्तुएँ होंगी। उसके इरादे का अनुमान कर सीता क्रोध से जल उठीं। वे उठकर खड़ी हो गईं और उसके पास आने की प्रतीक्षा करने लगीं। रावण ने सीता को उठकर खड़े होते देखा तो समझा कि वह उनके सम्मान में खड़ी हो गई हैं। वह मन ही मन हर्षित हुआ। पास आया और बोला,

''सुमुखि, तुम सचमुच बहुत अधिक सुन्दर और कमनीय हो, और मैं महान पराक्रमी और वीर हूँ। अंगद्वीप (सुमात्रा), यवद्वीप (जावा), मलयद्वीप (मलाया), शंखद्वीप (बोर्नियो), कुशदीप (अफ्रीका) और वाराहद्वीप (मेडागास्कर) तक मेरा राज्य फैला हुआ है; तुम उस वन-वन भटकने वाले राम को भूल जाओ, मेरा प्रणय निवेदन स्वीकार करो और संसार के समस्त सुख और वैभव की स्वामिनी बनो।''

रावण की बात सुनकर सीता का क्रोध फूट पड़ा। वे बोलीं,

“तुम्हारे बल और पराक्रम का परिचय मुझे अपने स्वयंवर में होने वाले धनुष यज्ञ में मिल चुका है। जिस शिव-धनुष को मैं बड़ी आसानी से उठाकर इधर से उधर रख देती थी, तुम उस धनुष के निकट आने का साहस भी नहीं जुटा सके थे।”

रावण हँसा और बोला,

“सुमुखि, वह भगवान शिव का धनुष था; मैं उनका भक्त हूँ और उनके प्रति आदर-भाव के कारण ही, मैंने उस धनुष को हाथ लगाने का प्रयास नहीं किया; किन्तु इतने विशाल साम्राज्य का स्वामी बिना पराक्रम के नहीं बना हूँ... राम मेरे सम्मुख कुछ भी नहीं हैं।”

“विश्रवा मुनि के पुत्र और दैत्यराज सुमाली के नाती रावण! मुझे यह भी पता है कि तुम किस तरह अपने बड़े भाई कुबेर का राज्य छीनकर लंकापति बने हो,” सीता ने कहा।

“राजनीति में यह सब करना पड़ता है, किन्तु मेरा पराक्रम और वीरता असंदिग्ध है।”

“रावण, यदि तुम इतने ही वीर थे, तो अपनी बहन सुपर्णखा के अपमान का बदला लेने सामने क्यों नहीं आये? राम से, सम्मुख युद्ध करते; उनसे बदला लेने के लिये कायरों की भाँति, छलपूर्वक, पीठ पीछे मेरा हरण क्यों किया? अरे, तुम तो निहत्थे जटायु से भी नहीं जीत सकते थे, इसीलिये तुमने उस पर तलवार से आक्रमण किया... वह वीरता थी क्या?”

थोड़ा रुककर सीता पुनः बोलीं,-“जिस प्रकार सम्मुख जीत न सकने वाले कायर, सियार की भाँति छिपकर पीठ के पीछे से वार करते हैं, उसी प्रकार तुम मुझे चुराकर लाये हो; मेरी दृष्टि में तुम इससे अधिक कुछ नहीं हो।”

इतने अधिक अपमान से रावण तिलमिला उठा। वह भुजा उठाकर क्रोधित स्वर में बोला,

“बस, बहुत हो गया; यदि मैं तुम्हारे सौन्दर्य से अभिभूत होकर, तुम्हारे प्रणय का याचक नहीं होता, तो अब तक मेरी तलवार तुम्हारे सिर को

धड़ से अलग कर चुकी होती। महाबली रावण का इस प्रकार अपमान करने का साहस धरती पर किसी में नहीं है।''

''रावण! स्मरण करो, तुमने अपनी पत्नी मन्दोदरी की बड़ी बहन माया का, उसके पति शम्बर की अनुपस्थिति में जबरन शील-हरण किया था, जिसके दण्ड-स्वरूप शम्बर ने तुम्हें बुरी तरह मारने के बाद अन्धे कुएँ में कैद कर दिया था। उसकी मृत्यु के बाद, सती होते समय, माया ने तुम पर दया दिखलाई, तभी तुम उस अन्ध-कूप से मुक्त हो सके थे, तब भी तुम्हारा पराक्रम कहीं चला गया था।

रावण, यह वही राम हैं, जिनके जयमाल से टूटी हुई, पुष्पों की पंखुड़ियाँ उठाकर और उन्हें मस्तक से लगाकर मेरे स्वयंवर-स्थल से तुम चुपचाप वापस हो गये थे।'' सीता ने कहा।

इतना सुनते ही, क्रोध के कारण रावण की साँस फूलने लगी। वह एक पल के लिये रुका, फिर बोला,

''बस, बहुत हो गया... मैं तुम्हें एक माह का समय देता हूँ; तुम अपने भाग्य का निर्णय कर लो, और या तो मेरा प्रणय निवेदन स्वीकार कर संसार के वैभवों की स्वामिनी बनो, अन्यथा मृत्यु तुम्हारे पीछे ही खड़ी है,'' कहते हुए रावण पैर पटकता हुआ वापस जाने के लिये मुड़ गया। सीता की ओर उसकी पीठ हो गई।

''तुम्हें किस बात का घमण्ड है रावण? अपने साम्राज्य का, अपनी वीरता का या अपने बन्धु-बान्धवों का? स्मरण रखना, लोग मुझे धरती की पुत्री कहते हैं; और धरती हिलती है, तो बड़े-बड़े साम्राज्य पल भर में नष्ट हो जाते हैं; कोई वीरता, बन्धु-बान्धव उस समय काम नहीं आते, और तेरे पैरों के नीचे की धरती तो शीघ्र ही हिलने वाली है।

मृत्यु तो तेरे पीछे ही खड़ी है रावण; तू सीता के रूप में अपना काल लेकर आया है... शीघ्र ही श्रीराम आकर तुझे मृत्यु शैय्या देने वाले हैं।''

''तू मेरे पराक्रम से परिचित नहीं है, सीते! जैसे तू बात कर रही है, ऐसे मुझसे बात करने का साहस किसी में नहीं है। तूने मेरे क्रोध की अग्नि में

घृत डालने का कार्य किया है... मुझे लगता है कि एक माह पश्चात मुझे तेरा शिरोच्छेद ही करना होगा।''

‘‘असहाय और अकेली स्त्री के सम्मुख वीरता दिखाने वाले भीरु, तू कितना पराक्रमी है, यह स्पष्ट दिखाई दे रहा है; किन्तु तू आँखें खोलकर देख रावण, मैं असहाय और अकेली स्त्री नहीं, अपितु तेरा काल हूँ।'' सीता ने जाते हुए रावण से कहा।

सीता कुछ देर के लिये उद्वेग से भर उठीं। रावण के प्रति सम्बोधन में वे कब तुम से तू पर आ गईं, यह उन्हें पता भी नहीं लगा, किन्तु रावण ने उनकी बातों के साथ-साथ इसका संज्ञान भी लिया। वह क्रोध से पागल हो उठा। उसने हुंकारते हुए एक बार पुनः भूमि पर पैर पटके, सिर झटका और फिर तीव्र गति से वापस हो गया।

14. पेड़ों के साये

रावण चला गया था, किन्तु सीता के मन में उत्तेजना बनी रह गयी थी। उनकी साँसों की गति अभी भी तीव्र थी। वे अपनी दोनों हथेलियों से मस्तक थामकर बैठ गयीं।

उन्हें वे क्षण स्मरण हो आये, जब उन्होंने रावण को साधु समझ के उसका विश्वास किया था। दुर्भाग्य कितने-कितने रूप रखता है, उन्होंने स्वयं से कहा। उनके नेत्रों में कैकेयी का मुख, स्वर्ण-मृग, साधुवेष धारी रावण, उनका अपहरण करता रावण और फिर उन्हें धमकाते रावण के चित्र आने लगे।

सीता बहुत देर तक वैसे ही बैठी रहीं। लक्ष्मण की बात न मानकर अजनबी व्यक्ति का विश्वास करने की भूल पर स्वयं पर बहुत अधिक क्रोध आया। उन्होंने सिर उठाया और आसमान की ओर देखा। 'ईश्वर वहीं कही होगा', उन्होंने सोचा।

'छोटी-सी भूल का इतना बड़ा दण्ड कब तक दोगे तुम' उन्होंने ईश्वर से कहा।

फिर ध्यान आया, उसने एक दूत भेजा तो था... जटायु। मन उसके

प्रति कृतज्ञता से भर गया। बेचारे ने उनके लिये रावण से युद्ध मोल लिया और अपने प्राणों की आहुति दे दी। रावण से युद्ध...। एक दीपक का प्रचण्ड तूफान में छाये घटाटोप अँधियारे से लड़ने का प्रयास।

"हे ईश्वर! मेरे दुर्भाग्य से तुम्हारा दूत भी हार गया।' उन्होंने पुनः आसमान की ओर देखकर कहा, और व्यंग्य से भरी हुई फीकी हँसी उनके अधरों पर आ गयी। फिर उन्होंने अपनी देह की ओर देखा, पैरों पर दृष्टि डाली, हाथ सामने किये। यह सब मिट्टी ही तो है' उन्होंने सोचा। 'रावण एक माह के बाद इसे मिट्टी में मिला ही देगा तो क्या? पर राम के प्रति मोह फिर जागृत हो उठा। जीवन रहते एक बार उनके दर्शन हो जाते... चलो रावण को मिटा लेने दो यह देह, किन्तु आत्मा तो वह कभी नहीं मिटा पायेगा; वह तो सदैव राम के चरणों में रहेगी ही' उन्होंने स्वयं से कहा।

तभी उन्हें कुछ राक्षस स्त्रियाँ के जोर-जोर से खिलखिलाकर हँसने की ध्वनियाँ सुनाई पड़ीं। विचारों का प्रवाह टूट गया। उन्होंने देखा, वे स्त्रियाँ उनकी ओर देखकर कुछ संकेत करती हुई हँस रही थीं। सीता ने अनुमान लगाया कि अवश्य ही ये स्त्रियाँ उनका उपहास कर रही होंगी। मन कड़वा हो उठा। विचारों के प्रवाह ने दिशा बदल दी।

उन्हें राम का रूप और उनका शौर्य स्मरण हो आया। 'एक माह बहुत होता है' उन्होंने सोचा। दीपक की लौ, बुझने से पूर्व तेज हो जाती है; हो सकता है मेरी मुक्ति लेकर रावण का काल आने वाला हो, और इस विचार के साथ ही उनके मन में सम्बल संचरित हो उठा।

तभी उन्हें उन स्त्रियों के मध्य त्रिजटा दिखाई दी। शायद अभी आई थी। उसके हाव-भाव से लग रहा था कि वह उन स्त्रियों को कुछ बता समझा रही थी। 'उनसे क्या कह रही होगी यह? उन्होंने सोचा और आश्चर्य से देखा कि वे स्त्रियाँ दूर से सीता को प्रणाम कर-कर के वापस जा रही थीं।

सीता आश्चर्य से भर उठीं और त्रिजटा के निकट आने की प्रतीक्षा करने लगी। कुछ शुभ लगता है, उन्हें लगा। वह स्वयं कहने लगी,

"बेटी, तुम तनिक भी दुखी मत रहो; शीघ्र ही रावण का अन्त होने है।'' सीता ने देखा, त्रिजटा के मुख पर कुछ उत्तेजना और कुछ उल्लास

दोनों थे।''

सीता के लिये यह जीवनदायिनी बात थी; बहुत बड़ी। उनके नेत्रों के सामने रावण फिर घूम गया।

''माँ, कैसे? उन्होंने हर्ष मिश्रित आश्चर्य से पूछा।

''मैंने कल रात स्वप्न में देखा है कि युद्ध में प्रभु राम विजयी हुए हैं, रावण गधे पर बैठकर दक्षिणा दिशा की ओर जा रहा है, और लंका का राज्य विभीषण को मिल गया है।''

''माँ, यह मात्र स्वप्न ही तो है।''

''नहीं, केवल स्वप्न नहीं... भोर का देखा हुआ स्वप्न है; लोग कहते हैं, भोर के देखे स्वप्न सच होते हैं, और फिर मेरी आत्मा भी कह रही है कि यह केवल स्वप्न नहीं भविष्य की आहट है।''

''माँ!'' कहते हुए सीता ने त्रिजटा का हाथ पकड़कर अपने मस्तक से लगा लिया।'' आपने देह में प्राणों को लौटा देने वाली बात बतायी है, मैं आप का ऋण जीवन भर नहीं उतार सकूँगी।''

''ऐसा मत कहो बेटी; तुम राजरानी हो और राजरानी ही रहोगी।'' त्रिजटा ने कहा और फिर।

''अच्छा मैं चलूँ।' कहकर वापस हो ली।

अवश्य ही इसने उन राक्षस स्त्रियों को भी यही स्वप्न बताया होगा, तभी वे उन्हें दूर से ही प्रणाम कर-कर के लौट गयीं। फिर भी इसे त्रिजटा से जानने की इच्छा हुई। उन्होंने कहा,

''माँ, बस कुछ पल और...।' जाती हुई त्रिजटा लौट पड़ी।''

''बोल बेटी!'' उसने कहा।

''उन राक्षस स्त्रियों से भी आप यही बता रही थीं क्या?''

''हाँ, तू चिन्ता मत कर; खुश रह बस! सब अच्छा ही अच्छा होगा। समय बदलते देर नहीं लगती है बेटी; किन्तु अब मुझे जाने दे।' त्रिजटा ने कहा।

''जाइए माँ।''

सीता का दुःख और क्रोध से भरा मन शान्त हो चुका था। वे नेत्र बन्द करके बैठ गयीं। 'क्या सचमुच शीघ्र ही उनकी इस नर्क से वापसी होने वाली है। यहाँ, रावण की कैद में रहते उन्हें एक वर्ष से कुछ अधिक ही हो गया था। रावण की मृत्यु क्या सचमुच निकट आ चुकी है।'' जैसे बहुत से विचार उनके मन में आने लगे।

रावण की बात मन में आते ही उसके घायल और मृत शरीर का चित्र उनकी कल्पना में आ गया। मन बड़ा अजीब सा हो गया, फिर साथ ही मन में प्रश्न उठा।'' और मन्दोदरी? रावण की मृत्यु के बाद उनका क्या होगा?''

*   *   *

मन्दोदरी, मय दानव और हेमा नामक अप्सरा की कन्या थी। उसके जन्म के बाद ही हेमा अपने पति मय को छोड़कर इन्द्रघुम्न नामक देवता के साथ चली गयी थी। मन्दोदरी, बिना माँ के पली, बड़ी और बड़े होने पर उसके पिता ने उसकी इच्छा-अनिच्छा की परवाह किये बिना उसे रावण को सौंप दिया।

इस मन्दोदरी के जीवन में, रावण से विवाह के पश्चात उसकी माँ हेमा एक बार पुनः तब आयी, जब रावण अपना विजय रथ लेकर निकला और वरुणा-लोक तक पहुँच गया। रावण की सेना और वरुण-लोक के निवासी वारुणेयों के मध्य भयंकर युद्ध हुआ।

इन्द्रघुम्न भी वारुणेय ही था। वारुणेय, रावण के सम्मुख टिक नहीं सके; मारे गये या पलायन कर गये, किन्तु इन्द्रघुम्न ने हार नहीं मानी। उसने और रावण ने एक दूसरे पर अत्यन्त घातक अस्त्रों का प्रयोग किया। किन्तु रावण ने जब उसकी छाती पर शक्ति प्रहार किया तो वह उसे सहन नहीं कर सका, गिर पड़ा। रावण ने गिरते हुये इन्द्रघुम्न पर तब तक प्रहार करना जारी रखा, जब तक वह मर नहीं गया।

इसके बाद रावण ने हारे हुए वारुणेयों से छीनकर हेमा को बन्दी बना लिया और वापस आकर उसे उचित दण्ड देने के लिये अपने श्वसुर, अर्थात् मन्दोदरी के पिता मय को सौंप दिया।

मय, प्रतिशोध से भरा हुआ था और हेमा बहुत घबराई हुई थी। वह जब मय के सम्मुख लायी गयी तो हेमा को देखकर मय का हाथ अनायास ही अपनी कमर पर बँधी कटार पर आ गया। संभवतः वह उसके वध का निश्चय करके ही आया था, किन्तु हेमा के सम्मुख आते ही वह उसके अभी भी वर्तमान वैसे ही रूप और यौवन को देखकर आश्चर्य में पड़ गया और कुछ पलों तक उसे निहारता ही रह गया। कटार से उसकी पकड़ ढीली पड़ गयी।

हेमा बहुत ध्यान से उसे देख रही थी। स्त्री-सुलभ बुद्धि से उसने मय के मुख पर आये परिवर्तन को बहुत कुछ पढ़ लिया। उसका भय कुछ कम हो गया और आत्म विश्वास बढ़ गया।

''कहाँ गयी थी?'' मय ने उससे पूछा

''तुम्हें पता है।''

''क्यों गयी थी? क्या तुझे मुझसे कोई कष्ट था?''

''नहीं।''

''क्या मैंने तुझे वह सब कुछ नहीं दिया जो देना चाहिये था?''

''दिया।''

''फिर?''

'' मेरा प्रारब्ध।''

हेमा के इस उत्तर से मय का क्रोध कुछ और कम हो गया।

''अब ?'' उसने कहा।

''जो तुम चाहो।''

कुछ देर के ऐसे ही वार्तालाप के बाद अपने सौन्दर्य, बुद्धि और वाक्-चातुर्य के बल पर हेमा ने मय के क्रोध को पिघला दिया और मय एक बार

पुनः उसके वश में हो गया।

इस सारे प्रकरण में मन्दोदरी की भूमिका मात्र एक दर्शक की रही पर इसने, जिस पीड़ा को वह भूल चुकी थी, उसे पुनः हरा कर दिया। वस्तुतः उसकी चली तो नहीं, किन्तु उसने अपनी माँ के द्वारा पुनः उससे सम्बन्ध बनाने के सारे प्रयासों को विफल कर दिया।

'बेचारी मन्दोदरी' सीता के मन में आया।

*   *   *

पत्तों की सरसराहट से विचारो से डूबी हुई सीता का ध्यान भंग हो गया। ऐसा लगा जैसे कोई आया है। उन्होंने उस ओर देखा, तो एक वृक्ष की ओट से एक मानवाकृति दिखाई दी।

सीता का मन थोड़ा सशंकित हुआ, किन्तु भय बिलकुल नहीं लगा। दुखों की मार ने उन्हें मजबूत बना दिया था और प्राणों का भय वे छोड़ चुकी थीं। उन्होंने थोड़ा उच्च स्वर में पूछा,

''कौन?''

मानवाकृति हाथ जोड़े हुए सामने आ गई। उसने कहा,

''माँ, मैं हनुमान!''

सीता ने देखा, उनके सम्मुख, श्वेत वस्त्रों में एक व्यक्ति खड़ा था। ऊँचा मस्तक, उस पर टीका, मुख पर तेज, ठुड्डी थोड़ी दबी हुई, ऊँचा कद और सामान्य से अधिक बालों वाला शरीर; पलकें विनम्रता से झुकी हुईं। सीता ने पूछा,

''हनुमान कौन?''

हनुमान ने भूमि को छूकर उन्हें प्रणाम किया, फिर हाथ जोड़कर खड़े हो गये और बोले,

''माँ, मैं वनचर हूँ; हम जंगलों में रहते हैं, शाकाहारी हैं और हिंसक

वन्य जन्तुओं से बचने के लिये अधिकतर अपना बसेरा पेड़ों या किन्हीं ऊँचे स्थानों पर बनाते हैं... तेज दौड़ना और ऊँची छलाँग लगाना हमारी आवश्यकता है, और विशेषता भी। मेरी माँ का नाम अंजनी और पिता का नाम पवन है।''

''यहाँ क्यों आये हो? ''सीता ने पूछा।

''अपने राजा सुग्रीव की आज्ञा से, मैं प्रभु श्रीराम का दूत बनकर आया हूँ।''

''तुम ने मुझे कैसे पहचाना?''

''माँ, प्रभु श्रीराम ने आपके बारे में कुछ बताया अवश्य था, किन्तु उसकी आवश्यकता नहीं पड़ी; आपके अलग व्यक्तित्व और तेज ने ही आपकी पहचान करा दी।''

इन शब्दों में छिपी प्रशंसा ने सीता को कुछ पलों के लिये असहज कर दिया, किन्तु उन्होंने शीघ्र ही अपने को सँभालकर प्रश्न किया।

''तुम श्रीराम के दूत हो, क्या तुम्हारे पास इसका कोई प्रमाण है?''

''माँ, मेरे पास इसका प्रमाण है।'' कहते हुए हनुमान ने श्रीराम की अँगूठी उनके सम्मुख रख दी।

सीता ने अँगूठी उठाई और बहुत गौर से देखी। सचमुच, श्रीराम की ही अँगूठी थी। उन्होंने आश्चर्य से हनुमान की ओर देखा। हनुमान ने उस दृष्टि में छुपे प्रश्न पहचाने और अपना व श्रीराम के मिलने का प्रसंग संक्षेप में सुनाया। सीता ने राम के सम्बन्ध में कुछ अन्य प्रश्न भी पूछे और सभी का सही उत्तर मिलने पर जब उन्हें हनुमान पर विश्वास हो गया, तब उन्होंने हनुमान की कुशलक्षेम पूछने के उपरान्त कहा-

''हनुमान, तुम श्रीराम के दूत बनकर ही नहीं, इस हतभाग्य सीता के लिये प्राणवायु बनकर भी आये हो; शीघ्र कहो, तुम मेरे प्रभु का क्या सन्देश लेकर आये हो?''

''माँ, प्रथम बात तो यह है कि आप का दर्शन ही बहुत बड़ा सौभाग्य है, फिर आप हतभाग्य कैसे हो सकती हैं! अपने पावन चरणों में इस

अकिंचन का प्रणाम स्वीकार करें।''

''और दूसरी बात।''

''प्रभु, श्रीराम शीघ्र ही आपको लेने आने वाले हैं।

अचानक मिले इस समाचार ने सीता के शरीर में सिहरन सी भर दी। उनके नेत्र भर आये। उन्होंने पूछा,

''किन्तु यह विलम्ब क्यों है?''

''माँ, उन्हें आपका पता नहीं मालूम था। मैं आपको खोजते हुए ही यहाँ पर आया हूँ। अब मैं उन्हें आपके बारे में बताऊँगा और फिर शीघ्र ही वे आपको लेने आयेंगे।'' हनुमान ने कहा।

सीता ने हनुमान की यह बात सुनी। ऐसा लगा, जैसे गर्मी की कड़ी धूप में दूर से आते हुए व्यक्ति को बैठने के लिये कोई थोड़ा छायादार स्थान मिल गया हो। उन्होंने एक गहरी साँस ली और धीरे से बोलीं,

''आह!''

हनुमान ने यह ध्वनि सुन ली। उन्हें सीता की पीड़ा बहुत अन्दर तक छू गई, पर साथ ही इसमें कुछ भी न कर पाने की अपनी असमर्थता का बोध भी हुआ।

उन्हें यह भी स्मरण था कि उनके प्रणाम के बाद सीता ने उन्हें आशीर्वाद नहीं दिया था। अवश्य ही उनके मन का दुःख ही इसका कारण रहा होगा। हनुमान ने कहा,-''माँ!''

''हाँ,'' सीता ने कहा।

''माँ, मैंने आपको प्रणाम किया था, किन्तु अभी तक आपके आशीर्वाद से वंचित हूँ।''

''भले ही शब्दों में नहीं दिया, किन्तु तुम मेरे आशीर्वाद से वंचित नहीं हो।'' फिर सीता ने उनसे पूछा,

''मेरे देवर लक्ष्मण कुशल से तो हैं?''

''माँ वे कुशल से हैं,'' हनुमान ने उत्तर दिया। अब सीता ने कुछ

संकोच से पूछा,

''और उनके भाई।''

''वे भी, किन्तु आपके अपहरण की वेदना, बहुधा उनके व्यवहार में परिलक्षित हो जाती है।''

सीता कुछ पलों के लिये खामोश हो गईं और दाँतों से होठों को दबाकर पलकों को भींच सा लिया। हृदय की वेदना, उनके मुख पर छलक उठी थी, किन्तु उन्होंने शीघ्र ही अपने को सँभालकर पूछा,

''हनुमान, क्या सचमुच?''

''माँ, मुझे तो लगता है वे एक पल के लिये भी आपको भूल नहीं पाते हैं।''

''वत्स हनुमान, वापस जाकर अपने स्वामी को कहना कि सीता प्रति क्षण उनकी प्रतीक्षा में ही जी रही है।''

''माँ, जैसे प्रभु श्रीराम ने अपनी अँगूठी, मुझे प्रमाण के रूप में दी थी, क्या इसी प्रकार आप भी मुझे कोई निशानी दे सकेंगी।''

''लो'' कहते हुये सीता ने अपनी चूड़ामणि उतारकर हनुमान को देते हुए कहा,

''हनुमान, जो समाचार तुमने मुझे दिया है, उसके बाद मुझे समझ में नहीं आ रहा है कि मैं तुम्हारा क्या प्रति-उपकार करूँ? मेरे पास इस समय तुम्हें देने के लिये आशीर्वाद के अतिरिक्त कुछ भी नहीं है।''

''माँ, आपके दर्शन और आशीर्वाद से बड़ा मेरे लिये कुछ भी नहीं है।''

तपती धूप और अंगारे

इधर-उधर बिखरे

तभी दैव सहृदय हुआ

बादल घिर आये

*   *   *

हनुमान के जाने के कुछ देर बाद ही, सीता को शोर सा सुनाई पड़ने लगा। दौड़ने-भागने के साथ ही मारो-मारो की आवाजें सुनाई पड़ रही थीं। शोर बढ़ता ही जा रहा था। जबसे सीता लंका में आई थीं, पहली बार उन्होंने इस तरह का शोर सुना था। ऐसा लग रहा था, जैसे कहीं बड़ी लड़ाई हो रही हो।

सीता का मन, हनुमान की कुशलता को लेकर आशंकित हो गया, फिर उन्हें लगा कि जिसे श्रीराम ने दूत बनाकर भेजा है; जो वनचर इतना विशाल समुद्र लाँघकर और उनका सन्देश लेकर सुरक्षित यहाँ तक पहुँच गया, वह साधारण नहीं हो सकता... अवश्य ही बहुत पराक्रमी होगा। उन्हें लगा, यह राक्षस उसका कुछ नहीं बिगाड़ पायेंगे और वह अवश्य ही सुरक्षित अपने स्वामी तक पहुँच जायेगा।

सीता ने देखा, उनके आस-पास जो राक्षस स्त्रियाँ घूमा करती थीं, वे भी अस्त-व्यस्त इधर-उधर दौड़ रही थीं। उन्होंने त्रिजटा से पूछा,

‘‘माँ, यह कोलाहल और दौड़-भाग क्यों हो रही है?’’

‘‘मैं अभी देख कर आती हूँ... बेटी तुम अपना ध्यान रखना।’’ कहकर त्रिजटा गई। कुछ देर बाद वापस आई और बोली,

‘‘बेटी, कोई वनचर आया है, उसी ने यह सब उपद्रव मचा रखा है। लोग कह रहे हैं, उसने कई वृक्ष उखाड़ डाले हैं, अनेकों राक्षसों को ही नहीं, रावण की सेना के पाँच सेनापति और राजकुमार अक्षय कुमार को भी मार डाला है।’’

सीता समझ गईं, यह हनुमान ने ही किया होगा। अकेले ही रावण की सेना को चुनौती देने वाला राम का दूत ही हो सकता है; किन्तु रावण की सेना के कई सेनापतियों और उसके पुत्र अक्षय कुमार के भी हताहत होने की बात सुनकर वे आश्चर्यचकित हुईं। उन्हें हनुमान की सामर्थ्य का अनुमान तो था किन्तु, अक्षय कुमार के बारे में उन्होंने सुना था कि वह बहुत बड़ा योद्धा

था; अतः उन्होंने फिर पूछा,

"अक्षय कुमार तो बहुत बड़ा धनुर्धर था; कहते हैं उसका लक्ष्य-वेध अचूक था... वह भी..."

"हाँ, वह भी; वह बड़ा धनुर्धर अवश्य था, किन्तु इस अवस्था में ही बहुत से दुर्गुणों से युक्त युद्ध हो चुका था।

"हाँ।"

"और एक कुट्टिनी (वेश्या) है; बड़ा अलग सा नाम है उसका... मुझे इस समय उसका नाम स्मरण नहीं है। वह बहुत से श्रेष्ठियों को अपने मोहजाल में फँसाकर राजा से रंक बना चुकी है।

'फिर...।'

"यह उसकी बेटी पर आसक्त था। वह लड़की इतनी रूपवती थी कि उसे मदन-मर्दिनी कहें तो भी अनुचित न होगा, किन्तु उसका नाम मदालसा था।

"नाम भी सुन्दर है।" सीता ने कहा।

"तो बेटी, उस कुट्टिनी ने इसका लाभ उठाते हुए मदालसा के माध्यम से इससे बहुत सा स्वर्ण ठगा, और फिर माँ बेटी ने एक दिन इसको लेकर आपस में लड़ाई का नाटक रच दिया।

'हाँ...!' सीता ने आश्चर्य से कहा।

"हाँ, फिर एक दिन जब यह उससे मिलने गया तो मदालसा इसको देखकर रोने लगी।"

"क्या हुआ? तुम्हारे नेत्रों में अश्रु क्यों? इसने पूछा।

"मेरी माँ को तुम्हारा यहाँ आना और मुझसे मिलना पसन्द नहीं है; वह कह रही है कि यदि मैं तुमसे मिलना नहीं छोड़ूँगी तो वह मुझे अपने गृह से निकाल देगी।" उसने कहा।

"फिर?"

"फिर क्या, यह मूर्ख उस पर आसक्ति के कारण अन्धा हो चुका था,

अतः उस कुचक्र में फँस गया। लड़की को माँ से अलग एक सुन्दर महल में ले जाकर रखा और उसे बहुमूल्य रत्नाभूषणों से लाद दिया; किन्तु वेश्यायें भी कभी किसी की हो पाती हैं क्या? एक दिन वह सारा स्वर्ण और रत्नाभूषण लेकर फिर अपनी माँ के पास वापस चली गयी। कहने लगी, मैं अपनी माँ के बिना नहीं रह सकती।''

''ओह,'' सीता ने कहा और इतने दुःख में उनके भी अधरों पर हँसी आ गयी।''

''वह अपने दुर्गुणों से अपना तेज खो चुका था।'' कहकर त्रिजटा चुप हो गयी। सीता क्या कहतीं। वे चुप रहीं, तो त्रिजटा ने फिर कहा,

''अक्षय बहुत अच्छा लक्ष्यवेधी अवश्य था, किन्तु था लक्ष्यहीन।'' सीता ने सब सुना, ओर वे समझ गयीं कि अवश्य हनुमान ने उस पर सहज ही विजय प्राप्त कर ली होगी।

''लोग बता रहे थे कि युद्ध में उस वनचर ने अक्षय के मुख पर एक भयंकर मुक्का जड़ा जिसे वह सहन नहीं कर सका। मुँह से रक्त वमन करते हुए गिर पड़ा और फिर नहीं उठा।'' त्रिजटा ने कहा।

''ओह!' सीता ने कहा। उन्हें अक्षय कुमार के लिये दुःख भी हुआ और साथ ही राम के दूत के बल पर गर्व भी। फिर भी उनके मन से हनुमान की चिन्ता गयी नहीं, अतः उन्होंने त्रिजटा से पूछा,

''अच्छा, वह अभी लंका में ही है, या चला गया?''

''मैंने सुना है, रावण का बड़ा पुत्र मेघनाद, सेना लेकर आया और उसे बन्दी बनाकर रावण के दरबार में ले गया है।''

इस समाचार से सीता का मन बहुत अशान्त हो गया। उन्होंने नेत्र बन्द कर लिये और मन ही मन ईश्वर से प्रार्थना करने लगीं कि हनुमान को कुछ न हो। कुछ समय इसी भाँति व्यतीत हो गया। अचानक पुनः बहुत शोर सुनाई देने लगा।

सीता ने नेत्र खोले। जगह-जगह से धुयँ की ऊँची-ऊँची मीनारें उठ रही थीं। लगता था, कहीं बड़ी आग लगी हुई है। बचाओ-बचाओ! भागो-भागो। की आवाजें सुनाई दे रही थीं, और साथ ही बहुत तेज हवायें भी

चलने लगीं, जैसे बहुत तेज आँधी चल रही हो बहुत धूल उड़ रही थी, और अंधकार सा छा रहा था।

सीता, वस्त्र से मुँह ढक कर सिर घुटनों में छिपाकर बैठ गयीं। ऐसा लग रहा था, जैसे सब कुछ उड़ जायेगा। कुछ देर बाद हवा की गति कम हुई तो उन्होंने सिर उठाया। पेड़ों से झड़े पत्तों से धरती पटी हुई थी। वे अभी भी उड़ रहे थे और रह-रहकर हवा का शोर भी सुनाई पड़ रहा था। कुछ ही दूरी पर एक विशाल वृक्ष भी उखड़ा पड़ा हुआ था।

'ओह, कितनी भयानक काली आँधी थी' सीता ने सोचा। उन्होंने देखा उनके आस-पास दूर-दूर तक सन्नाटा पसरा हुआ था, किन्तु दूर से कुछ चीख पुकार जैसी आवाजें अभी भी रह-रहकर आ रही थीं। जो राक्षस स्त्रियाँ उन पर पहरा दे रही थीं, वे भी कहीं दिखाई नहीं दे रही थी। 'शायद आँधी से बचने के लिये वे भी कहीं छुपी होंगी' उन्होंने सोचा। उन्हें त्रिजटा की चिन्ता हुई, 'पता नहीं कहाँ होंगी।''

जब से वे अशोक वाटिका में आई थीं, ऐसा सन्नाटा उन्होंने पहली बार देखा था, अन्यथा रावण की नियुक्त की हुई पहरेदार स्त्रियाँ उनके आस-पास मँडराती ही रहती थीं, और कोई न कोई पशु या पक्षी भी बहुधा दिख ही जाते थे।

हवा का वेग शान्त हुआ तो वे उठीं और दूर तक चलकर देखने लगीं, कहीं कोई नहीं दिखा। उन्हें कुछ घबराहट सी लगने लगी। वे अपने स्थान पर लौटकर एक वृक्ष के तने पर हाथ रखकर खड़ी हो गयीं। सहसा हृदय राम की स्मृतियों से भर उठा। उनके अधरों से बहुत ही स्फुट स्वर में निकला, "कहाँ हो, कब आओगे? और कितनी लम्बी चलेगी यह प्रतीक्षा?'

सीता पुनः आस-पास टहलने लगीं, किन्तु कुछ ही देर में उन्हें सीने में बहुत भारीपन सा लगने लगा। वे एक वृक्ष के सहारे भूमि पर बैठ गयीं और मुँह घुटनों में डालकर रोने लगीं। रोते-रोते ही पता नहीं कब उनकी आँख लग गयी।

सोई हुई सीता की आँखों में एक स्वप्न उतर आया। उन्होंने देखा कि

वे किसी बहुत बड़े जंगल में अकेली खड़ी हैं। यहाँ आई तो वे राम के साथ ही थीं, किन्तु अब राम पता नहीं कहाँ खो गये थे, कहीं दिखाई ही नहीं दे रहे थे। सीता उन्हें खोजने लगीं। वे पहले धीरे-धीरे चलीं; फिर तेज, फिर और तेज-तेज और फिर 'स्वामी!' 'स्वामी!' पुकारती दौड़ने लगीं। पाँव काँटों से भर गये, साँस फूलने लगी और वे थककर गिरने ही वाली थीं कि अचानक राम मिल गये और उन्होंने आकर सीता को सँभाल लिया। सीता उनके सीने पर सिर रखकर रोने लगीं।

वे कब तक ऐसे ही सोती और स्वप्न देखती रहीं, उन्हें पता नहीं लगा। किसी के आवाज देने से उनकी आँख खुली। स्वप्न टूट गया। राम नहीं थे, अपितु उन्हें कैद रखने वाली अशोक वाटिका ही फिर सामने आ गयी। उन्होंने स्वप्न में ही सही, पर राम को देख पाने की आशा में फिर नेत्र बन्द कर लिये; किन्तु अब सिर्फ अँधेरा था... राम नहीं थे।

राम का साथ छूटने की खिन्नता; भले ही वह स्वप्न का साथ मन से भर उठी। सीता ने सिर उठाकर देखा, सामने त्रिजटा थी। उसे सामने देखकर उन्हें कुछ सन्तोष हुआ।

''माँ।'' उन्होंने त्रिजटा से कहा।

त्रिजटा ने उनका क्लान्त मुख देखा। कपोलों पर आँसू सूखे हुए थे और बाल लटों के रूप में मुख पर बिखरे हुए।

''बेटी, रो रही थीं क्या?''

''नहीं।''

''नहीं, तुम रो तो रही थीं, लेकिन क्यों?''

''कुछ नहीं माँ, बस ऐसे ही... यहाँ पर कुछ देर पहले इतना अधिक सन्नाटा पसरा था कि मन घबरा उठा।

''होता है; अच्छा मैं पानी लायी हूँ, मुख धो ले और थोड़ा सा पानी पी भी ले।''

''अच्छा माँ! कहकर सीता ने उससे पानी लिया, मुख धोया और थोड़ा पानी पिया भी। उन्हें अपने शरीर में कुछ जान सी लगीं। इस

घटनाक्रम में उन्हें त्रिजटा की सुरक्षा की भी चिन्ता थी। अब उसे सामने देखकर उन्हें सन्तोष हुआ। उन्होंने अत्यन्त आत्मीय भाव से त्रिजटा का हाथ थाम लिया, फिर पूछा

"माँ, पहले धुआँ, फिर भाँति-भाँति की बचाओ, बचाओ, भागो, भागो की ध्वनियाँ और फिर यह प्रचण्ड काली आँधी; क्या है यह सब कुछ... और आप कुशल से तो हैं।

"बेटी, यह वनचर बड़ा ही तेज निकला। रावण ने उसके वस्त्रों में आग लगवाकर उसे जलवाने का प्रयास किया; वह तो बच गया किन्तु लंका के कुछ महल अवश्य आग के हवाले कर गया। वह आग सारी लंका में फैल चुकी है।''

सीता आंशकित हुईं, उन्होंने त्रिजटा से पूछा,

''माँ, आपने जो कुछ सुना हो, क्या आप मुझे विस्तार से बतायेंगी? यह वस्त्रों में आग लगाने की बात क्यों आई?''

'''बेटी, मैंने सुना है, जब उस वनचर को रावण के सम्मुख ले जाया गया तो रावण ने उससे वार्ता के मध्य राम को मनुष्य बताते हुए उन पर कुछ कटाक्ष किये। वह इस पर व्यंग्य से हँसा और बोला, 'रावण, प्रभु श्रीराम की बात छोड़ो; तुम्हें दण्ड देने के लिये तो मैं ही बहुत था, पर दूत होने के कारण मैं तुम्हें दण्ड नहीं दे सकता; किन्तु अपने प्रभु श्रीराम के साथ शीघ्र ही आऊँगा और तब तुम्हें इस सब का परिणाम भुगतना पड़ेगा।'

इस पर रावण ने पुनः व्यंग्यपूर्वक उससे कहा, 'अरे! यह तो ऐसे उछल रहा है जैसे किसी वानर की पूँछ में आग लग गई हो,' फिर वह बहुत जोर से हँसा। उसकी इस बात से हनुमान कोध्र से भर उठे। बाहर आये, और वहाँ एकत्रित लंकावासियों को सम्बोधित कर गर्जना की, कि वे शीघ्र ही श्रीराम के साथ आयेंगे व इस रावण के राज्य को खाक कर देंगे। जो लंकावासी अपनी जीवन रक्षा चाहते हों, यह नगर छोड़कर चले जायें।

इस पर रावण के इशारे पर कुछ लोगों ने उसके वस्त्रों में आग लगा दी। वह वनचर तो वहाँ से निकलने में सफल रहा, किन्तु रावण के महल के पास स्थित, उसके कुछ खास लोगों के महलों में कब और किस प्रकार आग

फैल गई यह कोई नहीं समझ सका; और फिर वह काली आँधी! उसने तो और भी सर्वनाश कर दिया। वह धुआँ और भागो- भागो के स्वर इसी कारण थे।''

यह सुनकर सीता ने सन्तोष की साँस ली। वे समझ गईं कि हनुमान सुरक्षित वापस हो गये हैं। परिस्थितियाँ बदलती हुई लग रही थीं। सीता मन ही मन इनका विश्लेषण करने लगीं।

रावण ने हाल में ही अपने विशाल साम्राज्य और अपने पराक्रम का वर्णन उनके सम्मुख किया था। सीता सोचने लगीं कि इतने बड़े साम्राज्य के प्रबल प्रतापी अधिपति की राजधानी में, जहाँ वह स्वयं बैठा हो, वहाँ एक अकेला वनचर इतना अधिक विध्वंस कर जाये, यह अति आश्चर्यजनक नहीं है क्या! उसकी सेना की टुकड़ी उसके अति वीर कहे जाने वाले पुत्र अक्षय के नेतृत्त्व में भी उसका कुछ भी नहीं बिगाड़ सकी, उलटे स्वयं अक्षय और उसके बहुत से सैनिक उस वनचर से लड़ते हुए मृत्यु को प्राप्त हो गये। यह तो ऐसे ही हो गया जैसे खर, दूषण और उनकी सेना का अकेले राम ने संहार किया था।

हनुमान का समुद्र को पार कर लंका तक आना और पहरेदारों के होते हुए उनका पता लगाकर यहाँ तक पहुँच जाना, स्वयं उनसे इतनी शालीन वार्ता और फिर संघर्ष करते और लंका वासियों के हृदय में भय पैदा करते हुये सकुशल निकल जाना भी कम विस्मयकारी नहीं है और निःसन्देह श्रीराम के इस दूत की श्रेष्ठता को सिद्ध करता है। वह बुद्धिमान भी है और अत्यधिक निडर ओर वीर भी।

सीता को लगा कि जिस सेना में हनुमान जैसे लोग हों, उसका रावण पर विजय प्राप्त कर लेना कुछ कठिन तो नहीं होगा। उन्हें राम के कौशल पर गर्व की अनुभूति भी हुई, जिसने अपने गृह प्रदेश से इतनी अधिक दूर, बिना किसी संसाधन के ऐसी सेना खड़ी कर ली।

और फिर एक अन्तिम बात। इतनी तीव्र काली आँधी उसी समय क्यों आयी, जब लंका में आग लगी हुई थी। उसने आग को सभी दिशाओं में भयंकर रूप से इतना फैला दिया होगा कि उस पर काबू कर पाना किसी के बस की बात नहीं रह पायी होगी; क्या यह केवल संयोग था?

जिस काली आँधी से वे इतनी व्याकुल हो गयी थीं, वह तो वस्तुतः राम के शत्रुओं को कम्पित करने के लिये ही आयी थी। उन्हें लगा, अवश्य ही ईश्वर की कृपा से विधि उनके अनुकूल हो रही है, और उनकी मुक्ति भी अब निश्चित ही बहुत दूर नहीं होगी। उन्हें आँधी के समय देखा गया अपना स्वप्न भी राम से मिलन का सन्देश देता ही लगा।

मुक्ति, और राम से शीघ्र ही मिलन की सम्भावना स्पष्ट दिखाई दे रही है, उन्होंने सोचा, और इसके साथ ही उनके मन में खुशियाँ नृत्य कर गयीं।

इस निष्कर्ष के बाद जब विचारों का प्रवाह फिर आगे बढ़ा तो उन्हें हनुमान बहुत बुद्धिमान, शिष्ट और सरल लगे थे, फिर भी उनकी बात वे श्रीराम से पता नहीं कितना कह पायेंगे। 'किन्तु हनुमान जितना भी कहेंगे उतने से ही राम उनकी बातों को समझ तो जायेंगे ही' सीता ने सोचा।

वे कल्पना करने लगीं कि हनुमान, श्रीराम से उनका हाल बता रहे हैं और वे उसे बहुत ध्यान से सुन रहे हैं। इस कल्पना मात्र से उनके हृदय की धड़कन कुछ तेज हो गयी। वे उठीं और ईश्वर को धन्यवाद देने मन्दिर की ओर बढ़ गईं।

* * *

सीता मन्दिर से होकर आईं, तो उन्होंने देखा, उनके लिये पहरे पर तैनात की गई राक्षस स्त्रियाँ इधर-उधर छोटे-छोटे झुण्ड बनाकर कुछ चर्चा कर रही थीं। सीता को लगा, अवश्य ही कुछ विशेष हुआ है, किन्तु उन्हें बतायेगा कौन? त्रिजटा भी उन्हीं में से एक झुण्ड में थी। वे मन्दिर के पास ही एक वृक्ष के नीचे बैठ गईं। उन्हें लगा, हनुमान के वापस जाने के बाद राम उनका पता पा चुके होंगे। वे शीघ्र ही किसी बड़ी घटना की अपेक्षा कर रही थीं।

कुछ देर बाद त्रिजटा वहाँ आ गई। वह अपने साथ कुछ फल भी लाई थी। उसने सीता को फल खाने को दिये, किन्तु उन्हें कुछ भी खाने की बिल्कुल भी इच्छा नहीं थी। उन्होंने त्रिजटा से पूछा,

"माँ, कोई विशेष बात है क्या? सभी स्त्रियाँ इस प्रकार एकत्र होकर

क्या चर्चा कर रही हैं?''

''बेटी, रावण के भाई विभीषण ने रावण से तुम्हें राम को लौटाने और युद्ध से बचने की सलाह दी थी।''

''तो क्या रावण ने उनकी सलाह मानी?''

''नहीं, उलटा उसे अपमानित करके दरबार से निकाल दिया। वह श्रीराम की शरण में चला गया है; रावण के दुर्दिन निकट ही लगते हैं।''

सीता सोचने लगीं। इस राक्षसों की नगरी लंका में भी अच्छे लोग हैं। इस वातावरण में भी, विभीषण जैसे पुरुष और त्रिजटा और सरमा जैसी स्त्रियाँ हैं, जिन्होंने अपनी आत्मा बचाकर रखी है। सरमा एक और राक्षस स्त्री थी, जो उनके ऊपर पहरा देने वाले दल में थी, किन्तु सीता के प्रति उसका व्यवहार सदा सहानुभूतिपूर्ण रहता था।

विभीषण की बात आयी तो सीता सोचने लगीं 'विभीषण तो लंका छोड़कर जा चुके हैं, वह भी रावण के शत्रु श्रीराम की शरण में... अब उनका परिवार यहाँ पर निराश्रित ही तो होगा। कहीं उनका क्रोध रावण उनके परिवार पर तो नहीं उतारेगा।'' उन्होंने त्रिजटा से पूछा।

''माँ विभीषण के परिवार में कौन-कौन है?''

''उसकी पत्नी और एक पुत्री तो हैं ही।''

''उनका क्या होगा अब? कहीं रावण उन्हें प्रताड़ित तो नहीं करेगा?''

''संभवतः नहीं, संभवतः हाँ।''

''क्या अर्थ हुआ इसका?''

''वह कब क्या करेगा, इस बारे में कोई कुछ नहीं कह सकता।

''फिर भी आपका अनुमान क्या है?''

''मुझे आशा हैं कि वह ऐसा कुछ नहीं करेगा।''

''आपकी इस आशा का कोई कारण?''

''वह उसके सगे छोटे भाई का परिवार है, और मुझे नहीं लगता कि कोई भी व्यक्ति सिर्फ बुरा ही हो सकता है; फिर मन्दोदरी है न, वह भी उसे

ऐसा करने से रोकेगी।''

''ओह', कहकर सीता ने सन्तोष की साँस ली, साथ ही त्रिजटा के इस वाक्य से उनका ध्यान अपने प्रति रावण के व्यवहार पर चला गया। उनका अपहरण भी उसने उन्हें कन्धे पर बिठाकर किया था, और फिर उसके बाद से आज तक उसने उनका वस्त्र भी छूने का प्रयास नहीं किया था।

''बेटी, फिर कुछ सोचने लगीं क्या? त्रिजटा ने कहा।

''माँ, क्या आप विभीषण के परिवार की स्थिति पता कर सकती है?''

''तुम्हारी इच्छा है तो मैं प्रयास करूँगी; किन्तु बेटी, कुछ फल खा लो,'' त्रिजटा ने पुनः अनुरोध किया

''माँ, मेरा कुछ भी खाने का मन नहीं है; बस एक ही प्रश्न मन में उठता रहता है कि श्रीराम कब आयेंगे, और मुझे कब यहाँ से मुक्ति मिलेगी,'' सीता ने कहा।

''चिन्ता मत करो बेटी। मेरा मन कहता है, उनके आने में और तुम्हारी मुक्ति में अब देर नहीं है। कोई समाचार मिलते ही मैं तुम्हें बताऊँगी।'' कहकर त्रिजटा चुप हो गई। थोड़ी देर बाद पुनः बोली,

''बेटी, मेरा अनुरोध नहीं मानोगी?''

''क्या माँ?''

''कुछ फल खा लो, वैसे ही बहुत कमजोर हो गई हो।''

सीता अब त्रिजटा का आग्रह और न टाल सकीं।

*   *   *

आज त्रिजटा आई तो सीता ने देखा, लाख छुपाने पर भी उसके मुख पर खुशी तैर रही है। सीता समझ गईं, अवश्य ही कोई अच्छी खबर है। वे उत्सुकता से उसकी ओर देखने लगी। त्रिजटा ने थोड़ा पास आकर कहा,

''रावण का काल आ गया है बेटी।''

'अर्थात?' सीता ने पूछा।

''राम, समुद्र पर पुल बनाकर सेना सहित लंका आ चुके हैं; उनकी सेना ने सुवेल पर्वत पर पड़ाव डाल रखा है।''

''सच!''

''हाँ, सच, किन्तु बेटी, अपने चेहरे पर कोई भाव भी मत आने देना अन्यथा मैं संकट में फँस सकती हूँ।''

''ठीक है माँ; इसीलिये आप रोज की तरह गम्भीर मुद्रा में ही यहाँ आईं।''

''हाँ, तुम ठीक कह रही हो।''

''किन्तु आपके चेहरे की खुशी छिप नहीं रही थी।''

त्रिजटा के चेहरे पर मुस्कान तैर गई।

''अभी चलती हूँ, फिर आऊँगी,'' कहकर त्रिजटा उठी, तो सीता ने उसका हाथ थाम कर उसकी ओर देखा और बोलीं,

''जल्दी आना।''

''अच्छा,''

कहकर त्रिजटा चली गई। सीता उसे जाते हुए देखती रहीं। उन्हें लगा, इतनी अच्छी खबर देने के बाद भी वे उसके लिये प्रति उपकार में कुछ नहीं कर सकतीं। जाती हुई त्रिजटा, सीता को सचमुच अपनी माँ जैसी लगी। वे उसके प्रति मंगल कामनाओं से भर उठीं।

अपने हाथों दीप लिये
आया जब कोई
घोर अँधेरे में बैठा मन
हाथ उठा कर
उस को देने लगा दुआयें

15. आती जाती छाँव

सरमा, सीता की पहरेदारी में नियुक्त राक्षस स्त्रियों की प्रमुख थी, किन्तु मन ही मन वह सीता का हित चाहती थी और उनमें श्रद्धा रखती थी। युद्ध के अधिकतर समाचार सीता को उसके माध्यम से ही मिल रहे थे।

रावण को मेघनाद की वीरता और रण-कौशल पर बहुत अधिक भरोसा था, और वह उसे बहुत अधिक प्रिय भी था। उसके वध के समाचार ने रावण को दुःख और निराशा से पागल कर दिया।

सीता ने देखा, रावण लगभग उन्मत्तता की स्थिति में नेत्रों में रक्त और साँसों में ज्वाला भरे, कुछ अन्य राक्षसों के साथ उनकी ओर आ रहा है। सीता से कुछ ही दूरी रहने पर उसने बहुत क्रोध करते हुये म्यान से तलवार निकाल ली। सीता को स्मरण हो आया कि रावण ने अपनी बात न मानने पर उन्हें जान से मारने की धमकी दी थी। उन्हें लगा, संभवतः वह क्षण आ गया है, किन्तु उन्हें जरा भी भय नहीं लगा, अपितु वे हँसकर खड़ी हो गयीं और लगभग भेद देने वाली दृष्टि से रावण की ओर देखकर बोलीं,

''आओ मृत्यु, तुम्हारा स्वागत है।''

निहत्थी और अकेली सीता को इस प्रकार खड़े होते रावण और उसके दल ने देखा और वे हतबुद्धि से कुछ पलों के लिये जहाँ थे वहीं ठहर गये। तभी सीता ने देखा कि मन्त्री सा लगने वाला एक व्यक्ति रावण को कुछ समझा रहा है। रावण और उसके मध्य कुछ विवाद सा होता भी दिखा, और फिर उन्होंने देखा कि क्रोधित रावण ने अपनी तलवार म्यान में वापस रखी और क्रोध से पैर पटकते हुए अपने दल के साथ वापस हो लिया।

सीता एक बार पुनः हँस पड़ीं।

''मृत्यु!'' उन्होंने ऐसे कहा, जैसे कोई सामने खड़े किसी व्यक्ति को सम्बोधित कर रहा हो, ''किससे डर गयी तू? मुझसे या मेरे दुर्भाग्य से?''

सीता वैसे ही खड़ी, रावण के दल को वापस जाते तब तक देखती रहीं जब तक वह नेत्रों से ओझल नहीं हो गया और फिर उत्तेजना शान्त होने पर अपने स्थान पर बैठ गयीं। बाद में सीता को पता चला कि रावण के दल का वह व्यक्ति उसका मंत्री सुपार्श्व था।

*　*　*

कुछ दिनों बाद ही सीता को पता लगा कि मेघनाद लक्ष्मण के साथ हुए भयंकर युद्ध में मारा गया था। उसकी मृत्यु के बाद सुलोचना उसकी चिता पर सती हो गयी थी। सुलोचना सती ही नहीं हुई, वरन् वह इतनी वीर और निर्भीक थी कि एक बार जब मेघनाद युद्धक्षेत्र में था, तब वह रात्रि में युद्ध विराम के समय राम की सेना के मध्य से होते हुए उससे मिलने युद्ध भूमि में चली गयी थी।

मेघनाद की चिता सजने के बाद जब सुलोचना सती होने के लिये चिता की ओर बढ़ रही थी, तब रावण ने उसे पुकार कर कहा,

''सुलोचना, ठहर! अपने प्राण मत दे; तेरे पति का वध करने वाले लक्ष्मण और उसके भाई राम का शीघ्र मेरे हाथों वध होगा, उसे देखकर निश्चित ही तेरे सीने में ठंढक होगी।

''तात! मुझे आपके पराक्रम पर विश्वास है और आपके क्रोध पर भी; अवश्य ही वे शीघ्र ही आपके क्रोध की अग्नि का ताप भुगतेंगे, किन्तु वह तो जिनके भाग्य में होगा वे देखेंगे; मेरे जीवन का अध्याय मेरे पति के उनके साथ ही समाप्त हो गया है... क्षमा प्रार्थी हूँ, मैं रुक नहीं सकती।''

''पुत्री!'' रावण ने जोर से पुकारा, -''रुक जा!'' उसके स्वर में स्नेह भी था और बहुत अधिक व्याकुलता भी, किन्तु सुलोचना सब कुछ अनसुना कर मेघनाद की चिता की ओर बढ़ गयी।

मेघनाद की चिता को अग्नि देने के पश्चात रावण कुछ देर तक हतबुद्धि सा उसे देखता रहा, फिर सिर धुनता हुआ भूमि पर गिरकर मूर्छित सा हो गया।

मेघनाद के वध के पश्चात दुःख में डूबे रावण को कई बार अपना मनोबल टूटता सा लगा, किन्तु वह महाबली था। उसने हर बार अपने को सँभाल लिया। उसने मेघनाद के विधिवत क्रिया कर्म के लिये युद्ध को कुछ दिनों तक स्थगित रखने की बात की, जिसे राम ने स्वीकार कर लिया।

इस बीच मन्दोदरी ने उसे युद्ध बन्द करने और सीता को राम को वापस देने के लिये पुनः बहुत समझाया; इससे होने सकने वाले महानाश की चेतावनी भी दी, किन्तु रावण पर उसकी किसी बात का असर नहीं हुआ। वह दुःख और क्रोध से भरा हुआ था। तब मन्दोदरी को लगा कि संभवतः वह अपना विवेक खो चुका है, अतः अब वह युद्ध से विरत नहीं होगा, और फिर लगभग एक सप्ताह बाद युद्ध पुनः प्रारम्भ हो गया।

सीता को श्रीराम और रावण के मध्य होने वाले युद्ध की प्रमुख घटनाओं की सूचनायें, त्रिजटा या सरमा से बराबर मिल रही थीं। रावण के भाई कुम्भकर्ण का वध, फिर मेघनाद के वध की सूचनायें उन तक पहुँच चुकी थीं। आजकल रावण ने सीता को प्रताड़ित करने के लिये आना छोड़ दिया था। उसके द्वारा सीता के पहरे पर बिठाई गयी राक्षस स्त्रियों के धमकी भरे स्वर भी कमजोर पड़ने लगे थे।

सीता सुन रही थीं कि अब रावण स्वयं श्रीराम से युद्ध कर उन्हें पराजित करेगा। यद्यपि इस युद्ध में श्रीराम की विजय पर उन्हें सन्देह नहीं

था, किन्तु फिर भी, कभी-कभी मन आशंकाग्रस्त हो जाता था, तब वे राम के पराक्रम को याद कर स्वयं को धीरज देती थीं।

मेघनाद की मृत्यु के बाद लगभग एक सप्ताह तक सीता को युद्ध का कोई समाचार नहीं मिला। मेघनाद की चिता को अग्नि देने के बाद रावण सिर धुनता हुआ भूमि पर गिरकर मूर्छित सा हो गया था। उन्हें पता लगा कि सारी लंका मेघनाद के शोक में डूबी हुई है।

एक सप्ताह बाद त्रिजटा ने बताया कि अब रावण अत्यन्त क्रोध के साथ राम को सीधे ललकारते हुआ स्वयं युद्ध भूमि में पहुँच गया है, और उनके मध्य भीषण युद्ध होने की सम्भावना है। इस समाचार से सीता, राम की कुशलता को लेकर चिन्तित भी हुईं, साथ ही राम के पराक्रम में विश्वास होने के कारण शीघ्र ही इस कैद से छूटने की बात सोचकर, वे हर्षित भी हुईं।

राम और रावण के मध्य यह महासंग्राम पुनः एक सप्ताह तक चला। अन्ततः रावण मारा गया। चौरासी दिनों तक यह युद्ध चला। राम ने, लंका की गद्दी पर विभीषण का राज्याभिषेक कर दिया।

सीता के ऊपर से पहरे हट गये। सीता को लंका आये हुए लगभग तेरह मास हो चुके थे। सीता को, राम की विजय का समाचार देने के लिये हनुमान स्वयं ही आये। यह समाचार सुनकर उनके नेत्रों में अश्रु छलक उठे। उन्होंने कहा,

“हनुमान, इतना शुभ समाचार देने के लिये मैं सदैव तुम्हारी आभारी रहूँगी, पर इतना ही पर्याप्त नहीं है; मैं इसके लिए तुम्हें कुछ उपहार देना चाहती हूँ... यहाँ पर मेरे पास कुछ भी नहीं है, किन्तु एक बार अयोध्या पहुँचने के बाद मैं श्रीराम से कहकर तुम्हें उचित पुरस्कार अवश्य दिलवाऊँगी।’’

“माँ, आपके और श्रीराम के चरणों की सेवा से बड़ा मेरे लिए कोई पुरस्कार नहीं है।’’

“ठीक है, तो मैं तुम्हें आशीर्वाद देती हूँ, कि तुम्हें पूजने वाले व्यक्ति

के लिये इस संसार में कुछ भी अप्राप्य नहीं रहेगा।''

''माँ, मैं कृतकृत्य हुआ।''

''हनुमान, बताओ मुझे प्रभु राम के दर्शन कब होंगे? ''

''शीघ्र ही माते! अति शीघ्र; मैं अभी जाकर श्रीराम को आपकी कुशलता और दर्शनों की तीव्र इच्छा की सूचना देता हूँ।''

थोड़ी देर बाद ही विभीषण, राम का यह सन्देश लेकर आये कि राम ने उन्हें बुलवाया है। उन्होंने कुछ आभूषण और बहुमूल्य वस्त्र भी सीता के लिये भिजवाये थे। सीता का साथ देने के लिये कुछ स्त्रियाँ भी आईं थीं। विभीषण के आने और उनके द्वारा लाये गये इस प्रस्ताव से सीता चौंक गईं। उनके मन को बहुत धक्का सा लगा।

सीता सोच रही थीं कि उन्होंने, जिनकी यादों के सहारे इतने कष्ट सहते हुए तेरह मास काट दिये; एक-एक पल, जिनकी राह ताकते हुए गुजारा है, वे श्रीराम, लंका पर विजय पाते ही उनसे मिलने और उनका हाल पूछने स्वयं आयेंगे... वे देखेंगे कि सीता ने यह समय कैसे, कहाँ और किस हाल में बिताया है। उन्हें सान्त्वना देंगे और वे उनके कन्धे पर सिर रखकर रो लेंगी, किन्तु उन्होंने स्वयं आने के स्थान पर पहले हनुमान को उनका समाचार लेने और फिर विभीषण को उन्हें लाने भेज दिया, और अब ये वस्त्राभूषण धारण करने का आदेश उन्हें और भी कष्ट दे गया।

उन्हें लग रहा था, वे दौड़कर जायें; राम के चरणों में अपना सिर रखें और फिर लक्ष्मण को बहुत-बहुत आशीष और स्नेह दें। अब जितनी देर इन तैयारियों में लगेगी, उतनी देर और वे उनके दर्शनों से वंचित रहेंगी। उनका मन रो उठा। फिर भी उठीं और भारी मन से तैयार होने लगीं। सीता तैयार होने के बाद विभीषण के लाये रथ में सवार होकर उस स्थान की ओर चलीं, जहाँ श्रीराम अपने मन्त्रियों और सैनिकों के साथ बैठे थे।

जब श्रीराम की सभा दिखाई देने लगी, सीता ने रथ रुकवा दिया। वे उतरीं और पैदल ही उनकी ओर चल पड़ीं। लक्ष्मण ने उन्हें आते देखा, तो वे स्वतः ही उन्हें लेने उनकी ओर बढ़ चले। पास जाकर उन्होंने सीता को

प्रणाम किया। सीता ने लक्ष्मण को, उनका मस्तक छूकर, किन्तु मौन रहकर आशीर्वाद दिया। उन्हें आशीर्वाद देते समय सीता का मन विचलित हो उठा। उन्हें लक्ष्मण अपनी सन्तान जैसे लगे। वन में स्वर्णमृग के प्रकरण के समय लक्ष्मण की सलाह न मानने का दुःख एक बार पुनः मन कचोट गया।

सीता, सभास्थल पर पहुँची, तो सारी सभा ने खड़े होकर उनका स्वागत किया। सम्पूर्ण सभास्थल राम और सीता के जयकारों से गूँजने लगा। लोग दौड़-दौड़कर राम और सीता के चरण स्पर्श कर रहे थे, किन्तु भीड़ के कारण अधिकतर लोग उन तक नहीं पहुँच पा रहे थे, अतः वे उनकी ओर मुख कर हाथ जोड़कर और मस्तक झुकाकर अपने-अपने प्रणाम निवेदित कर रहे थे। राम, आसन छोड़कर सीता को लेने आगे आये।

उन्हें लेकर अपने आसन तक पहुँचे और उनको अपने बगल के आसन पर बिठाने के बाद स्वयं भी बैठ गये, फिर सीता की ओर देखकर पूछा,

''आप ठीक तो हैं?''

इस प्रश्न ने सीता के सब्र का बाँध तोड़ दिया। उन्होंने सिर झुकाकर और मुख एक ओर घुमाकर अपनी आँखें पोंछीं, किन्तु फिर भी अपने को रोक नहीं सकीं और वस्त्र से मुँह ढककर सिसक उठीं। राम ने उनको इंगित कर कहा,

''मुझे आपके दुःख का अनुमान है, और यह केवल आपके ही मन का दुःख नहीं है।''

सीता ने रुँधे हुये कण्ठ से कहा,-''मेरे जीवन में तेरह महीने की रात्रि के बाद सुबह हुई है, ये उसी खुशी के आँसू हैं।''

''अपने को सँभालिए सीते! इस भरी हुई सभा में हमें अपनी मर्यादा की रक्षा भी करनी है, और इस मर्यादा के निर्वाह के लिये ही आपसे मिलने की अति तीव्र इच्छा होते हुये भी मैं स्वयं आपको लेने नहीं आ सका... पहले हनुमान और फिर सुग्रीव को भेजना पड़ा।''

राम के इस कथन से सीता को इस बात का उत्तर मिल गया कि राम

स्वयं उन्हें लेने क्यों नहीं आये, और उन्होंने नये वस्त्राभूषण और कुछ स्त्रियों को भेजना क्यों उचित समझा। उनका दुःख बहुत कम हो गया। वे बोलीं,

''मैं आप की बात समझ सकती हूँ, और आपके न आने के कारण मुझे जो वेदना हुई थी, वह भी बहुत कम हो गई है।

''सीते, मुझे आपसे एक बात और कहनी है।''

''कहें।''

मैं जानता हूँ, आप गंगाजल की भाँति पवित्र हैं, किन्तु .....''

''किन्तु क्या... कहते-कहते सीता का मन एक बार फिर काँप गया। समय और काल की परिस्थितियों के अनुसार उन्हें इस तरह के 'किन्तु' की पूरी आशंका थी। इतने निःस्वार्थ और पूरे समर्पण के बाद भी इस तरह के 'किन्तु' उठ सकते हैं, इसका उन्हें अनुमान था।

निश्छल और समर्पित
मन पर भी शंकायें
जहर बुझे तीरों जैसा
घायल करती हैं
गहरे जख्म
बहुत गहरी
पीड़ा देते हैं।

* * *

सीता के प्रश्न का उत्तर राम नहीं दे सके। बस, उन्होंने सीता की ओर देखा। सीता ने उनकी आँखों में तैरती बेचारगी और प्रश्नचिन्ह दोनों पढ़ लिये। सीता का मुख एक पल के लिये कुछ कठोर, किन्तु दूसरे ही पल निर्विकार सा हो गया। ऐसा लगा जैसे उन्होंने निश्चय कर लिया है। वे बोलीं,

‘‘मैं आपकी प्रतिष्ठा या राजधर्म पर कोई आँच नहीं आने दूँगी... आप अग्नि जलवाने का प्रबन्ध करें, मैं उसमें प्रवेश कर अग्नि-परीक्षा दूँगी।’’

राम ने देखा, सीता ने ये शब्द बिना किसी उत्तेजना के कहे थे। उन्हें शब्द बहुत कठोर लगे। वे इस प्रस्ताव से अवाक् रह गये। उन्हें इतनी तीव्र प्रतिक्रिया की आशा नहीं थी। क्या कहें, उन्हें लगा शब्द कहीं खो गये हैं। सीता ने पुनः कहा,

‘‘आपके दर्शनों के बाद मेरी कोई इच्छा शेष नहीं रह गई है।’’

राम ने सीता के मुख की ओर देखा। उस पर संकल्प की दृढ़ता थी। उन्होंने किसी के मुख पर इतना तेज शायद कभी नहीं देखा था। सीता के वियोग की कल्पना से उनका मन काँप गया।

‘‘नहीं सीते!’’ कहते हुये राम का स्वर तेज हो उठा। पास बैठे लक्ष्मण, हनुमान तथा अन्य लोग चौंक उठे। राम विचलित थे। वे सम्बोधन में आप और तुम का प्रयोग भूल गये, बोले,

‘सीते, यदि अग्नि में प्रवेश करना ही है, तो मैं भी साथ में रहूँगा; तुम अकेले अग्नि में प्रवेश नहीं करोगी।’’

अब राम के इस वाक्य ने सीता को विचलित कर दिया। उनके प्रति श्रद्धा के साथ-साथ हृदय में तेज उभरी पीड़ा ने सीता को झकझोर दिया, किन्तु उन्होंने शीघ्र ही इस पर काबू पा लिया और बड़े ही शान्त किन्तु दृढ़ स्वर में कहा,

‘‘आप जो कहना चाह रहे हैं, वह मैं समझ रही हूँ, किन्तु मैं इतने बड़े अनर्थ का कारण नहीं बन सकती।’’

पूरी सभा स्तब्ध बैठी थी। कोई कुछ बोलने का साहस नहीं कर पा रहा था। सहसा जामवन्त उठ खड़े हुए, बोले,

‘‘प्रभु, मैं कुछ कहना चाहता हूँ!’’

‘‘कहें,’’ राम ने कहा।

‘‘प्रभु, हममें से किसी को भी माता सीता पर लेशमात्र भी सन्देह नहीं

है, न ही हम उनकी किसी तरह की परीक्षा लेना चाहते हैं; यह उनके लिये ही नहीं, हमारे लिये भी घोर अपमानजनक होगा।''

''आप लोगों की बात नहीं है जामवन्त, किन्तु फिर भी कुछ लोगों के मन में शंकायें उठ सकती हैं।''

लक्ष्मण बहुत देर से चुपचाप सुन रहे थे। किन्तु उनका चेहरा क्रोध से तमतमा रहा था। उनसे रहा नहीं गया, बोले,

''ऐसे दुष्टों के लिये मेरा एक बाण ही पर्याप्त होगा।''

''लक्ष्मण, तुम ठीक कह रहे हो; किन्तु प्रजा के असन्तोष को दबाना नहीं, अपितु उसका समाधान ढूँढ़ना ठीक होता है।''

''यदि ऐसा ही है तो अग्नि प्रज्ज्वलित की जाये और सीता उसे साक्षी मानकर शपथ ले लें, इतना पर्याप्त होगा,'' जामवन्त ने कहा।

''आप का प्रस्ताव मुझे उचित लग रहा है; इससे प्रजा की शंका का यथोचित समाधान भी हो जायेगा, किन्तु यह शपथ अकेले वैदेही ही नहीं लेंगी, मैं भी इसी तरह की शपथ लूँगा।''

अब सीता के मन में राम के लिये प्रेम और श्रद्धा के अतिरिक्त कुछ भी शेष नहीं था। आज पहली बार मन में उनके प्रति कुछ असंतोष उभरा था किन्तु वह भी अधिक समय तक जीवित नहीं रह सका।

राम के मन में भी उनके लिये प्रेम है, इसका उन्हें विश्वास था; किन्तु आज जब उन्होंने उनके साथ ही अग्नि में प्रवेश की बात की, उस समय वे रोमांचित हो उठी थीं। यह प्रेम की पराकाष्ठा थी... किन्तु उस समय जीने की नहीं मरने की, एक पूर्ण विराम की बात हो रही थी। वह पीड़ा से भीग उठने की मनःस्थिति थी।

अब, जब राम ने उनके साथ ही अग्नि की शपथ लेने की बात की, तब जीवन की, साथ-साथ चलने की बात थी, सपने समाप्त करने की नहीं; मिल कर देखने की बात थी। एक बार पुनः वे रोमांचित थीं, किन्तु यह सुख में भीग उठने का रोमांच था।

सभा में साधुवाद के स्वर उठ रहे थे।

राम के ऐसा कहते ही सीता के मन में राम के प्रति एक बार पुनः अत्यधिक श्रद्धा उमड़ पड़ी। सारी सभा से साधुवाद के स्वर उठने लगे। जामवन्त ने खड़े होकर कहा,

''प्रभु, आज आप जो आदर्श स्थापित कर रहे हैं, वह निश्चित ही आने वाले समय में समाज को, स्त्री और पुरुष दोनों को एक ही दृष्टि से देखने की दिशा देने वाला होगा।''

इसी समय महर्षि अगस्त्य व अन्य बहुत से ऋषि, राम का अभिनन्दन करने के लिये पधारे। उन्होंने वातावरण में तनाव का अनुभव किया और इसका कारण जानना चाहा। राम, मन में, रावण के वध के कारण हुई ब्रह्महत्या की वेदना और सीता का अपमान न होने पाये इसकी चिन्ता लिये हुए थे। स्वयं सीता मानसिक सन्ताप में थीं और लक्ष्मण इनके दुःखों के कारण अति व्याकुल और अधीर थे। विभीषण के मन में भी अपने कुल से द्रोह करने का कष्ट था।

महर्षि अगस्त्य व अन्य ऋषियों ने उनके मनों को समझा और बताया कि गन्धमादन पर्वत, सब प्रकार के कष्टों और मानसिक सन्तापों से मुक्ति देने वाला है, व अग्नि भी जीवन के सभी सन्तापों व पापों का शमन करती है। उन्होंने कहा, यद्यपि विवशता में जो कुछ हुआ, उस में किसी का कोई दोष नहीं है, किन्तु मन की शान्ति के लिये अग्निहोत्र-यज्ञ कर, गन्धमादन पर्वत पर शिवलिंग की स्थापना करना उचित होगा।

सभी के सहयोग से यह महान यज्ञ सम्पन्न हुआ।

(संक्षिप्त स्कंधपुराण, ब्राह्मखण्ड, पृ.578, लंका मे गन्धमादन पर्वत पर स्थित यह शिवलिंग आज भी अत्यन्त पूजनीय है)।

* * *

लंका विजय के उपरान्त राम ने शीघ्राति शीघ्र अयोध्या की ओर

प्रस्थान करने का निश्चय किया और यात्रा प्रारम्भ करने से पूर्व श्री गणेश एवं भगवान शिव की विधिवत पूजा अर्चना की। विभीषण ने उन्हें इस यात्रा के लिये पुष्पक विमान उपलब्ध कराया।

इसके पश्चात विभीषण को लंका का अधिपति नियुक्त कर राम ने सीता, लक्ष्मण, हनुमान और सुग्रीव के साथ पुष्पक विमान द्वारा अयोध्या के लिये प्रस्थान किया। (श्रीमद्भागवत पुराण, नवम स्कन्ध, पृ0 45)

अयोध्या पहुँचने पर भरत ने बहुत स्नेह और आदर से उनका स्वागत किया और श्रीराम को राज्य सिंहासन सौंप दिया। सारी अयोध्या में खुशियाँ मनाई गईं। रात में दीपों की लड़ियों से सारे नगर को सजा दिया गया।

अयोध्या में, श्रीराम के महल के प्रांगण में ही एक विस्तृत उपवन था, जिसमें भाँति भाँति के बहुत से वृक्ष थे। इसमें एक कृत्रिम सरोवर भी था, और तरह-तरह के पक्षी भी यहाँ रहते थे। अयोध्या में आने के बाद से राम और सीता अक्सर यहाँ आकर बैठते थे।

सीता को महल की अपेक्षा यहाँ प्रकृति के साथ समय गुजारना बहुत प्रिय था। ऐसे ही एक दिन शीतल हवाएँ और मनोहारी संध्या थी। राम दिन के राजकार्यों से निवृत्त हो चुके थे। वे दरबार से उठकर महल में आये तो सीता प्रतीक्षा में थीं। राम, हाथ-मुँह धोकर कुछ हलका जलपान ले चुके तो सीता ने कहा,

''कितनी अच्छी हवा चल रही है... सन्ध्या बहुत अच्छी लग रही है न।''

''हाँ सच'' राम मुस्कराये, ''बाग में चलना है क्या? उन्हें पता था कि सन्ध्या को बाग में बैठना सीता को बहुत प्रिय है।

''सीता!''

''चलें'' सीता ने प्रसन्नता से कहा।

''चलो।''

वे बाग में आये और बातें करते हुए टहलने लगे। सीता के पास बहुत सी बातें थी। कुछ देर तक यूँ ही टहलने के बाद उन्होंने राम से कहा,

''कुछ देर उस सरोवर के पास बैठें क्या!''

''हाँ, मैं भी यही कहने वाला था।''

वे सरोवर के किनारे जाकर बैठ गये। पानी में हवा के झोंको के साथ उड़कर आये कुछ फूल भी तैर रहे थे। सीता को उन्हें देखना बहुत अच्छ लग रहा था। फिर यूँ ही मन हुआ, और थोड़ा झुककर पानी में राम और अपना प्रतिबिम्ब देखने लगीं। उनके मुख पर बच्चों सी मुस्कराहट थी।

सरोवर के पानी में दोनों के प्रतिबिम्ब हिल रहे थे। सीता को इसे देखना बहुत अच्छा लग रहा था। वे बार-बार राम के मुख की ओर, फिर पानी में अपने प्रतिबिम्ब की ओर देख रही थीं। वे राम के मुख की ओर देखतीं तो उन के मन में उठता 'यह ये हैं', फिर पानी में अपने मुख की ओर देखकर मन में कहतीं, 'यह मैं हूँ।'

तभी राम ने उनके मुख की ओर देखा। सीता के चेहरे पर खुशी तैरती सी लगी। उन्होने मुस्कराकर पूछा,

''क्या हुआ?''

सीता ने पानी में राम के प्रतिबिम्ब को दिखाकर कहा,

''यह आप हैं।'' फिर अपने प्रतिबिम्ब की उँगली उठाकर कहा,

''यह मैं हूँ,'' और फिर अपने दोनों हाथ आगे किये। एक हाथ राम के प्रतिबिम्ब पर और दूसरा अपने प्रतिबिम्ब के ऊपर लाकर कहा,

''यह हम दोनों हैं।''

राम हँस पड़े। सीता छोटे बच्चे सी खुश थीं। तभी एक पक्षी उड़ता हुआ आया। जिस जगह उनके प्रतिबिम्ब थे उसी जगह के पानी पर पर मारता चला गया। पानी हिला और बिम्ब बिखर गये। सीता के मुख से निकला, -''ओह!''

राम ने पूछा,-‘‘क्या हुआ?’’

‘‘उसने हमारी छायायें बिगाड़ दी हैं।’’

‘‘परेशान क्यों हो, छायाएँ ही तो बिगाड़ी है।’’

‘‘हाँ सच! आपके होते इससे अधिक साहस कोई कर भी नहीं सकता,’’ कहते हुए सीता ने अपना सिर राम के कन्धे पर टिका दिया। थोड़ी देर बाद उन्होंने फिर कहा,

‘‘किन्तु...’’

‘‘कुछ कहना चाहती हो क्या सीते?’’ राम ने कहा।

‘‘हाँ, पता नहीं क्यों, यह मुझे कुछ अपशकुन सा लगा।’’

राम ने इसका कोई उत्तर नहीं दिया, किन्तु थोड़ी देर बाद उन्होंने फिर कहा,

‘‘सीते, तुम माँ बनने वाली हो; बताओगी तुम्हें क्या अच्छा लगता है? मैं तुम्हारा क्या प्रिय करूँ?’’

सीता ने हँसकर कहा,-‘‘सब कुछ तो है मेरे पास।’’

‘‘नहीं, फिर भी कुछ तो इच्छा होगी।’’

‘‘अगर इच्छा की बात पूछ रहे हैं तो मुझे हिमालय की गोद से निकली पवित्र गंगा के घाट पर कन्दमूल खाकर तपस्या करने वाले तेजस्वी महर्षियों के आश्रम में कुछ समय तक प्रकृति के साथ रहकर उस पवित्रता को जीने की बड़ी अभिलाषा है।’’

क्यों, लगातार चौदह वर्षों तक प्रकृति के साथ रहकर भी यह अभिलाषा शेष रह गई है, सीते!’’ राम ने परिहास में कहा।

‘‘मैं धरती की बेटी हूँ आर्यपुत्र, प्रकृति मेरा जीवन है।’’

‘‘और मैं?’’ राम ने पुनः परिहास किया।

‘‘आप मेरी जन्म-जन्मान्तर की तपस्या का फल हैं।’’

''ओह!'' राम हँस पड़े, फिर बोले,

''ठीक है सीते, गंगा के तट पर महर्षि बाल्मीकि का ऐसा ही आश्रम है; वहाँ वे तेजस्वी महर्षि अनेक महात्माओं के साथ निवास करते हैं; तुम जैसा वातावरण चाहती हो, तुम्हे वहाँ वैसा ही वातावरण मिलेगा; मैं शीघ्र ही तुम्हारे साथ वहाँ चलूँगा।''

''सच?''

''सच।''

इसके बाद सीता चुप हो गईं। जब से राम सीता के जीवन में आये थे, उन्होंने राम को गम्भीर अधिक, और हँसते हुए कम ही देखा था। आज राम का हँसता हुआ चेहरा और उनकी हँसी का स्वर, सीता को इतना अच्छा लगा कि उन्हें लगा कि इस खुशी को केवल महसूस किया जा सकता है, शब्दों में नहीं पिरोया जा सकता। उनका मन हुआ कि इस सम्बन्ध में वे राम से कुछ कहें।

''आप सदा इतने गम्भीर से क्यों रहते हैं? सीता ने कहा।

''गम्भीर रहता हूँ?''

''हाँ, और हँसते तो बहुत कम हैं।''

''अच्छा! गम्भीर भी रहता हूँ और हँसता भी कम हूँ?''

''हाँ...''

इस पर राम पहले मुस्कराये फिर धीरे से हँसे! सीता उनके मुख की ओर ही देख रही थीं। राम को हँसते देख कर बोलीं,

''हँसते हुये आप कितने अच्छे लगते हैं।''

''अच्छा, सच?'' कहकर राम जोर से खुल कर हँस पड़े और सीता मुग्ध भाव से उन्हें निहारने लगीं। राम ने उनको इस तरह देखते पाया, तो बोले,

''वापस चलें अब?''

''चलिये।'' सीता ने कहा।

16. दर्द भरे गीतों के ये स्वर

राम अपने दरबार में बैठे हुये थे। भरत, लक्ष्मण, शत्रुघ्न, हनुमान और अन्य दरबारी अपने-अपने स्थान पर सुशोभित थे। सीता, राम के बगल के आसन पर विराजमान थीं। कुछ गुप्तचर कुछ सूचनायें लेकर आये हुए थे। राम, उनके द्वारा दी गई सूचनायें सुन रहे थे और उन पर दरबार में चर्चा भी कर रहे थे। भद्र नामक एक गुप्तचर का क्रम जब आया, तो ऐसा लगा कि वह कुछ कहने में हिचक रहा है। राम ने उससे पूछा,

‘‘भद्र, क्या बात है? कुछ विशेष है क्या?’’

‘‘नहीं महाराज, लोग तो कुछ न कुछ कहते ही रहते हैं।’’

‘‘तुम्हारे इस ‘कुछ न कुछ कहते ही रहते हैं, का क्या अर्थ है, स्पष्ट कहो।’’

‘‘महाराज, अधिकतर पुरवासी आपके शौर्य की प्रशंसा करते नहीं थकते हैं, किन्तु...’’

‘‘किन्तु क्या भद्र?’’

‘‘किन्तु कुछ लोग कहते हैं कि तेरह माह तक रावण के घर में रहने

वाली सीता को, श्रीराम घर ले आये, यह तो ठीक है, किन्तु उन्हें हमारी अयोध्या की महारानी बना दिया, यह अयोध्या के गौरव के अनुकूल नहीं लगता।''

जिन राम को बड़े-बड़े असुरों और महाबली रावण के अस्त्र-शस्त्र छू भी नहीं पाये थे, उनके हृदय को इस समाचार ने भयंकर चोट पहुँचाई। क्षणभर के लिये वे हतबुद्धि से रह गये। पीड़ा उनके चेहरे पर उभर आई, किन्तु लक्ष्मण का चेहरा क्रोध से भर उठा और अनायास ही उनका हाथ अपने शस्त्र पर पहुँच गया। वे बोल पड़े,

''इस तरह की दूषित सोच वाले आसमान पर भी कीचड़ उछाला करते हैं; किन्तु उन्हें दण्ड देना लक्ष्मण को भली-भाँति आता है... भद्र, तुम मुझे उनके बारे में विस्तार से बताओ।''

राम ने उनकी ओर देखकर इशारे से उन्हें शान्त रहने को कहा, फिर भद्र की ओर देखकर वह बोले,

''ठीक है, तुम जाओ।'' उन्होंने अन्य दरबारियों की ओर देखकर उन्हें भी जाने का संकेत किया। सीता दुःख और वितृष्णा से भर उठी थीं। उनके चेहरे पर पीड़ा परिलक्षित हो रही थी। राम उठे; सीता को साथ लिया और अपने कक्ष में आ गये।

दोनों मौन बैठे थे। उनके हृदयों में तूफान चल रहा था। काफी देर इसी प्रकार बैठे रहने के बाद राम ने सीता का हाथ पकड़ा। उनकी ओर देखा और बोले,

''सीते, बहुत चोट लगी है न?''

सीता ने देखा, राम के नेत्र अश्रुओं से भरे हुए थे। उन्होंने अपना हाथ राम के कन्धे पर रखा और बोलीं,

''यह भी शायद हमारा प्रारब्ध ही होगा।''

सीता के इस कथन के बाद पुनः मौन छा गया। कुछ देर बाद राम बोले,

''सीता, एक बार तुम गंगा के तट पर बसे तपस्वियों के आश्रम में रहने की बात कर रही थीं।''

''हाँ, और वह इच्छा आज भी मेरे मन में है।''

''फिर चलो; क्यों न हम भरत को यह राज्य सौंपकर वहीं चलकर रहें; इससे माता कैकेयी की इच्छापूर्ति और पिता द्वारा उन्हें दिये हुये वचन का पालन भी हो जायेगा; हम इन रोज-रोज के झंझटों से मुक्ति पाकर शान्ति से रह सकेंगे और यह हमारे होने वाली सन्तान के लिये भी अच्छा ही रहेगा।''

''नहीं, आपका ऐसा सोचना, परिस्थितियों से पलायन होगा और आपके लिये अपकीर्ति का कारक बनेगा। भरत को राजगद्दी तो मिल ही चुकी थी; उन्होंने स्वयं ही उसे स्वीकार नहीं किया। आपके दूसरे भाई भी इस प्रस्ताव को कभी स्वीकार नहीं करेंगे। यह प्रयास अयोध्या की राजसत्ता की गरिमा के अनुकूल भी नहीं होगा, और इससे अव्यवस्था भी फैल सकती है।''

''फिर क्या लगता है तुम्हें, क्या होना चाहिये?''

''प्रभु, मैं आपको रास्ता बताऊँ, यह अनुचित होगा; मैं तो सदैव आपकी अनुगामिनी रही हूँ और वही मुझे शोभा देता है।''

''फिर भी सीते, क्या होना चाहिये, इस विषय में तुम अपनी सोच मुझसे निःसंकोच कहो।''

''प्रभु, जन्म से आज तक मैंने महलों में रहकर बहुत देख लिया, और मुझे लगता है कि रावण के द्वारा अपहरण के बाद, लंका में बीते तेरह माह के समय को यदि छोड़ दें, तो शेष लगभग तेरह वर्ष का जीवन, जो वन में बीता वह बहुत अच्छा था। वहाँ प्रकृति की गोद, खुला आसमान और किसी प्रकार के षड़यत्रों की चिन्ता नहीं थी; किसी की बुराई, भलाई नहीं थी। जीवन सरल, सहज और सुन्दर था।''

''तुम क्या कहना चाहती हो सीते?''

''यही, कि इन महलों के जीवन से मुझे वितृष्णा सी हो रही है; रानी, महारानी आदि पदों की निरर्थकता का बोध हो रहा है... यहाँ के तनाव भरे

वातावरण में मेरी मनःस्थिति होने वाली सन्तान के लिये भी हानिकारक हो सकती है।''

''फिर?''

''मैं चाहती हूँ कि आप मुझे अकेले ही गंगा के तट पर बने उसी बाल्मीकि आश्रम में जाने की अनुमति दें, जिसकी एक बार आपने चर्चा भी की थी, किन्तु आप स्वयं राजधर्म से विमुख होकर अपकीर्ति के भागी न बनें, वरन् यहीं रहकर अयोध्या की प्रजा के प्रति अपने कर्तव्य का निर्वहन करते रहें।''

''सीते, तुम्हारी यह बात ठीक है कि मुझे राजधर्म से विमुख नहीं होना चाहिये, और प्रजा के प्रति अपने कर्तव्यों का निर्वहन करना चाहिये, किन्तु तुम्हारे और अपनी होने वाली सन्तान के प्रति मेरे कर्तव्यों का क्या होगा? क्या उनसे मुख मोड़ना उचित होगा?''

''प्रजा के हित के सम्मुख परिवार के हित बहुत गौण कहे जायेंगे; फिर परिवार के हितों में तो मोह भी एक बहुत बड़ा कारक होता है।''

''हूँ।''

''मैं गंगा के किनारे बसे ऋषियों के आश्रम में स्वेच्छा से जाना चाहती हूँ; मुझे विश्वास है कि वहाँ मैं अपना शेष जीवन सुख और शान्ति से बिता सकूँगी और अपनी होने वाली सन्तान को स्वस्थ वातावरण और उचित शिक्षा भी दे सकूँगी, फिर आप हमारी होने वाली सन्तान के विषय में चिन्तित क्यों हैं?''

''किन्तु क्या तुम्हें, अपने इस निश्चय से मुझे होने वाली पीड़ा का अनुमान है?''

''हाँ, मुझे आपको होने वाली पीड़ा का पूरा अनुमान है, किन्तु यह तो मोह जनित पीड़ा है, और निश्चय ही यह अपकीर्ति से होने वाली पीड़ा इससे बड़ी होगी।''

''क्या हम किसी अन्य उपाय के बारे में नहीं सोच सकते हैं?''

‘‘हो सकता है अन्य उपाय हों, किन्तु इस समय परिस्थितियों के अनुसार मुझे यही उपाय श्रेष्ठ लग रहा है। हमारे धर्म में चार आश्रम बताये गये हैं; ब्रह्मचर्य, गृहस्थ, वानप्रस्थ और फिर संयास; केवल इतना ही तो है कि मेरे जीवन में वानप्रस्थ आश्रम थोड़ा जल्दी आ गया।’’

‘‘किन्तु तुम बच्चों की माँ बनने वाली हो; अभी तुम्हारा गृहस्थ आश्रम समाप्त नहीं हुआ है... वानप्रस्थ तो अन्त में आता है।’’

‘‘गृहस्थ आश्रम कभी समाप्त नहीं होता है; करना पड़ता है, किन्तु मैं इस समय जिस स्थिति में हूँ, उसमें गृहस्थ आश्रम को छोड़ नहीं सकती, अतः केवल इतना ही है कि मेरे लिये गृहस्थ आश्रम और वानप्रस्थ दोनों साथ-साथ चलेंगे।’’

‘‘सीते, क्या यह कुछ....’’राम ने बात अधूरी छोड़ दी। सीता ने उनका मन्तव्य समझा। उन्होंने कहा

‘‘यह सम्भव है। हम दोनों चौदह वर्ष तक इसी प्रकार का जीवन जी चुके हैं, जिसमें गृहस्थ आश्रम और वानप्रस्थ साथ-साथ थे, और लक्ष्मण ने तो उस काल में ब्रह्मचर्य और वानप्रस्थ साथ-साथ जिये हैं।’’

‘‘सीते, तुमने मेरी होने वाली अपकीर्ति की चर्चा की थी; मुझे कीर्ति या अपकीर्ति की चिन्ता नहीं है, किन्तु क्या तुम्हें सचमुच लगता है कि तुम्हारे यहाँ रहने से हमारी होने वाली सन्तान पर कुछ विपरीत असर हो सकता है?’’

‘‘प्रभु, जिस तरह की बात आज सुननी पड़ी हैं, वैसी बातें हमें बार-बार सुनने को मिल सकती हैं। कुछ विचार-शून्य लोग कुछ न कुछ कहते ही रहते हैं। अक्सर दूसरों में दोष निकालने से बड़ा प्रिय काम उनके लिये कोई नहीं होता। उनकी बातें सुन-सुनकर आप तनाव में रहेंगे, तो राज्य के कार्यों को सुचारु रूप से करने में व्यवधान होगा, और मैं तनाव में रहूँगी तो हमारे होने वाले बच्चे पर प्रतिकूल प्रभाव तो होगा ही।’’

‘‘किन्तु सीते, जिस कार्य में तुम्हारी कोई भूल नहीं, उसका दण्ड तुम्हें क्यों।’’

‘‘प्रभु, दो बातें हैं; एक तो यह कि गंगा के किनारे तपस्वी महर्षियों के आश्रम के शान्त और पवित्र वातावरण में रहना मेरे लिये दण्ड नहीं, एक सुखद संयोग होगा और मुझ पर इसका सकारात्मक प्रभाव पड़ेगा...’’ इतना कहकर सीता चुप हो गईं।

‘‘सीता, इसके अतिरिक्त दूसरी बात क्या है?’’ राम ने कहा।

‘‘दूसरी बात यह है कि इन परिस्थितियों के बनने में मेरी भी भूल थी।’’

‘‘कैसे सीते? तुम्हारी यह बात सुनकर मुझे आश्चर्य हो रहा है।’’

‘‘यदि मैं सोने के मृग के मोह में नहीं पड़ती और लक्ष्मण की बात को समझ लेती कि इसमें कुछ छल है, सोने का मृग नहीं हो सकता, तो आप उस मृग के पीछे नहीं जाते, और यदि मैंने किसी अपरिचित व्यक्ति पर विश्वास न करने की मर्यादा की रक्षा की होती, वह लक्ष्मण-रेखा न लाँघी होती, तो शायद मेरा अपहरण भी न होता।’’

‘‘सीते, वह भूल किसी से भी हो सकती थी।’’

‘‘हाँ, किन्तु उसके बाद जब कोई आपकी आवाज में चिल्लाया और मैंने लक्ष्मण को आपकी सहायता के लिए भेजना चाहा, तब भी लक्ष्मण ने मुझे बहुत समझाया था कि आप कभी किसी संकट में नहीं फँस सकते, यह अवश्य ही हमें धोखा देने का कोई प्रयास है, किन्तु मैं नहीं मानी। लक्ष्मण पर क्रोध कर उन्हें आपकी सहायता पर जाने को विवश किया। यदि मैं लक्ष्मण को जबरदस्ती नहीं भेजती; आपके पुरुषार्थ, सामर्थ्य और लक्ष्मण की उचित सलाह पर विश्वास रखती तो ऐसा नहीं होता; यह बड़ी भूल थी।’’

‘‘सीते, उसका कारण मेरे प्रति तुम्हारा प्रेम ही तो था; फिर मैं स्वर्ण-मृग के पीछे भागा, यह मेरी भूल भी तो थी।’’

‘‘मेरी बात का अनादर न हो, यही कारण था आपकी उस भूल के पीछे... फिर आपने स्वयं भी इस भूल का दण्ड भुगता तो है ही।’’

सीता की इस बात पर राम चुप हो गये। कुछ देर बाद सीता फिर

बोली,

"हमारी अपनी भूलें भी इन संकटों का कारण रही हैं, इसे हम नकार सकते हैं क्या?"

"फिर भी, उस भूल ने इतने संकट खड़े किये; सच तो यह है कि जब भी कोई विवेक-शून्य होकर स्वर्ण-मृगों के पीछे भागने लगता है तब उसके दुष्परिणाम तो सामने आते ही हैं।"

"तुम सच कह रही हो सीते।" राम ने कहा।

"किन्तु सीते, हमारे साथ-साथ लक्ष्मण ने भी तो कष्ट उठाये हैं; उनकी तो कहीं कोई भूल दृष्टि में नहीं आती; उन्हें किस बात का दण्ड मिला, और फिर उर्मिला, उसने भी तो कितना अधिक सहा है।

"मैं समझती हूँ लक्ष्मण और उर्मिला ने दण्ड नहीं भुगते; दण्ड तो अपराधों के होते हैं, उन्होंने तो विपरीत परिस्थितियों में भी धैर्य न खोने और संघर्ष करने के प्रतिमान स्थापित किये हैं।" कहकर सीता कुछ रुकीं, फिर बोलीं,

"वे हमसे छोटे हैं, इस कारण हमारे मन में उनके लिये स्नेह तो है ही किन्तु साथ ही उनके कार्यों के लिये श्रद्धा की भावना भी कम नहीं है।"

"तुम ठीक कहती हो सीते।"

"लक्ष्मण की बात उठी है तो एक बात जो मुझे अक्सर पीड़ा देती रही है, कहती हूँ।"

"क्या?"

"लक्ष्मण, पुत्रवत् हमारी सेवा कर रहे थे; उन्होंने हमारे हित की चिन्ता करते हुए, जो कुछ भी कहा, उसकी उपेक्षा ही नहीं हुई, मैंने उन पर अकारण क्रोध भी किया।"

"आज इन प्रसंगों को उठाने के पीछे तुम्हारा कुछ मन्तव्य तो अवश्य ही होगा।"

‘‘हाँ, यह राजमहल और यह वैभव मुझे उसी स्वर्ण-मृग सा लग रहा है।’’

‘‘मुझे लग रहा है, तुमने जाने का निश्चय कर लिया है।’’

‘‘प्रभु, आपकी अनुमति के बिना मैं कुछ नहीं करूँगी, किन्तु मुझे इन महलों के वातावरण से वितृष्णा उत्पन्न हो चुकी है। यह महलों की राजनीति ही थी, जिसने अकारण हमें चौदह वर्षों के लिए वन-वन भटकने पर मजबूर किया; सच तो यह है कि मुझे इन सुखों और सुविधाओं की निरर्थकता का बोध होने लगा है।’’

‘‘सीते, कहीं तुम्हारा मन वैराग्य की ओर तो नहीं जा रहा है?’’

‘‘नहीं प्रभु, वैराग्य से मेरा काम नहीं चलेगा; अभी मुझे अपनी होने वाली सन्तान के भविष्य पर ध्यान देना है।’’

‘‘हूँ।’’ राम ने कहा, फिर कुछ मौन के बाद बोले,

‘‘सीते, जीवन में पहली बार ऐसा समय आया है जब मैं अपना कर्त्तव्य निर्धारित नहीं कर पा रहा हूँ; मेरी स्थिति किसी दोराहे पर खड़े हुए व्यक्ति सी हो रही है।’’

‘‘मन को दृढ़ कीजिये और निर्णय लीजिये; और मुझे विश्वास है कि आप जो भी निर्णय लेंगे वह उचित ही होगा।

‘‘हूँ।’’ कहकर राम चुप हो गये। उन्होंने अपने नेत्र बन्द कर लिये और सिर को आसमान की ओर थोड़ा सा उठाया और कुछ सोचने लगे।

सीता उनके उत्तर की प्रतीक्षा करने लगीं। राम कुछ देर बाद सामान्य हुए और बोले,

‘‘मुझे इस पर विचार करने का समय दो।’’

‘‘ठीक है, किन्तु यदि आप कल प्रातः तक मुझे अपना निर्णय दे देंगे, तो अच्छा होगा; हमारी दुविधाएँ जल्दी समाप्त हो जायेंगी,’’ कहकर सीता उठीं, तो राम भी साथ ही उठ लिये।

*   *   *

दोनों चलकर अपने शयनकक्ष तक पहुँचे और शैय्या पर बैठ गये। कुछ देर तक वे शान्त बैठे रहे। ऐसा लग रहा था, जैसे कहने के लिये अब कुछ भी शेष नहीं है। सीता ने एक दृष्टि सारे शयनकक्ष पर डाली, फिर कक्ष की दीवार पर बने अपने और राम के एक चित्र पर उनकी दृष्टि अटक गयी। यह चित्र राम ने बनवाया था।

सीता ने चित्र में बने राम के मुख को कुछ देर तक देखा, फिर अपने पार्श्व में बैठे राम के मुख को, और फिर उन्हें अपने मायके की उस वाटिका का स्मरण हो आया, जिसमें उन्होंने इसके प्रथम दर्शन किये थे और उनके प्रभामण्डल ने उन्हें कितने विस्मय से भर दिया था।

उसके बाद कितनी स्तुतियों, कितनी प्रार्थनाओं के बाद वह क्षण आया था, जब राम के द्वारा प्रत्यंचा चढ़ाते ही, वह शिव-धनुष अत्यन्त तीव्र ध्वनि करते हुये टूट गया था। सीता का सारा शरीर रोमांचित हो उठा था, और प्रसन्नता का अतिरेक कुछ पलों के लिये उनके चेहरे पर परिलक्षित हो उठा था, और उन्होंने उर्मिला का हाथ अपने दोनों हाथों से कसकर पकड़ लिया था। उस समय सूर्यवंशी राम का चेहरा सूर्य की भाँति ही चमक रहा था।

सीता ने अपने नेत्र बन्द कर लिये। उनका सारा शरीर उस घटना को याद कर आज पुनः रोमांचित हो उठा था और साँसें कुछ तेज हो गयी थीं। पार्श्व में बैठे राम ने इसको महसूस किया और पूछा,

''क्या हुआ?''

''कुछ नहीं, वैसे ही।''

इसके बाद फिर शान्ति छा गई। राम की साँसें भी कुछ तेज सी थीं। सीता ने राम की साँसों की ध्वनि और ऊष्मा महसूस की। उन्होंने राम की एक हथेली अपने दोनों हथेलियों में बन्द कर अपनी गोद में रख ली। राम ने उनकी ओर देखा। एक पल के लिये दृष्टि मिली, किन्तु सीता ने नेत्र झुका लिये।

उनकी दृष्टि राम के पावों पर पड़ी। बड़े ही सुगठित और मृदु तलवों की लालिमा थोड़ी-थोड़ी ऊपर उठकर पैरों तक आ रही थीं। ऐसा लग रहा था, जैसे किसी लाल फूल की कली चिटककर खिलने के लिये तैयार हो। सीता को लगा, अवश्य ऐसे ही पैरों के लिये पद-कमल उपमा का सृजन हुआ होगा। उन्हें याद आया कि इन्हीं पैरों को दृष्टि में रखते हुए उन्होंने चौदह वर्ष का वनवास बिताया था।

राम ने, जो किन्हीं विचारों में खोये हुए थे, अपने पैरों पर सीता की दृष्टि को महसूस किया और उनके मुख की ओर देखा। सीता के मुख की चमक के सम्मुख दीपकों का प्रकाश भी निस्तेज लग रहा था।

''सीते!'' राम ने कहा।

''हूँ'' प्रत्युत्तर मिला।

''आओ, हम थोड़ी देर खुले आकाश के नीचे बैठें।''

''ठीक है।'' कहते हुए सीता उठ खड़ी हुईं। राम, सीता का हाथ पकड़ कर चलते हुए महल के बाहर बने हुए, छोटे से बगीचे में आ गये। गहन निस्तब्धता, कुछ वृक्ष, और ऊपर आसमान में कुछ बादलों के टुकड़े तैर रहे थे। ऐसे ही एक थोड़े बड़े टुकड़े ने चन्द्रमा को ढक रखा था। राम ने उसे देखा और कहा,

''सीते, भले ही बादल के इस टुकड़े ने चन्द्रमा को अभी ढक रखा हो, किन्तु थोड़ी देर में यह गुजर जायेगा और चन्द्रमा फिर निकल आयेगा।''

''हाँ, किन्तु कुछ देर में कोई दूसरा बादल का टुकड़ा उसे ढक लेगा।''

''तुम ठीक कह रही हो, किन्तु कब तक? थोड़ी ही देर में वह भी गुजर जायेगा और चन्द्रमा फिर निकल आयेगा, यही जिन्दगी है।''

''मुझे जिन्दगी से कोई शिकायत नहीं है, और मैं किसी निराशा के कारण, कोई निर्णय नहीं ले रही हूँ। जिस दिन विधाता ने आपको दिया था, उस दिन संसार की हर छोटी बड़ी खुशी मेरी झोली में आ गई थी; अब

कोई भी भौतिक अलगाव हमारी आत्माओं की सन्धि को नहीं तोड़ सकता, इसका मुझे विश्वास है।''

''मुझे भी।'' कहते हुए राम ने सीता के मुख की ओर देखा। अपूर्व सौन्दर्य के अतिरिक्त निश्छलता, प्रेम और विश्वास से भरी हुई आँखें थीं। राम ने उन्हें ऊपर से नीचे तक देखा, और फिर उनकी दृष्टि सीता के पैरों पर आकर टिक गई। उन्होंने नेत्र बन्द कर लिये। उन पैरों की छवि फिर भी नेत्रों के बीच में रह गई। ये वही पैर थे जो स्वयंवर से आज तक हर मोड़ पर साथ चलते आये थे।

क्या अब ये पैर साथ छोड़कर किसी और पथ पर चले जायेंगे? राम को अपने अन्दर कुछ बेचैनी सी लगने लगी। वे उठे और टहलने लगे। सीता ने देखा, राम ने जो कुछ बिना कहे ही कह दिया था; उसे समझा, स्वयं भी उठ खड़ी हुईं और उनके पास पहुँच गईं।

दोनों ने एक दूसरे का हाथ थाम लिया और फिर टहलने लगे। हवा कुछ तेज हो चली थी और वृक्षों से उसके गुजरने की ध्वनि सुनाई पड़ने लगी थी। वे बहुत देर तक शान्त टहलते रहे और फिर एक थोड़ा ऊँचे से स्थान पर बैठ गये। सीता, राम के कन्धे पर सिर और चरणों पर दृष्टि टिकाकर बैठ गईं।

साथ साथ चलने वाले पग
अलग-अलग राहें
चुनने को विवश हो गये
मन से मन का साथ
मगर अमरत्व पा गया

और फिर बिना पलकें झपकाये सुबह हो गयी।

* * *

सुबह के कार्यों के बाद पूजा इत्यादि करने के बाद जब दोनों पुनः मिले तो राम ने सीता को लक्ष्य करके कहा,

‘‘सीते, क्या तुम अभी भी वही सोच रही हो?’’

‘‘मुझे वही ठीक लग रहा है, किन्तु आपने क्या निश्चय किया?’’

‘‘हूँ,’’ कहते हुए राम ने अपने होंठ भींच लिये कोई उत्तर नहीं दिया।

‘‘कब भेजेंगे?’’ सीता ने फिर कहा।

‘‘सीते...’’ राम ने कहा।

‘‘हाँ।’’

‘‘एक बार, केवल एक बार और सोचने दो।’’

‘‘क्या यह मोह में फँसना नहीं है?’’

‘‘होगा।’’

सीता ने राम का हाथ पकड़ा। उनकी हथेली अपनी दोनों हथेलियों के बीच की, उनके नेत्रों में देखा, फिर कहा,

‘‘आप राम हैं।’’

‘‘सीते, तुम जो कहना चाह रही हो मैं समझ रहा हूँ; हाँ, मैं राम हूँ, पर तुम मेरी पत्नी हो, यह मैं नहीं भूल सकता।’’

‘‘मैं आपकी पत्नी हूँ, यह मेरा सबसे बड़ा सौभाग्य है, और हममें से कोई इसे भूले, यह मैं स्वप्न में भी नहीं सोच सकती; किन्तु इस समय की परिस्थितियों में मैं कोई अन्य विकल्प नहीं सोच पा रही हूँ ।’’

राम ने इसका कोई उत्तर नहीं दिया। कुछ देर तक मौन पसरा रहा, फिर ‘लक्ष्मण’ कहते हुए राम कुछ पग चले, लेकिन फिर रुक गये।

‘‘क्या हुआ?’’ सीता ने कहा।

‘‘सीते, मुझे भूल मत जाना और......’’

''और क्या?''

''क्षमा भी कर देना।''

''ऐसा क्यों कह रहे हैं... आपका कोई दोष नहीं है।'' कहते हुए सीता ने राम के पैरों को हाथ लगाया, बोलीं

''मैं कहीं रह लूँ, मेरा मन सदैव यहीं रहेगा।''

दोनों ओर नेत्रों में अश्रु थे। राम ने सीता का सिर अपने कन्धे से लगा लिया। थोड़ी देर बाद सीता अलग हो गईं, बोलीं,

''इतना मोह ठीक नहीं है।''

''इसे मोह मत कहो सीते।''

''यह हमारा मोह ही है; अपने को सँभालिए और लक्ष्मण को बोलिये कि मुझे छोड़ आयें।''

''ठीक है।'' कहते हुए राम बोझिल कदमों से बाहर चले गये।

लक्ष्मण ने राम का आदेश सुना तो वे हतप्रभ रह गये। वे समझ गये कि यह भद्र द्वारा कल दिये गये समाचार का ही परिणाम है। बड़े भाई की आज्ञा उनके लिये सर्वोपरि थी, किन्तु यह बहुत ही कठोर और हृदय विदारक आज्ञा थी। उन्होंने अपनी बात कहने का निश्चय किया, बोले

''मुझे लगता है, यह माता तुल्य मेरी भाभी के साथ बहुत बड़ा अन्याय होगा; वे सर्वथा निर्दोष हैं... कुछ मूर्ख और दूसरों में दोष ढूँढ़ने वाली छिद्रान्वेषी दृष्टि के लोगों के सन्तोष के लिये एक निर्दोष को दण्डित करना अनुचित और रामराज्य की प्रतिष्ठा के सर्वथा प्रतिकूल होगा।

''यह दण्ड नहीं है, और यह निर्णय भी मेरा नहीं है, लक्ष्मण।''

''फिर आप मुझे ऐसा आदेश क्यों दे रहे हैं? यदि यह दण्ड नहीं है तो दण्ड क्या होता है? मैं आपके और भाभीश्री के अतिरिक्त अन्य किसी का भी निर्णय मानने के लिये बाध्य नहीं हूँ।''

''यह तुम्हारी भाभीश्री का ही निर्णय है।''

''क्या!?'' लक्ष्मण को ऐसा लगा जैसे किसी ने उन्हें बहुत ऊँचाई से समुद्र में फेंक दिया हो।

''किन्तु भाभीश्री ने ऐसा निर्णय क्यों लिया? आपने उन्हें समझाया क्यों नहीं? फिर इस समय जब वे माँ बनने वाली हैं और उन्हें विशेष देखभाल की आवश्यकता है, तब वे वहाँ आश्रमों में कैसे रहेंगी?'' लक्ष्मण ने प्रश्नों की झड़ी सी लगा दी।

''मैं तुम्हारे मन की पीड़ा समझ सकता हूँ लक्ष्मण, किन्तु सीता ने यह निर्णय क्यों लिया, यह तुम मार्ग में उन्हीं से पूछ लेना। मैंने उन्हें समझाने का प्रयत्न किया था, पर उन की बातें बहुत तर्कसंगत लग रही थीं, यद्यपि यह उनके लिये ही नहीं, मेरे लिये भी बहुत कठिन और कष्टप्रद निर्णय था। रही होने वाली सन्तान की बात, तो सीता यहाँ सहज होकर नहीं रह पायेंगी; तनाव में रहेंगी, यह उनके लिये ही नहीं, आने वाले बच्चे के लिये भी हानिकारक सिद्ध हो सकता है।''

इसके बाद लक्ष्मण चुप हो गये, यद्यपि उनके मन में अभी भी बहुत संघर्ष चल रहा था। उन्होंने किसी से रथ तैयार करने को कहा। रथ आया, तब तक सीता भी तैयार हो चुकी थीं।

सीता, जब राम के चरण-स्पर्श करने के लिये झुकीं, तो अश्रु उनकी आँखों से लुढ़ककर राम के चरणों को भिगो गये। राम ने कुछ पलों के लिये अपने उत्तरीय को अपने नेत्रों पर रख लिया और जब उसे हटाया, तो वह गीला हो चुका था। सीता रथ पर चढ़ीं तो राम ने कहा,

''सीते, अपना ध्यान रखना।''

''आप भी अपना ध्यान रखियेगा।'' कहते हुए सीता रथ की ओर उन्मुख हुईं। वे पैर बढ़ा भी नहीं पाई थीं कि लगभग दौड़ती हुई सी उर्मिला आईं। आते ही उन्होंने सीता का हाथ पकड़ लिया। बहुत तेज चलने के कारण उनकी साँस तेज चल रही थी। वे बोलीं,

''नहीं, इस बार मैं आपको अकेले नहीं जाने दूँगी, मैं भी साथ चलूँगी।''

सीता ने कुछ उत्तर नहीं दिया, केवल एक निर्विकार सी दृष्टि से उर्मिला की ओर देखा। उन्हें उर्मिला का चेहरा एक छोटी बच्ची सा लगा, जिसके नेत्रों में अश्रु भरे हुए थे।

''दीदी, जब आप चौदह वर्षों के लिये वनवास पर गई थीं, तब कम से कम आप अकेली नहीं थीं; ज्येष्ठ श्री और ये, आपके साथ थे, और उस वनवास की एक समय सीमा भी थी; किन्तु आज आप अकेली और बच्चे की माँ बनने वाली हैं, और आपकी वापसी की आशा भी नहीं है... मैं आपके साथ ही चलूँगी, आपको नहीं छोड़ सकती,'' कहते हुए उर्मिला ने सीता के दोनों हाथ कसकर पकड़ लिये।

सीता ने धीरे से अपने हाथ उर्मिला के हाथों से छुड़ाये, फिर अपने हाथों में उनके हाथ लेकर कहा,

''उर्मिल, उस समय भी वह मेरा स्वेच्छा से लिया हुआ निर्णय था; आज परिस्थितियाँ भिन्न हैं; किन्तु आज भी यह मेरा स्वेच्छा से लिया हुआ निर्णय है, और संभवतः समय का निर्णय भी यही है।''

उर्मिला ने सीता के कन्धे पकड़कर अपना सिर एक कन्धे पर टिका दिया,

''दीदी, समय इतने कठोर निर्णय क्यों लेता है!'' उन्होंने कहा।

सीता ने उर्मिला का सिर अपने कन्धे से उठाया। आँसुओं से गीले उनके चहरे से सीता की उँगलियाँ भीग गईं थीं।

''जैसे भी हों, समय के निर्णय मानने तो होंगे ही, पर तू बहुत भावुक है, उर्मिले,'' सीता ने कहा। फिर उर्मिला के हाथ पकड़कर धीरे से दबाये, अपनी उँगलियों से उनके नेत्रों में आये अश्रु पोंछे। अधरों पर प्रयास पूर्वक लायी हुई मुस्कान के साथ उनकी ओर देखकर विदा लेने का संकेत करते हुए सिर हिलाया, फिर राम की ओर देखकर धीरे से हाथ जोड़े और फिर मुड़कर रथ की ओर चल दीं।

* * *

सीता के, रथ पर बैठने के बाद, लक्ष्मण भी रथ पर चढ़े और रथ चल पड़ा। सीता ने रथ से सिर निकालकर पीछे देखा, राम, नेत्रों में अश्रु लिये सीता के रथ को जाते हुए देख रहे थे। जब तक रथ दिखाई देता रहा, वे उसे देखते रहे, फिर भारी कदमों से महल के अन्दर चलते हुए सीता के कक्ष में पहुँचे।

वहाँ पर बहुत ही अप्रिय सन्नाटा पसरा हुआ था। राम वहाँ रखी एक-एक वस्तु को देखने लगे। उन्हें लगा, जैसे उनमें ही नहीं, वहाँ रखी वस्तुओं में भी सीता के बिम्ब भी हैं और साथ ही रिक्तता और उदासी के भाव भी।

वे कुछ पलों तक यूँ ही खड़े कभी उन वस्तुओं को और कभी उस कक्ष को निहारते रहे, फिर वहीं पड़े एक आसन पर पीठ टिकाकर बैठ गये और फिर नेत्र बन्द कर सिर को भी पीछे टिका दिया। उन्हें लगा, जैसे उनके सीने में चल रही साँसों में भी कुछ परिवर्तन है।

राम की बन्द आँखों में सीता के बहुत से चित्र उभरने लगे। कुछ देर के लिये ऐसा लगा, जैसे वे संसार की सुधि भूल गये हों, फिर अचानक जैसे होश आ गया हो, इस भाव से नेत्र खोलकर उठकर खड़े हो गये और स्वयं से ही बोले,

''ओह चलूँ! अभी मेरे कर्तव्यों का अन्त नहीं हुआ है।' किन्तु चलते-चलते उनकी दृष्टि उस चित्र पर पड़ी, जो कभी किसी चित्रकार ने सीता और उनका बनाया था। सीता ने बड़े मन से दीवार पर सजा रखा था। राम उसके सम्मुख खड़े हुए और सीता के चित्र को देखने लगे।

वे कितनी देर तक इसी प्रकार खड़े रहे, उन्हें पता नहीं लगा। कक्ष के बाहर कुछ आवाज सी हुई, तो उनका ध्यान टूटा। उन्होंने सीता के चित्र पर अपनी हथेली रखी और फिर उसे अपने नेत्रों से लगाकर द्वार की ओर चल पड़े।

सामने परिचारिका थी, जिस पर सीता के कक्ष की व्यवस्था का दायित्व था। राम ने उसे पास बुलाया। वह आयी और अनायास ही उसकी दृष्टि राम के मुख पर चली गयी।

भले ही वह परिचारिका थी, किन्तु थी तो स्त्री। उसने राम के मुख पर आयी पीड़ा पढ़ ली और उसे लगा, जैसे यह पीड़ा उसके भीतर कहीं उतर गयी है। सीता और राम उसे रानी और राजा नहीं, आराध्य लगते थे।

उसके निकट आने पर राम कुछ पलों के लिये ऐसे शान्त रहे, जैसे वे अपने को संयमित कर रहे हों, फिर बोले ''देखो, इस कक्ष की पहले की भाँति ही नित्य सफाई तो होगी, किन्तु जो वस्तु जैसे रखी है, वैसे ही रखी रहेगी, उसे हटाना मत, और इस कक्ष का कोई भी और व्यक्ति उपयोग नहीं करेगा।''

''जी,'' परिचारिका ने कहा और वह कक्ष के भीतर जाकर रो पड़ी। राम, कक्ष के द्वार पर ही थे, परिचारिका का रोना उनसे छिप नहीं सका। वे पलटे और उससे बोले,

''तुम रो रही हो?''

राम के इस प्रश्न पर परिचारिका ने दोनों हथेलियों से अपने मुख को ढँक लिया। राम उसकी ओर ही देख रहे थे। कुछ पलों बाद मुख से हथेलियाँ हटा कर, उँगलियों से अश्रु पोंछते हुए हिचकियों के मध्य बोली,

''मैं ही नहीं, सारी अयोध्या, रो रही होगी।''

17. नये मोड़ के सन्दर्भ

रथ, अयोध्या से गंगा के किनारे पहुँचने के लिये बहुत तीव्रगति से जा रहा था, और अयोध्या से काफी दूर पहुँच चुका था। सीता और लक्ष्मण दोनों चुपचाप बैठे हुए थे, किन्तु दोनों के मन में बहुत कुछ चल रहा था।

सीता के मानस-पटल पर राम के साथ बिताये दिन बार-बार आ रहे थे। उन्हें लग रहा था कि इतने सारे वर्षों में, जो दिन उन्होंने दण्डक वन के पंचवटी क्षेत्रों में बनी पर्णशाला में बिताये थे, वे बहुत सुन्दर थे। गोदावरी नदी के तट पर बना, उनका वह आश्रम, अत्यन्त सुन्दर फूलों और फलों वाले वृक्षों से दूर-दूर तक घिरा हुआ था। उनकी अपनी गौशाला और एक सुन्दर मन्दिर भी था। कभी-कभी उन वनों में रहने वाले ऋषि आकर ज्ञान चर्चा करते थे। वे प्रातःकाल उठकर गायों की सेवा करती थीं, फिर स्नानादि और मन्दिर जाने के बाद सबके लिये कलेवा और भोजन का प्रबन्ध करती थीं। दोपहर को सब लोग एक साथ बैठकर अनेक विषयों पर चर्चा किया करते थे।

प्रकृति के सौन्दर्य का इतना सानिध्य था कि मन जैसे सुबह से शाम तक गुनगुनाता सा रहता था। कोई चिन्ता नहीं थी, कोई राजनीति या क्लेश

नहीं था। कोई निन्दा, कोई स्तुति नहीं थी। वह आनन्द में रची-बसी शान्ति थी। वहाँ हर पल राम का साथ था।

उन्हें लगा, वहाँ प्रकृति की गोद में रहते हुए जो अनुभूतियाँ हुईं, वे अलौकिक और दिव्य थीं; किन्तु बस एक छोटी सी भूल, एक स्वर्ण मृग की मरीचिका ने उनके जीवन को तूफानों से भर दिया और तेरह माह रावण के सख्त पहरे में दुःखपूर्वक बिताने के बाद भी उसका प्रायश्चित पूरा नहीं हुआ था। वे आज भी उसके अभिशाप को जीने के लिये मजबूर थीं। अब उस सब को याद करने से कोई लाभ नहीं था, किन्तु स्मृतियाँ पीछा नहीं छोड़ रही थीं।

सीता ने धीरे से सिर झटका, मानों वे उन स्मृतियों को झटक रही हों, फिर एक गहरी साँस लेकर धीरे से आँखों को मला और उनमें तैरते चित्रों को हटाकर सामने देखा, तो ऐसा लगा जैसे गंगा का तट आने ही वाला हो। लक्ष्मण, जो चुपचाप बैठे कुछ सोच रहे थे, सीता की गहरी साँस की आवाज से कुछ चौंक से गये। वे बहुत देर से उनसे कुछ कहना चाह रहे थे, किन्तु उन्हें विचारों में डूबा देखकर साहस नहीं कर पा रहे थे। अब उन्हें लगा कि सीता का विचार-प्रवाह शायद रुका है। उन्होंने सीता को पुकारा,

‘‘भाभी!’’

‘‘हाँ लक्ष्मण, कुछ कहना चाहते हो?’’ सीता ने कहा।

‘‘मैं सोच रहा हूँ, इतने अप्रिय और कष्टदायक कार्य के लिये ईश्वर ने मुझे ही क्यों चुना?’

‘‘लक्ष्मण, प्रथम तो यह कि जीवन ने मुझे जो सिखाया है उसके आधार पर मैं यह कह सकती हूँ कि प्रिय और अप्रिय की भावना सदैव कष्ट देती है।’’

‘‘और।’’

‘‘हो सकता है कि जिसने तुम्हें इस कार्य के लिये चुना है, उसने तुम्हें ही इस कार्य के लिये सबसे उपयुक्त पाया हो।’’

‘‘ऐसा क्यों?’’

“लक्ष्मण, माँ जिस हाथ से बच्चे को भोजन देती है, भूल करने पर उसी हाथ से दण्ड भी देती है। जब मेरा मन स्वर्ण-मृग के मोह में उलझ गया था, तब उससे होने वाले दुष्परिणाम को सोचकर, तुम्हीं ने मुझे उस मोह से बचाने का प्रयास किया था; आज तुम्हीं मुझे इस समय वन में छोड़ने के लिये जा रहे हो... यह प्रकृति का न्याय ही होगा।”

“हो सकता यह किसी दृष्टिकोण से न्याय होता हो, किन्तु इस अवस्था में आपको अपना घर छोड़कर वन जाना पड़ रहा है, यह घोर पीड़ा दायक तो है ही।”

“लक्ष्मण, इंसान जहाँ रहने लगता है वहीं उसका घर बन जाता है, फिर मुझे कुछ छोड़कर जाना पड़ रहा है यह सत्य नहीं है।”

“फिर सत्य क्या है?”

“यदि मैं वहीं रहना चाहती तो कोई मुझे यहाँ आने के लिए नहीं कहता; तुम्हारे भाई तो बहुत प्रसन्न होते। उनका तो सब कुछ छोड़कर मेरे साथ वन आने के लिये भी बहुत आग्रह था। मैंने ही उन्हें रोका। यह निर्णय स्वयं मेरा है और मैंने बहुत सोच समझकर यह निर्णय लिया है।”

“किन्तु, आपके मन में श्रीराम के लिये जो प्रेम है, क्या वह समाप्त हो सकेगा? क्या आपको उनकी स्मृतियाँ परेशान नहीं करेंगी?”

“लक्ष्मण, मोहजनित प्रेम को मैं पीछे छोड़ आई हूँ; श्रद्धाजनित प्रेम हमेशा रहेगा, और उनकी पावन स्मृतियाँ मुझे परेशान नहीं करेंगी, अपितु मेरे लिये सदैव आनन्द का कारक होंगी।”

“और आपकी होने वाली सन्तान, क्या वह भी आपके प्रेम से वंचित रहेगी? क्या उसके मोह से भी आप दूर रह सकेंगी?”

“लक्ष्मण मैंने मोह छोड़ा है, कर्तव्य नहीं! उस बच्चे को जन्म देना, उसे माँ का प्यार देना, उसका पालन-पोषण और अच्छी शिक्षा-दीक्षा, यह मेरा कर्तव्य और उसका अधिकार होगा, मैं इसे पूरा करूँगी।”

लक्ष्मण मौन रह गये। उन्हें लगा, अब कहने के लिये कुछ शेष नहीं है, किन्तु सीता ने फिर कहा,

''लक्ष्मण, मैं तुम्हें जानती हूँ; आज तक तुमने जो भी कार्य किये हैं, निःस्पृह भाव से किये हैं, कुछ पाने के लिये नहीं; अब पुनः मुझे वन तक छोड़ने के कार्य को भी इसी भाव से करो और अपने मन में किसी विषाद को स्थान मत दो।''

सीता की बातों से लक्ष्मण के नेत्रों से अश्रु छलक उठे। उन्होंने हाथ बढ़ाकर सीता के चरण-स्पर्श किये और बोले,

''ठीक है देवि।''

* * *

अब तक रथ, गंगा के पास पहुँच चुका था। ऋषियों के आश्रम दिखाई पड़ने लगे थे। सीता ने मन ही मन गंगा को, ऋषियों को और उनके आश्रम को प्रणाम किया।

कुछ देर बाद रथ आश्रम के निकट जाकर रुक गया। रथ रुकते ही, आश्रम में रहने वाले बालक, जो इधर-उधर खेल रहे थे, रथ के पास आ गये। लक्ष्मण और सीता रथ से उतरे, तो उनमें से कुछ बच्चे दौड़कर आश्रम के अन्दर गये और महर्षि वाल्मीकि को उनके आने की सूचना दी। महर्षि अपने कुछ शिष्यों के साथ बाहर आये और उन्हें सादर, आश्रम के अन्दर ले गये। भीतर,आश्रम में कुछ मुनियों की पत्नियों ने उनका स्वागत किया। महर्षि ने सीता और लक्ष्मण को आसन दिया। लक्ष्मण ने अपना परिचय दिया और आने का उद्देश्य बताया। महर्षि ने उन्हें आश्वस्त किया कि सीता यहाँ सम्मानपूर्वक आश्रम की स्त्रियों और बच्चों के साथ रह सकेंगी, उन्हें कोई कष्ट नहीं होगा।

संध्या जाने को थी। महर्षि ने लक्ष्मण से रात वहीं बिताने का आग्रह किया, जिसे लक्ष्मण ने स्वीकार कर लिया। प्रातःकाल होने पर वे अयोध्या वापस जाने के लिये तत्पर हुए, तो सीता भी उन्हें विदा करने आईं,

सीता को देखकर लक्ष्मण ने उनके चरण-स्पर्श कर उन्हें प्रणाम किया

और फिर अनायास ही उनके मुख से सीता के लिये निकला,

''माँ!'' और फिर अपने मुख से सीता के लिये निकले इस सम्बोधन से वे कुछ सकुचा गये। सीता के ध्यान में यह बात आ गयी। वे बोलीं,

''लक्ष्मण, तुम मेरे लिये पुत्रवत ही हो, कहो!''

सीता के इस वाक्य से लक्ष्मण के मन में सीता के प्रति आदर और भी घनीभूत हो गया, वे बोले,

''आप सदैव मेरे लिये माँ जैसी ही तो रही हैं।''

सीता ने इसका तो कोई उत्तर नहीं दिया, किन्तु बोलीं

''संभवतः तुम कुछ कहना चाहते थे लक्ष्मण।''

''क्या आप भ्राताश्री के लिये कोई सन्देश नहीं देना चाहेंगी।''

''हाँ लक्ष्मण''

''लक्ष्मण, अपने भाई से कहना, मेरे लिए चिन्तित न हों; यहाँ आश्रम के लोग बहुत अच्छे हैं। गंगा जी का किनारा है और बहुत ही रमणीक स्थान है, मुझे यहाँ बहुत अच्छा लग रहा है।''

''भाभी, अपना ध्यान रखियेगा।''

'लक्ष्मण, माताओं को मेरा प्रणाम और मिलने पर उर्मिला, माण्डवी और श्रुतकीर्ति तथा भरत और शत्रुघ्न को आशीर्वाद कहना।''

सीता के साथ कुछ ऋषियों की पत्नियाँ भी आई थीं। लक्ष्मण ने उन्हें हाथ जोड़कर प्रणाम किया। आशीर्वाद देते हुए, उनमें से एक, जो प्रमुख सी लग रही थी, ने कहा,

''लक्ष्मण, हम इन्हें राजमहलों सा सुख तो नहीं दे सकेंगे, किन्तु यहाँ कोई कष्ट भी नहीं होने देंगे।

''जानता हूँ' कहकर, उन्हें हाथ जोड़कर लक्ष्मण ने आभार व्यक्त किया।

इसके बाद सीता ने अपनी बात फिर आगे बढ़ाई, बोलीं

''लक्ष्मण, तुम्हारे भाई वीर हैं, चिन्तनशील हैं, किन्तु साथ ही बहुत भावुक भी हैं।''

सुनकर लक्ष्मण ने सीता की ओर देखा। उन्हें लगा जैसे सीता के अन्दर अवश्य ही कुछ चल रहा है। वे कुछ न कहकर उनकी ओर देखते रह गये। सीता चुप थीं।

''क्या भावुक होना अनुचित है?'' लक्ष्मण ने उनसे कहा।

''नहीं, मैं ऐसा नहीं समझती; भावुकता मरी, तो संसार से कोमल भावनायें मर जायेंगी; फिर किसी की सहानुभूति में कोई आँख गीली नहीं होगी... सब कुछ गणित से ही तय होने लगेगा।''

लक्ष्मण चुप रह गये। सीता ने फिर कहा,

''तुम्हारे भाई को मेरे पीछे कोई कष्ट न हो; उनका ध्यान रखना और अपना भी।''

''जी।'' कहकर लक्ष्मण सीता के चरण स्पर्श के लिये झुके तो सीता ने उन्हें सिर पर हाथ रखकर आशीर्वाद दिया।

यद्यपि स्वयं सीता, और सभी ऋषियों की पत्नियों ने भी लक्ष्मण से सीता के विषय में चिन्ता न करने की बात की थी, किन्तु फिर भी उनका मन सीता की ओर से आश्वस्त नहीं हो पा रहा था। उधर, राम के मन की पीड़ा की कल्पना भी उनके मन को झकझोर रही थी। बहुत भारी मन से उन्होंने हाथ जोड़कर सीता का ध्यान रखने के आश्वासन के लिये एक बार पुनः आभार व्यक्त किया और मन में उठते प्रश्नों पर लगाम लगाने का प्रयास करते हुए वे बहुत भारी मन लिये हुये वापस जाने के लिये हुए मुड़े। उनके पैर किसी बहुत थके हुए व्यक्ति की भाँति उठ रहे थे। वे आश्रम से बाहर आये, तो पीछे-पीछे सीता और कुछ आश्रमवासी स्त्री व पुरुष भी आये। लक्ष्मण ने एक बार पुनः सीता को प्रणाम किया, फिर गंगा की ओर मुड़कर, नेत्र बन्द कर शान्त खड़े हो गये। ऐसा लग रहा था जैसे वे किसी प्रार्थना में डूबे हुए हैं।

थोड़ी देर बाद उन्होंने नेत्र खोले, एक गहरी सी साँस ली और धीरे से रथ, पर चढ़कर एक बार पुनः सीता की ओर घूमे। एक बार फिर उन्हें प्रणाम किया और रथ चलने का संकेत किया। रथ जब तक आँखों से ओझल नहीं हो गया, सीता उसे देखती ही रहीं।

* * *

लक्ष्मण, सीता को महर्षि वाल्मीकि के आश्रम में छोड़कर अयोध्या लौटे। राम बहुत व्यग्रता से उनकी प्रतीक्षा कर रहे थे। लक्ष्मण उनके पास गये, उन्हें प्रणाम किया। राम ने पूछा,

''छोड़ आये?''

''जी।''

''उन्हें वहाँ कैसा लगा?''

''वे बहुत सन्तुष्ट थीं; महर्षि, उनके शिष्यों और आश्रम में उपस्थित ऋषियों की पत्नियों ने उनका बहुत स्वागत किया, और उनको कोई भी कष्ट न होने देने का आश्वासन भी दिया''

''क्या मेरे विषय में कुछ कह रही थीं?''

''हाँ, उन्होंने कहा था कि आप बहुत वीर हैं, चिन्तनशील हैं किन्तु भावुक हैं; उन्होंने मुझसे आपका ध्यान रखने के लिये भी कहा।''

अपने विषय में सीता का यह आकलन उन्हें ठीक ही लगा। उन्हें लगा, सचमुच वह कभी-कभी भावनाओं के प्रवाह में बह जाते हैं, और राजाओं के लिये आवश्यक कूटनीति की उनमें कमी है। उन्होंने फिर पूछा,

"यहाँ से जाते समय, क्या वे दुखी थीं?"

"नहीं, मुझे तो लगा कि उन्होंने स्वयं को सुख-दुःख से ऊपर उठा लिया है।"

"ऐसा कैसे लगा लक्ष्मण?"

"उन्होंने मुझे कहा था कि लक्ष्मण, प्रिय और अप्रिय की भावना सदैव कष्ट देती है। यह भी, कि वह मोहजनित प्रेम छोड़ चुकी हैं, किन्तु आपके लिये श्रद्धाजनित प्रेम उनके मन में सदैव रहेगा; और कहा था कि उन्होंने मोह छोड़ा है, कर्तव्य नहीं। वे होने वाली सन्तान को प्रेम की कमी नहीं महसूस होने देंगी और उसके प्रति अपने दायित्वों को पूरा भी करेंगी।"

राम ने लक्ष्मण की बातें सुनीं। सन्तोष का अनुभव किया; साथ ही उनका मन सीता के प्रति अपार श्रद्धा से भर गया।

जो दो चरण
साथ चलते आये थे अब तक
इतने मृदु थे और अरुण थे
मन हो आया
उन पर फूल चढ़ाने का
अंजुलि भर

18. एक और पृष्ठ

श्रीराम के आदेश से, सैन्य सहित, शत्रुघ्न ने लवणासुर को मारने के लिये उसके राज्य मधुपुर की ओर प्रस्थान किया। रास्ते में महर्षि वाल्मीकि का आश्रम था। शत्रुघ्न, सेना को आगे भेजकर स्वयं वाल्मीकि के आश्रम में रुक गये।

सीता को यहाँ रहते हुए कुछ मास हो गये थे। पुत्रोत्पत्ति का समय बहुत निकट था। राम, उनकी कुशलता के लिये चिन्तित थे। वाल्मीकि ने शत्रुघ्न का बहुत स्वागत किया। शत्रुघ्न ने उनके चरणों में प्रणाम निवेदित कर उन्हें श्रीराम की चिन्ता से अवगत कराया। महर्षि ने उन्हें सीता के प्रति पूर्ण आश्वस्त किया और उन्हें सीता से मिलवाया।

यह भी एक सुखद संयोग ही था कि जिस दिन शत्रुघ्न वहाँ ठहरे थे, उसी दिन सीता ने जुड़वाँ पुत्रों को जन्म दिया। रात्रि वहीं बिताने के बाद सुबह शत्रुघ्न ने इस समाचार के साथ एक दूत को अयोध्या भेजा और स्वयं मधुपुर की ओर प्रस्थान की तैयारी करने लगे।

सुबह सीता ने शत्रुघ्न को देखा। राम की अपने बारे में की गई चिन्ता को जाना, किन्तु उन्हें हर्ष या विषाद कुछ नहीं हुआ। आश्रम में रहते हुए

उनकी दिनचर्या बहुत बदल गई थी। सन्तों और ऋषियों के साथ ने उनके जीवन को एक नया मोड़ दे दिया था। पूजा-पाठ, ध्यान और समाधि के अतिरिक्त पेड़-पौधों का साथ और उनकी सेवा उनकी दिनचर्चा में सम्मिलित हो चुकी था।

सीता का अधिकतर समय इसी में व्यतीत होता था। इससे उनका मन धीरे-धीरे निर्विकार होता जा रहा था, किन्तु अपने नवजात बच्चों के मुख को देखकर उनके अन्दर ममता का झरना सा फूट पड़ा। उस समय उन्हें लगा कि जो भाव मन में उठ रहे हैं, वे अभिव्यक्ति से कहीं ऊपर हैं।

* * *

बच्चे धीरे-धीरे बड़े होने लगे, किन्तु सीता ने आश्रम की दिनचर्या को छोड़ा नहीं। बस, उसमें इन बच्चों का लालन-पालन बढ़ गया। सीता, निर्विकार तो अब भी थीं, किन्तु उन्हें लगता था कि कभी-कभी अकारण ही उनका मन गुनगुनाने सा लगता है। एक दिन उन्होंने महर्षि से इस विषय पर चर्चा की... बोलीं,

''महर्षि, आपकी शिक्षा के विपरीत, मैं बहुत मोह में फँसती जा रही हूँ; यह बच्चों से तो है ही, मुझे अपने जीवन से भी बहुत मोह होता जा रहा है।''

''बेटी, इसे मोह नहीं कहते; छोटे बच्चों के प्रति माँ के हृदय में ममता, उन बच्चों के बड़े और समर्थ होने के लिये प्रकृति की आवश्यकता है।''

''महर्षि, जैसा मैंने आप से कहा, मुझे अपने जीवन से भी कुछ-कुछ मोह होता जा रहा है।''

''यह भी प्रकृति द्वारा पैदा किया गया आवश्यकता-जनित भाव ही है, क्योंकि इन बच्चों को तुम्हारी बहुत अधिक आवश्यकता है।''

''और यह जो मेरा मन अकारण ही गुनगुनाने लगता है?''

''बेटी, व्यक्ति को देश और काल के अनुसार सुख-दुःख का अनुभव होता रहता है; तुम इसे समान रूप से स्वीकार करने लगी हो... यही योग है, जो व्यक्ति को ईश्वर से जोड़ता है। ईश्वर से सम्पर्क, मन में आनन्द की स्थिति पैदा कर देता है। तुम्हारे मन का अकारण ही गुनगुनाना, मन में इसी आनन्द की स्थिति का बोध कराता है।''

''महर्षि, आपकी इन बातों से मुझे बहुत बल मिला है।''

''सीते, तुम्हारा कल्याण हो,'' महर्षि ने कहा।

* * *

सीता को आश्रम में रहते हुए बारह वर्ष से अधिक व्यतीत हो चुके थे। प्रकृति की गोद में पल कर बच्चे, लव और कुश बड़े हो गये थे। वे पढ़ने में तो कुशाग्र थे ही, अस्त्र-शस्त्रों के संचालन में भी बहुत निपुण और वीर थे। उन्हें राम कथा अच्छी तरह याद थी और वे उसे शास्त्रीय संगीत की धुनों में गाने में निपुण थे। सीता पूरी तरह आश्रम के वातावरण में रच-बस गई थीं।

तभी एक दिन उन्हें पता लगा कि लवणासुर का वध और मधुपुर में अपना राज्य स्थापित करने के बाद, शत्रुघ्न कुछ दिनों के लिये अयोध्या जाते हुए आश्रम में भी आयेंगे। आश्रम में उनके आने के समाचार से हर्ष का वातावरण था। शत्रुघ्न आये। उनके साथ कुछ थोड़े से ही सैनिक थे। महर्षि ने उनका स्वागत किया। वे बच्चों, लव-कुश और सीता से मिले। लव और कुश ने महर्षि के आदेश पर उनके सम्मुख सस्वर राम कथा का गायन किया। शत्रुघ्न, उनकी इस प्रस्तुति से अभिभूत हुए। राम कथा पर चर्चा प्रारम्भ हो गई।

कैकेयी का प्रसंग आया तो ऐसा लगा जैसे चर्चा एक तीखे मोड़ पर आ गई हो। सीता ने वातावरण को सहज करने का प्रयास किया। वे बोलीं,

''रावण के अत्याचारों से समाज को मुक्त कराने के लिये उसका वध आवश्यक था; माता कैकेयी ने शायद इसी कारण श्रीराम को दण्डकवन ही जाने का प्रतिबन्ध रखा होगा।''

शत्रुघ्न इस विचार से सहमत नहीं दिखे। वे बोले,

-''यदि रावण का वध ही श्रीराम के लिये वनवास माँगने का कारण था, तो इसके लिये यह बहुत ही क्रूर तरीका था। राम उनका इतना सम्मान करते थे कि वे सीधे ही राम को रावण के वध का आदेश देतीं, तो भी वे उसे पूरा करते, किन्तु इसमें पिताश्री को प्राणान्तक कष्ट नहीं होता और आपका अपहरण भी नहीं होता,'' शत्रुघ्न के स्वर में तिक्तता थी।

''किन्तु शत्रुघ्न, इस वध के लिये कोई कारण भी होना चाहिये था; अकारण किसी का वध करना, श्रीराम को शोभा नहीं देता।'' सीता ने कहा।

''देवि, आप ठीक कह रही हैं, किन्तु रावण अत्याचारी और दुराचरण से युक्त था; उसके वध के लिये अनेक कारण मिल जाते; आपका अपहरण ही कारण बने, यह आवश्यक नहीं था।''

शत्रुघ्न की इस बात से सीता को वह स्वप्न याद आ गया जो अशोक वाटिका में समाधि की अवस्था में देखा था, जिसमें वे पूर्वजन्म में ऋषि कुशध्वज की कन्या वेदवती थीं, जिसके साथ रावण ने अनाचार करने का प्रयास किया था और दुखी होकर उसने रावण की मृत्यु का कारण बनने का संकल्प लेकर अग्नि में प्रवेश कर, मृत्यु का वरण किया था। उन्होंने शत्रुघ्न को समझाने के स्वर में कहा,

''शुत्रघ्न, मैं रावण की मृत्यु बनी, इसके कुछ परोक्ष कारण भी हो सकते हैं।''

''हो सकता है इसके कुछ परोक्ष कारण हों, किन्तु प्रत्यक्ष कारण, कैकेयी का हठ ही था, जिसने तमाम अनर्थों के साथ इन बच्चों के जीवन को भी प्रभावित किया है।''

''शत्रुघ्न, जिस जीवन में घटनायें न हों, उतार-चढ़ाव न हों, वह भी

कोई जीवन है? और इस आश्रम में होने के कारण, इन बालकों का जीवन अस्त-व्यस्त नही,ं पूर्णतः व्यवस्थित है। यहाँ का वातावरण, यहाँ के सीधे सरल और तपस्वी लोगों और स्वयं महर्षि वाल्मीकि के सानिध्य का सुख वही जान सकता है, जिसने इसे जिया है।''

"किन्तु स्वयं श्रीराम भी तो वहाँ आपके और बच्चों के बिना बहुत दुखी होंगे, उनका क्या?'' शत्रुघ्न ने कहा।

"शत्रुघ्न, राजा का प्रथम दायित्व अपनी प्रजा की हित चिन्ता है; यदि मैं वहाँ रहती, तो वे लोक निन्दा और अपवादों के कारण तनाव में रहते और प्रजा के प्रति अपने कर्तव्यों को बहुत सुचारु रूप से पूरा नहीं कर पाते... हमारे इस तनाव का प्रभाव इन बच्चों पर भी सकारात्मक तो नहीं होता।''

महर्षि सुन रहे थे। उन्होंने कहा,-"यह तुम्हारी पारिवारिक बात है, अतः मैं कुछ विशेष तो नहीं, किन्तु इतना अवश्य कहूँगा कि जिस प्रकार सीता ने अपने मन को शान्त कर लिया है, उसी प्रकार तुम भी अपने मन को शान्त करो... विधि का लिखा हुआ भी, कुछ तो अर्थ रखता ही होगा।''

वार्तालाप समाप्त हुआ तो शत्रुघ्न ने महर्षि और सीता को प्रणाम कर, बच्चों, लव तथा कुश को स्नेह देने के बाद विदा ली।

19. सच जीवित तो है

सन्ध्या का समय था। पक्षी अपने बसेरों की ओर लौट रहे थे। गंगाजी की लहरों का शोर सुनाई पड़ने लगा था। वृक्षों, फूलों और नदी के जल को छूकर आती हुई हवा में शीतलता तो थी ही, हरियाली की प्राणदायी सुगन्ध भी थी। महर्षि वाल्मीकि के आश्रम में रहने वाले सभी लोगों के अतिरिक्त, पास में रहने वाले लोग भी बड़ी संख्या में नदी के तट पर एकत्रित थे। कुछ ही देर में नित्य की भाँति गंगाजी की आरती होनी थी।

महर्षि स्वयं एक थोड़े से ऊँचे स्थान पर आसन पर बैठे हुए थे। उनके निकट ही कुछ दूर पर एक आसन पर सीता बैठी हुई थीं और उनके सम्मुख बहुत सी स्त्रियाँ एकत्रित थीं। लोग छोटे-छोटे झुण्डों में विभिन्न चर्चाओं में लीन थे। तभी एक आश्रमवासी ने उच्च स्वर में कहा,

''आप सभी लोग शान्त हो जायें, महर्षि कुछ कहना चाहते हैं।''

लोग आपस में बातचीत बन्द कर, महर्षि की ओर उन्मुख हुए, तब महर्षि ने कहा,

''अयोध्या के राजा श्रीराम अश्वमेध यज्ञ कर रहे हैं; उसमें उन्होंने

आप सभी को आमंत्रित किया है। इस तरह के अवसर बिरले ही आते हैं, अतः आप सभी इस अति विशिष्ट अनुष्ठान में अपनी भागीदारी सुनिश्चित करें।''

लगभग सभी ने हर्ष ध्वनि से अपनी सहमति दी, किन्तु महर्षि को लगा कि कुछ लोगों के चेहरे पर प्रसन्नता का भाव नहीं है। उन्हें लगा कि अवश्य ही इन लोगों के मन में कहीं कुछ शंका है, अतः उन्होंने ऐसे ही एक व्यक्ति की ओर प्रश्नवाचक दृष्टि से देखा। वह व्यक्ति खड़ा हो गया तो महर्षि ने पूछा,

''कुछ शंका है क्या?''

''महर्षि क्षमा करें, हमें लगता है कि राम एक विशेष जाति के लोगों के विरोधी हैं।''

''ऐसा किस आधार पर कहा तुमने?''

''हमने सुना है कि उन्होंने तपस्या करते हुये ऋषि शम्बूक का, उनकी जाति के कारण वध कर दिया था।''

''यही सत्य नहीं है।''

''तो सत्य क्या है? कृपया हमें बतायें,'' कई स्वर एक साथ उठे। महर्षि ने कहा,

''यदि राम ऐसे होते, तो शबरी के आश्रम पर जाकर उसके अतिथि न बनते, उसके जूठे बेर नहीं खाते, उसकी मृत्यु के पश्चात् शबरी के दाह संस्कार में सहयोग नहीं करते। जटायु भी किसी उच्चजाति का नहीं था; श्रीराम ने उसे प्रेम भी दिया और उसकी मृत्यु के पश्चात् उसका दाह संस्कार भी किया। शृंगवेरपुर का राजा गुह्य भी निषाद जाति का था; यदि श्रीराम जाति देखते होते तो उसका आतिथ्य स्वीकार कर उसे गले से नहीं लगाते।''

''और फिर...'' महर्षि ने आगे कहा,-''तुम लोग यह क्यों नहीं सोचते कि तुम्हारा यह महर्षि वाल्मीकि भी समाज के उसी वर्ग से आता है, जिसे कुछ लोग अवर्ण कहते हैं; यदि राम इस जाति के विरोधी होते तो वे अपनी

गर्भवती पत्नी को इस आश्रम में नहीं भेजते... तथाकथित उच्च जाति के ऋषियों और उनके द्वारा संचालित आश्रमों की कमी नहीं है। महर्षि अगस्त्य ही, ब्राह्मण वर्ग के भी हैं और श्रीराम को बहुत अधिक मान भी देते हैं; वे सीता को उनके आश्रम में भी भेज सकते थे।''

''किन्तु शम्बूक का वध?'' एक स्वर आया

''तपस्या करने का शम्बूक का उद्देश्य उचित नहीं था। वह देवलोक पर विजय प्राप्त कर सशरीर स्वर्ग जाना चाहता था; यह अनुचित था, और सम्भव भी नहीं था। बहुत पहले राम के ही कुल के त्रिशंकु ने भी इसके लिये प्रयास किया था, किन्तु वे भी सफल नहीं हो सके थे।

किसी लोक पर विजय प्राप्त करने का प्रयास, उसके विरुद्ध युद्ध की घोषणा जैसा ही होता है; राम ने इस अनुचित प्रयास की निरर्थकता समझाकर, उसे किसी सार्थक कार्य में लगने का सुझाव दिया था।

...जो शम्बूक को ऋषि बताकर और उसके प्रति राम के व्यवहार को उदाहरण बनाकर, उन्हें तथाकथित अवर्णों का विरोधी सिद्ध करना चाहते हैं, वे यदि राम के चरित्र को समग्रता में देखेंगे तो उन्हें यह शिकायत नहीं रहेगी।''

''आप कह रहे हैं कि श्रीराम ने शम्बूक को समझाकर इस तरह के गलत उद्देश्य को लेकर की जा रही तपस्या से मात्र विरत किया था; किन्तु लोग तो कहते हैं, राम ने उनका वध किया था।''

''इस बात को समझने के लिये थोड़ा पीछे जाना होगा।'' महर्षि ने कहा।

''रावण के वध के पश्चात, राम चाहते तो लंका को अपने अधीन भी रख सकते थे; अपने किसी भाई को वह विशाल वैभवशाली राज्य दे सकते थे, किन्तु उन्होंने सहज भाव से वह राज्य विभीषण को दे दिया। विभीषण ने रक्ष संस्कृति त्याग कर आर्य संस्कृति को अपना लिया था।

कुछ राक्षस, जो रावण के भक्त थे व रक्ष-संस्कृति के प्रति निष्ठा और

विभीषण से द्वेष रखते थे, वे लंका से पलायन कर गये और भारत के दक्षिणी भाग में, जो लंका के सबसे निकट था, अधिकतर वहीं आकर बस गये। वे राम के प्रति आक्रोश और बदले की भावना रखते थे, किन्तु चूँकि वे सामने राम से युद्ध करने का साहस नहीं रखते थे, अतः राम के राज्य में आकर सीता और राम के चरित्र-हनन के प्रयासों में लग गये।''

सीता, जो इस वार्तालाप को मनोयोग से सुन रही थीं। उन्हें लगने लगा कि सचमुच राम अपने सदाचरण और छल रहित सरल स्वभाव के कारण किस प्रकार बराबर षड़यंत्रों का शिकार होते रहे हैं। इस तरह के षड़यंत्र उनके राजतिलक के समय पर कैकेय देश से आई हुई दासी मन्थरा से शुरू हुए थे और आज तक चल रहे हैं।

महर्षि ने पुनः कहना प्रारम्भ किया, कि किसी तरह की कोई रोक न होने के कारण ये लोग अपने साथ पर्याप्त मात्रा में सम्पदा, सोना, चाँदी और रत्न इत्यादि लाये थे। इन लोगों ने राम की प्रजा के कुछ लोगों को भी समझा-बुझाकर और लालच आदि देकर अपने पक्ष में कर लिया था।

पहले उन्होंने सीता के विषय में यह प्रचारित करना प्रारम्भ किया कि वे रावण के द्वारा उठा ले जाने के बाद उसके यहाँ बहुत दिनों तक रहकर आई हैं, अतः वे अयोध्या की राजमहिषी कैसे हो सकती हैं। सीता के उत्पीड़न के अपने इस षड़यन्त्र में वे सफल भी हुए और सीता को राजमहल छोड़ने का निश्चय करना पड़ा। इस षड़यन्त्र ने सीता को विरागी और राम को अकेला कर दिया''

महर्षि की बात जब इस मोड़ पर पहुँची तो सीता का मन विचलित हो उठा। इतने दिनों की साधना और तपस्या से उन्होंने अपने मन को दृढ़ किया था; अब उन्हें लगा, मन की वह दृढ़ता कहीं विचलित हो रही है। वे सोचने लगीं, क्या महलों को छोड़ने का उनका वह निश्चय गलत था? क्या उन्होंने राम के साथ अन्याय किया है? फिर उन्होंने अपने बालकों लव और कुश की ओर देखा, और उन्हें लगा, नहीं... इन बालकों के भविष्य और राम को लोक निन्दा के तनावों से मुक्त करने के लिए लिया गया उनका वह निर्णय सर्वोत्तम न सही, किन्तु गलत भी नहीं था।

महर्षि जब अपनी बात कह रहे थे, लोग बहुत ही शान्तिपूर्वक उन्हें सुन रहे थे, और उनकी बातों से सहमत भी लग रहे थे। उन्होंने आगे कहा,

''इस प्रकार इन लोगों ने एक तीर से कई शिकार किये। सीता का चरित्र हनन किया; उन्हें गर्भवती अवस्था में महलों से दूर वनों में रहने को विवश किया, राम को अकेला कर कमजोर करने का प्रयास किया और फिर यह प्रचारित किया कि राम ने सीता को गर्भवती अवस्था में ही उन्हें बिना बताये वन भिजवा दिया और इस तरह उन्होंने राम का चरित्र-हनन भी किया साथ ही अयोध्या से उसके होने वाले उत्तराधिकारी को दूर कर, उत्तराधिकार के लिये संघर्ष की सम्भावना को जन्म देकर, अयोध्या के पूरे राजपरिवार पर भी निशाना लगाया।

एक षड़यंत्र की सफलता ने उन राक्षस समुदाय के लोगों के मनोबल को बहुत बढ़ा दिया। सीता दूर हो चुकी थीं। अब उन्होंने राम को एक बार पुनः अपना निशाना बनाया। शम्बूक, राम के समझाने के बाद तपस्या छोड़कर कहीं अज्ञात स्थान में चला गया था, किन्तु इन लोगों ने यह प्रचारित किया कि राम ने अवर्ण होने के कारण अपनी तलवार से गला काटकर उसका वध कर दिया और देव संस्कृति को मानने वालों ने पुष्प-वर्षा कर राम का अभिनन्दन किया।

राम के इस चरित्र-हनन में वे कितना अधिक सफल रहे, यह इस सभा में कतिपय लोगों द्वारा उठाई गई इन शंकाओं से ही स्पष्ट है।''

कुछ देर शान्त रहने के पश्चात् महर्षि ने पुनः कहना प्रारम्भ किया

''राम चाहते तो राजसूय यज्ञ कर सकते थे, किन्तु इसमें सभी राजवंशों से अपनी सत्ता स्वीकार करानी होती है। राम इसमें सक्षम थे, किन्तु इसमें होने वाली जनहानि को ध्यान में रखकर उन्होंने इस यज्ञ का विचार त्याग दिया।

वैसे भी राम को राज्य का मोह या सत्ता की भूख कभी नहीं रही, यह उनके अब तक के जीवन पर दृष्टि डालने से एकदम स्पष्ट हो जाता है। उन्होंने आज तक जो भी किया, हों कर्तव्य समझकर किया। वे धार्मिक

अनुष्ठान करना चाहते थे; अपने राज्य का विस्तार नहीं, इसीलिये उन्होंने राजसूय यज्ञ का विचार त्याग कर अवश्मेध यज्ञ, जो भगवान शिव को बहुत प्रिय बताया जाता है, उसे करने का निश्चय किया।

जो राम की उदारता और महानता पर प्रश्न चिन्ह लगाते हैं, उन्हें मैं एक बार पुनः सलाह दूँगा कि वे राम को उनकी समग्रता में देखें, फिर मूल्यांकन करें... अब मेरी बात समाप्त हुई; यदि किसी के मन में अब भी कोई शंका हो तो वह कह सकता है।''

उपस्थित लोगों में मौन छा गया। किसी ने भी कोई शंका व्यक्त नहीं की, तब महर्षि ने कहा,

''समय हो गया है, गंगाजी की आरती प्रारम्भ करें।''

20. एक और लेकिन

अगले दिन प्रातःकाल से ही आश्रम में बहुत हलचल थी। राम के द्वारा सम्पादित होने वाले अश्वमेध यज्ञ में जाने के लिये सभी तैयार हो रहे थे। बच्चे, लव और कुश बहुत देर से तैयार होकर महर्षि के पास आ चुके थे, किन्तु सीता नहीं आईं थीं। महर्षि ने एक ऋषि की पत्नी को सीता को बुलाने के लिये भेजा। सीता आईं, किन्तु वे रोज के वस्त्रों में ही थीं। महर्षि ने कहा,

''पुत्री सीते, तुम तैयार नहीं हुईं!''

''महर्षि, बच्चे तो जा ही रहे हैं।''

''हाँ, बच्चे तो जा रहे हैं, किन्तु तुम क्यों नहीं तैयार हुईं; तुम्हें भी तो चलना है।''

''मेरी इच्छा नहीं है।''

''क्यों, क्या तुम्हें राम से कुछ शिकायत है?''

''वह बात नहीं है महर्षि, किन्तु जीवन का जो अध्याय बन्द हो चुका है, मैं उसे पुनः खोलना नहीं चाहती।''

''बेटी, राम और तुम्हारा जीवन वैसे भी काफी संघर्षों से भरा रहा है; तुम्हारे वहाँ न जाने से राम को इस तरह की बातें सुननी पड़ सकती हैं कि लो इनके इतने बड़े धार्मिक अनुष्ठान में भी इनकी पत्नी नहीं आईं... यह अच्छा नहीं लगेगा।''

''महर्षि, अब मुझे कुछ अच्छा या बुरा नहीं लगता; सुनती आई हूँ कि मैं धरती की पुत्री हूँ, तो उसके कुछ गुण तो मुझमें होने ही चाहिये, फिर भी यदि आपकी दृष्टि में वहाँ जाना, उनकी पत्नी होने के नाते मेरा कर्तव्य बनता है, तो मैं चलती हूँ, किन्तु मैं वहाँ ठहरने के स्थान तक ही रहूँगी, किसी प्रकार की सक्रिय भूमिका बिल्कुल भी नहीं निभाना चाहूँगी।''

'ठीक है।'

बहुत दूर तक चलकर
थक कर बैठे मन ने
अपने सारे जख्म समेटे
और सी लिये
लेकिन फिर-फिर
उन्हीं-उन्हीं पृष्ठों को
पढ़ने का आग्रह
पीड़ा देता है।

21. मैं सीता हूँ

कैकेयी के जाने के बाद से सीता के मन में अपने जीवन के कितने ही पृष्ठ एक-एक कर खुलते जा रहे थे। स्मृतियों का क्रम टूटा, तो सीता को लगा जैसे इन सारे पृष्ठों को पढ़ते-पढ़ते, किसी बहुत दूर से आते पथिक की भाँति वे बहुत थक गई हैं। इस कक्ष में कितना समय बीत गया है, इसका अनुमान भी कहीं खो सा गया था। उनके सीने में हल्का सा दर्द और सिर में भारीपन हो आया था। उन्होंने अपने सिर को हलके से झटका, दोनों हथेलियों को आपस में रगड़ा, नेत्रों पर रखा, फिर सिर पर हाथ फेरते हुए, आँखें बन्द कर लीं; लेटकर एक गहरी साँस ली और शरीर को ढीला छोड़ दिया। उन्हें लगा, जैसे उनके पोर-पोर से थकान निकल रही है, तभी द्वार पर हल्की सी खट-खट की ध्वनि हुई। सीता ने नेत्र खोले। उन्हें लगा, जैसे वे सपनों से भरी हुई बहुत गहरी नींद से उठी हैं। परिचारिका खड़ी थी। उसने पूछा,

''आप ठीक तो हैं?''

''हाँ, क्यों?''

''आपका कक्ष बहुत देर से बन्द था, मुझे चिन्ता हुई।''

''यूँ ही आँख लग गई थी।''

''महाराज का सन्देश आया है; क्या आप यज्ञ स्थल पर आना चाहेंगी?''

''हाँ चलो, वे प्रतीक्षा में होंगे।''

''उनकी आज्ञा से मैं आपके लिये वस्त्र लेकर आई हूँ।''

''ठीक है रख दो, और बाहर प्रतीक्षा करो।''

थोड़ी देर में सीता, राम के भेजे हुए, उनकी रुचि के वस्त्र धारण कर बाहर आईं। कई परिचारिकायें तो थीं ही; उर्मिला, माण्डवी और श्रुतकीर्ति भी थीं। उर्मिला, शीघ्रता से उनके पास आईं और 'दीदी' कहते हुए उनका हाथ थाम लिया।

सीता सभी के साथ यज्ञस्थल पर पहुँचीं। उनकी प्रतीक्षा ही हो रही थी। राम उठकर आये और उन्हें साथ लेकर यज्ञशाला की ओर चले और वहाँ पहुँचकर, यज्ञ में सम्मिलित होने के लिये सीता के साथ आसन पर बैठ गये।

यज्ञ की सारी तैयारियाँ पूर्ण हो चुकी थीं। अपार जन-समूह उमड़ा हुआ था। विभिन्न व्यक्तियों को उनकी गरिमा के अनुरूप ही स्थान दिया गया था।

वह एक अद्भुत सुन्दर और कल्पनातीत दृश्य था। यज्ञ प्रारम्भ ही होने वाला था, तभी सहसा, जिस ओर आम नागरिक बैठे थे, उधर एक व्यक्ति खड़ा हो गया और जोर-जोर से कुछ कहने लगा। राम तक उसकी ध्वनि नहीं पहुँच रही थी, किन्तु उसके आसपास बैठे लोगों में, जो उसकी बात सुन रहे थे, कुछ कसमसाहट सी हुई। उनकी मुद्राओं से लग रहा था कि उन्हें उस व्यक्ति की बातें बहुत कष्टप्रद लग रही थीं। वे लोग उसे आगे बोलने से रोकने का प्रयास भी करते हुए लगे। कई सुरक्षा-कर्मी दौड़कर, उस व्यक्ति के पास पहुँच गये। उसे पकड़कर अलग ले गये।

वह राजा से मिलने की जिद कर रहा था। सुमन्त्र ने इशारे से एक

सुरक्षा-कर्मी को बुलाया और उस व्यक्ति को पास लाने के लिये कहा। शीघ्र ही उसे सुमन्त्र के सम्मुख उपस्थित किया गया। राम ने देखा, कुछ और लोग भी उसके साथ सुमन्त्र के पास तक आ गये थे। तभी भद्र ने सुमन्त्र के पास आकर धीरे से कहा,

‘‘यह सब वही लोग हैं जो महारानी के सम्बन्ध में तरह-तरह की शंकायें किया करते थे।’’

‘‘मैंने अनुमान लगा लिया था।’’ सुमन्त्र ने कहा, फिर उन लोगों से पूछा,

‘‘क्या बात है, क्या चाहते हैं आप लोग?’’ उनमें से एक व्यक्ति जो पहले खड़ा हुआ था और कुछ नेता सा लग रहा था, कहने लगा,

‘‘हम सब महाराज से कुछ कहना चाहते हैं।’’

‘‘कहो, तुम्हारी बात उन तक पहुँचा दी जायेगी।’’ सुमन्त्र ने कहा। तब तक राम और उनके पीछे-पीछे सीता, वहाँ आ चुके थे। उस व्यक्ति ने उनको पास देखकर कहा,

‘‘मैं विनम्रतापूर्वक कहना चाहता हूँ कि महारानी इस यज्ञ में कैसे बैठ सकती हैं?’’

‘‘क्यों?’’

‘‘वे पहले लगभग एक वर्ष तक, रावण जैसे दुराचारी के यहाँ, फिर अभी भी बारह वर्षों से अधिक समय तक वन में रहकर आई हैं...।’’

पास ही खड़ी सीता इस आरोप को सुनकर स्तब्ध रह गयीं। राम का मुख क्रोध से तमतमा गया। लक्ष्मण का हाथ तलवार तक पहुँच चुका था। उन्होंने कठोर स्वर में पूछा,

‘‘क्या चाहते हो?’’

‘‘महारानी अपनी पवित्रता की शपथ लेने के बाद ही यज्ञ जैसे पवित्र कार्य में भागीदारी करें।’’

महर्षि पास ही थे, बोले,

‘‘मैंने आज तक जीवन में झूठ नहीं बोला है, और मैं विश्वास से कहता हूँ कि सीता, गंगाजल से भी अधिक पवित्र हैं।’’

महर्षि की आवाज दूर तक गई और वहाँ उपस्थित भीड़ ने हर्ष-ध्वनि कर व्यापक समर्थन दिया। सुमन्त्र ने कहा,

‘‘सुन लिया, अब आप लोग जायें।’’

किन्तु वे लोग वैसे ही खड़े रहे, गये नहीं। सुमन्त्र ने पुनः कहा,

‘‘अब क्या चाहते हैं आप लोग?’’

‘‘हम महर्षि का बहुत सम्मान करते हैं किन्तु ...’’

‘‘किन्तु क्या?’’

‘‘सत्य का कुछ साक्ष्य भी तो चाहिये।’’

‘‘अब कैसा साक्ष्य?’’

‘‘यहाँ अयोध्या की अधिकांश जनता उपस्थित है; महारानी आगे आकर स्वयं शपथ ले लें, बस हम इतना चाहते हैं।’’

यह सुनकर लक्ष्मण की तलवार, म्यान से बाहर निकल आई। राम ने इशारे से उन्हें रोका। लक्ष्मण ने तलवार तो म्यान में रख ली, किन्तु वे विकट क्रोध से भरे हुए थे, कठोर स्वर में बोले,

‘‘मूर्ख! यदि यहाँ एक पवित्र यज्ञ न चल रहा होता, तो इस प्रकार महारानी का अपमान करने वाले का सर धड़ से अलग हो चुका होता।’’

वह व्यक्ति अनुमान से अधिक ढीठ निकला। बोला,

‘‘मेरी गर्दन आपके सम्मुख है, चाहें तो काट दें।’’

लक्ष्मण उसकी इस बात से बहुत अधिक क्रोधित होकर आगे बढ़े, किन्तु सुमन्त्र शीघ्रता से पास आये और उस व्यक्ति को उनके पास से दूर हटा दिया, फिर उसके साथ खड़े अन्य लोगों को सम्बोधित कर बोले,

''क्या आप सब भी यही चाहते हैं? क्या आप लोगों को भी महर्षि वाल्मीकि की बात पर विश्वास नहीं है?''

सुमन्त्र के इस प्रश्न से उन लोगों में सन्नाटा छा गया। सुमन्त्र ने फिर पूछा,

''आप सभी के मौन का क्या अर्थ है?''

उस झुण्ड में थोड़ी सी कसमसाहट सी हुई। आपस में कुछ फुसफुसाहटें, कुछ संकेत, फिर 'कुछ कहो न!', 'तुम कहो न!' के धीमे-धीमे स्वर चले और फिर उनमें से एक व्यक्ति बोला,

''महारानी स्वयं शपथ ले लें, इसमें क्या आपत्ति है? वे शपथ ले लें हम चले जायेंगे।''

सुमन्त्र ने इसका उत्तर देने के पूर्व राम और फिर लक्ष्मण की ओर देखा। कोई संकेत न मिलने पर सुमन्त्र ने कहा,

''ठीक है, आप लोगों की बातों पर विचार किया जायेगा, अब आप जायें।''

उनके जाने के बाद सुमन्त्र, राम और सीता के पास आये, तो राम, सीता, लक्ष्मण, भरत और शत्रुघ्न, सुमन्त्र के साथ एक ओर हटकर खड़े हो गये। सभी के चेहरे गम्भीर थे, किन्तु लक्ष्मण क्रोध से भरे हुए थे। उन्होंने शान्ति तोड़ी। राम की ओर देखकर बोले,

''अनुमति दीजिये, मैं उन्हें भलीभाँति समझा सकता हूँ।''

राम ने लक्ष्मण की बात का आशय समझा; उनकी ओर देखा और नेत्रों से ही उन्हें मना कर दिया।

''आपका क्या आदेश है?'' सुमन्त्र ने राम की ओर देखकर पूछा। इसके उत्तर में राम मौन ही रहे। उनके चेहरे से लग रहा था कि वे कुछ सोच रहे हैं।

वातावरण बहुत बोझिल हो गया था और सभी खामोश थे। कोई समझ

नही पा रहा था कि क्या कहे; किन्तु लक्ष्मण बहुत उत्तेजित थे। ऐसा लग रहा था जैसे वे अपने तरीके से इस समस्या को अतिशीघ्र हल करने के लिये बहुत व्याकुल थे।

राम के मस्तक पर चिन्ता की लकीरें थीं। लग रहा था जैसे वे किसी धर्मसंकट में हैं। उन्होंने कुछ पलों के लिये दृष्टि ऊपर आसमान में गड़ा दी, लगा जैसे वे ईश्वर से कुछ कह रहे हों।

सहसा सीता आगे आईं। उन्होंने राम के मुख की ओर देखा और कहा,

''यदि आप की अनुमति हो तो मैं कुछ कहना चाहती हूँ।''

सीता के इस अनुरोध से वहाँ उपस्थित सभी लोग कुछ चौंक से गये। लक्ष्मण ने उनके मुख पर दृष्टि डाली तो उन्हें लगा कि सीता का चेहरा अद्भुत तेज और किसी दृढ़ निश्चय से भरा हुआ है। किसी अनहोनी की आशंका से उनका मन हिल उठा। राम स्वयं कुछ आश्चर्यचकित से लग रहे थे, उन्होंने कहा,

''अवश्य महारानी, आप का स्वागत है।''

यद्यपि राम ने लगभग तत्काल ही यह बात कही थी, किन्तु सभी को ऐसा लगा जैसे इस बीच समय का एक लम्बा अन्तराल गुजर गया है। सीता ने उनका उत्तर सुना। वे अभी तक राम से अपने लिये 'सीते' सम्बोधन सुनती आई थीं, किन्तु आज इस 'महारानी' सम्बोधन ने उन्हें चौंका दिया, किन्तु फिर उन्हें लगा कि सम्भवतः सार्वजनिक स्थान होने के कारण राम ने उन्हें, महारानी' कहकर सम्बोधित किया होगा, अतः यह उचित ही होगा।

'फिर तो इस सभा में किसी के द्वारा उठाया गया यह प्रश्न तो अयोध्या की महारानी और रघुकुल की प्रतिष्ठा पर लगा हुआ प्रश्न हो गया; अर्थात जितना लगता है, उससे बड़ा प्रश्न हो गया यह तो।' सीता ने स्वयं से कहा।

'नहीं, वे इस प्रश्न को इतना बड़ा नहीं होने देंगी, अपितु इसका समूल नाश करेंगी,' उन्होंने सोचा, फिर मन को दृढ़ किया और बोलीं,

‘‘यह मात्र किसी की पत्नी पर ही नहीं, अपितु अयोध्या की महारानी और रघुकुल की प्रतिष्ठा पर लगा हुआ प्रश्न भी है; इसका समूल नाश होना ही चाहिये।’’......इतना कहकर वे एक गहरी साँस लेकर चुप हो गयीं।

उन्हें याद आया, बचपन में एक बार माँ ने कहा था कि ‘स्त्री धरती ही तो होती है, और इसका अर्थ तुम्हें बड़े होने पर स्वतः ही समझ में आ जायेगा’ एक पल को उन्हें लगा कि उन्हें माँ के उस कथन का अर्थ समझ में आने लगा है।

राम ने उनकी यह गहरी साँस अपने अन्दर तक महसूस की। महान् पराक्रमी और धैर्यवान राम को भी यह विचलित कर गया। उन्हें परिस्थिति की कठोरता का अनुमान था, किन्तु सीता के चेहरे पर जो भाव उन्हें दिखा वह और भी कठोर लगा।

लग रहा था जैसे वे कोई कठोर निर्णय ले चुकी हैं। सीता ने आँख उठाकर यज्ञ में जल रही अग्नि की ओर देखा । राम ने सीता के नेत्रों को, और उनमें उस अग्नि के प्रतिबिम्ब को देखा। उन्हें लगा, जैसे दोनों ओर आग जल रही हो। उनके मन में भयंकर अनिष्ट की आशंका ने जन्म लिया। उन्होंने सीता के मुख की ओर देखा।

वे कहना चाहते थे कि सीता रुको! हमें यह राज्य नहीं चाहिये; किन्तु तभी सीता ने अपने दायें हाथ की हथेली यज्ञ में जल रही अग्नि की ओर की और कहना शुरू किया,

‘‘मैं सीता, यज्ञ में जल रही पवित्र अग्नि की शपथ लेती हूँ कि...’’

‘‘सीते, रुको!’’ राम ने हाथ उठाकर कहा। उनके स्वर में विह्वलता और पीड़ा थी, किन्तु सीता ने मानों कुछ नहीं सुना; उन्होंने अपना वाक्य पूरा किया,

‘‘मैं मन, वचन और कर्म से पवित्र और अपने पति और धर्म के प्रति सदैव निष्ठावान रही हूँ।’’

इसके साथ ही राम को लगा, सीता उन्हें पीछे छोड़कर मीलों आगे,

बहुत आगे निकल गई हैं। चारों ओर घोर सन्नाटा छा गया था। कोई कुछ भी कहने की स्थिति में नहीं था। अचानक भीड़ में एक स्वर गूँजा 'महारानी सीता की...' और भीड़ ने उत्तर दिया 'जय'। इसके बाद वह स्थल सीता और राम की जयघोषों और हर्ष-ध्वनियों से गूँजने लगा। तभी सीता मुड़ीं। यज्ञस्थल की ओर चल दीं और उसे पार करते हुए बाहर निकल गयीं। सभी उन्हें आश्चर्य से देख रहे थे। कोई समझ नहीं पा रहा था कि सीता कहाँ और क्यों चली जा रही हैं। राम ने आवाज दी,

''सीते!''

सीता ने मुड़कर पीछे देखा। नेत्र मिले। एक दर्द भरी मुस्कान उनके अधरों पर तैर गई और फिर उन्होंने अपना एक हाथ इस तरह उठाया, जैसे वे राम से ठहरने के लिए कह रही हों। राम के हृदय में पता नहीं क्या हुआ, वे एक पल के लिये किंकर्तव्यविमूढ़ से हो गये। इसी बीच सीता आगे बढ़ीं तो भीड़ स्वतः उन्हें रास्ता देती गयी।

राम सशंकित थे। उन्होंने लक्ष्मण की ओर देखा। फिर दोनों भाई उसी ओर चलने को उद्यत हुए। भरत ने भी साथ चलने की अनुमति माँगी। उनके साथ शत्रुघ्न और सुमन्त्र भी हो लिये और सभी भीड़ के बीच से मार्ग बनाते हुए चल पड़े।

* * *

सीता के निकलते ही वातावरण कोलाहल से भर गया था और भीड़ अव्यवस्थित हो गयी थी। यद्यपि कुछ सैनिक आगे-आगे मार्ग बनाते हुए चल रहे थे, किन्तु फिर भी कोलाहल, अव्यवस्था और बहुत अधिक भीड़ के कारण यह सरल नहीं था। राम की भौंहें कुछ सिकुड़ी हुईं, होंठ थोड़ा सख्ती से भिंचे हुए और चेहरे पर चिन्ता की लकीरें थीं। जब तक वे भीड़ को पार कर सकें, तब तक सीता निकल चुकी थीं।

भीड़ उनके साथ चल पड़ी। सीता ने उन लोगों को भी रुकने का संकेत किया, किन्तु फिर भी बहुत बड़ी संख्या में वे उनके पीछे हो लिये, पर

उनके इस संकेत के कारण वे दूरी बनाये हुए थे, पास आने का साहस नहीं जुटा पा रहे थे।

इस बीच सीता, राज-मार्ग छोड़कर गलियों से होते हुये वन जाने वाले मार्ग पर आ चुकी थीं। उन्हें लगा कि उन्हें इस तरह के मार्गों पर चलने का बहुत अभ्यास है। ऐसा लगा, जैसे उनको पंख मिल गये हों। अचानक उनकी गति बहुत तीव्र हो गयी; लगा, जैसे उन्हें कहीं दूर जाने की शीघ्रता है।

अयोध्या की एक बहुत बड़ी भीड़ उनके पीछे थी, किन्तु अब उनके और भीड़ के मध्य दूरी बढ़ चुकी थी, और सीता का ध्यान अब इस सब की ओर नहीं था। वे सब कुछ भूलकर विचारों के संसार में खो चुकी थीं।

उनका मन बहुत तेजी से दौड़ रहा था और मन में बहुत से प्रश्न उठ रहे थे। उन्हें लग रहा था, क्या उनका इस प्रकार यज्ञस्थल छोड़ना पलायन है?

उन्हें याद आ रहा था कि लंका विजय के बाद भी उन पर उठ सकने वाले प्रश्न-चिन्हों के शमन हेतु, राम ने उन्हें अकेले अग्नि में प्रवेश करने की अनुमति नहीं दी थी; वे उनके साथ ही स्वयं भी अग्नि में प्रवेश करने को तत्पर थे, और आज उनकी प्रजा के कुछ बहके हुए लोगों ने पुनः प्रश्न-चिन्ह लगाये, तो वे कितने विह्वल हो उठे थे और उन्हें शपथ लेने से रोक रहे थे।

महर्षि वाल्मीकि के आश्रम में संत स्त्री पुरुषों के साथ बारह वर्ष बिताने के बाद उनकी मानसिकता पूर्ण रूप से परिवर्तित हो चुकी थी। लव व कुश कुछ बड़े और समझदार हो चुके थे और अपने पिता के संरक्षण में पहुँच चुके थे। उनका स्वयं का मन विरागी हो चुका था, इसलिये आज उन्होंने सब कुछ त्यागने का मन बना लिया था। किन्तु आज जो कुछ उन्होंने राम की आँखों में पढ़ा था, उससे उन्हें विश्वास हो गया था कि यदि वे इतनी शीघ्रता न करतीं तो निश्चित ही राम सब कुछ छोड़कर उनके साथ चल देते और यह अयोध्या के लिये बहुत अनर्थकारी होता।

उनके मन में फिर उठा, क्या यह पलायन की श्रेणी में आयेगा? उन्होंने और राम ने कभी भी डर या किसी लोभ से कोई कार्य नहीं किया था, फिर भी यदि यह पलायन है तो त्याग क्या है?

सीता को लगा, इस प्रश्न में ही उत्तर निहित है, और इसके साथ ही उनकी आँखों के आगे राम का चेहरा आ गया। अद्भुत रूपवान, बहुत वीर, पराक्रमी, विचारवान, धैर्यवान, बुद्धिमान और दूसरों के लिये चुपचाप कष्ट सह जाने वाले; कौन सा गुण नहीं है उनमें? एक बड़े साम्राज्य के शासक होते हुए भी एक पत्नी व्रतधारी। वे बारह वर्ष से अधिक समय तक उनसे दूर रहीं, किन्तु राम ने किसी भी अन्य स्त्री को अपने जीवन में नहीं आने दिया।

अब उन्हें लगा कि राम के गुणों को गिना नहीं जा सकता। उनको याद आया कि जो कुछ उन्होंने सुना और जाना था, उस के अनुसार उनके अपहरण के बाद राम बहुत दुःखी और व्याकुल थे और उनके वाल्मीकि आश्रम जाने के बाद तो उन्होंने भी एक कुटी में साधुओं की भाँति रहकर ही अपना जीवन जिया।

उन्होंने महसूस किया कि जितना प्रेम उन्हें राम से था, उससे कम प्रेम उन्हें राम से नहीं मिला था। उन्हें मिथिला में, विवाह से पूर्व राम का प्रथम दर्शन स्मरण हो आया। वे कितने सौम्य और शिष्ट लगे थे। तब से आज तक उन्होंने राम में कभी कोई कमी नहीं पाई थी। सीता ने नेत्र खोलकर एक बार चारों ओर देखा। कुछ वृक्ष और उनके मध्य से जाता हुआ एक सूना सा पथ। उन्होंने आँखें उठाकर आसमान की ओर देखा।

नीला और साफ आसमान था। उनका मन हुआ कि वे और राम एक दूसरे का हाथ थामकर उड़ते हुये इस आकाश में कहीं खो जायें। थोड़ी देर तक और चलने के बाद वे वृक्षों के एक कुंज के नीचे जाकर, एक वृक्ष का सहारा लेकर खड़ी हो गईं।

ऐसा लगा, जैसे उन्हें यहीं तक आना था। सीता कुछ देर तक खड़े रहने के बाद उसी वृक्ष के तने से पीठ टिकाकर बैठ गईं। उन्हें लगा, जैसे उनका शरीर थकान से चूर है। उन्होंने अपने पैर सीधे किये; सिर भी वृक्ष के तने से टिकाया और नेत्र बन्द कर लिये। तब उन्हें लगने लगा कि पैरों और

पीठ में थकान के कारण बहुत दर्द है और शरीर निढाल हो रहा है। उन्होंने नेत्र बन्द कर लिये और सोचने लगीं कि वे तो धरती की बेटी हैं, फिर उनकी यह माँ उन्हें अपनी गोद में छुपा क्यों नहीं लेतीं?

22. और इति

राम के साथ आते हुए लोग, सीता को ढूँढ़ते हुए चारों ओर फैल चुके थे। तभी लक्ष्मण ने भूमि पर सीता के पद-चिन्ह देखे। ये वही पद-चिन्ह थे, जिनके पीछे चलते हुये उन्होंने वनवास का एक लम्बा समय बिताया था। उन्होंने राम का हाथ पकड़ा और उन्हीं पद-चिन्हों के सहारे बढ़ने लगे। दूसरे बहुत से लोग भी उनके साथ हो लिये। कुछ दूर के बाद ये पद-चिन्ह वृक्षों के एक कुंज तक जाकर समाप्त हो गये थे। इस कुंज के नीचे की धरती पर कुछ दरारें थीं और कुछ फूल पड़े हुए थे। लोग उसके आसपास बहुत दूर-दूर तक ढूँढ़ आये, किन्तु सीता का कोई पता नहीं चला। लोग बातें करने लगे कि सीता भूमि में समा गई हैं।

मिथिला से आये दोनों व्यक्ति भी भीड़ के साथ ही थे। उन्होंने उस स्थान को छूकर प्रणाम किया; वहाँ से कुछ फूल उठाकर मस्तक से लगाये, फिर उन्हें संभालकर मुट्ठी में दबाकर चुपचाप मिथिला के लिए चल पडे।

प्रेम भरे या उपालम्भ के
सारे ही स्वर मौन हो गये
जो उल्लास भरे पग थे
वे थके हुए
फिर दर्द भरे

फिर शिथिल हो गये
एक यात्रा
चली स्वयंवर से
पहुँची फिर चिर समाधि तक।

परिशिष्ट – 1

श्रीराम के समकालीन महर्षि वाल्मीकि द्वारा लिखित महाकाव्य रामायण में कालान्तर में जोड़े गये कुछ क्षेपकों को छोड़ दें, तो यह एक ऐतिहासिक दस्तावेज ही है। हजारों वर्षों से और हजारों पुस्तकों में श्रीराम और सीता के सन्दर्भ हैं। वे टारजन या शरलॉक होम्स जैसे कोई काल्पनिक चरित्र नहीं हैं। कोई भी काल्पनिक कथानक न इतनी पुस्तकों में सन्दर्भित किया जाता है, न इतने वर्षों तक जीवित रह सकता है, न ही यह सम्भव है कि किसी काल्पनिक चरित्र का जन्म-दिन अत्यधिक श्रद्धा और विश्वास पूर्वक हजारों वर्षों तक निरन्तर मनाया जाता रहे।

फिर भी चर्चा के दूसरे पक्ष पर भी विचार कर लेते हैं। वरिष्ठ साहित्यकार श्री शिवनारायण मिश्र, अपनी पुस्तक 'लोहिया : एक समानान्तर यात्रा' में डॉ0 राम मनोहर लोहिया, जो कि राजनेता के साथ-साथ बहुत ही अध्ययनशील और मूर्धन्य विद्वान भी थे, को उद्धृत करते हुए लिखते हैं।

''राम, कृष्ण और शिव इस दुनिया में थे या नहीं, यह महत्त्वपूर्ण प्रश्न नहीं है; महत्त्व इसका है कि उनकी कहानियाँ भारत के जन-जन के मस्तिष्क और हृदय में ऐसे खुदी हुई हैं जैसे पत्थर पर लिखे आलेख होते हैं। करोड़ों हिन्दुस्तानियों ने उनमें अपनी हँसी और सपनों के रंग भरे हैं। महत्त्वपूर्ण यह भी है कि राम का नाम लेकर करोड़ों लोग जीते हैं।

राम उत्तर-दक्षिण और कृष्ण, पूर्व-पश्चिम की धुरी पर घूमे। कभी-कभी तो ऐसा लगता है कि देश के उत्तर-दक्षिण, पूर्व-पश्चिम को एक करना ही उनका धर्म था।

राम, कृष्ण और शिव, सबका रास्ता अलग है। ये तीनों अपने आप में पूर्णता के महान् स्वप्न हैं। राम की पूर्णता उनके मर्यादित व्यक्तित्व में, कृष्ण की उन्मुक्तता में और शिव की पूर्णता उनके असीमित व्यक्तित्व में है। तीनों की पूर्णता में कोई भेद नहीं है।''

वस्तुतः जो अनन्त है वही पूर्ण है। एक पूर्ण से दूसरा पूर्ण भिन्न हो ही नहीं सकता। हमारे उपनिषद जिन्हें ज्ञान का सागर कहा जाता है, अद्वयतारकोपनिषद में एक श्लोक है, जो कहता है कि पूर्ण में से पूर्ण निकाल लेने पर भी पूर्ण ही शेष रहता है। यह है,

'ॐ पूर्णमदः पूर्णमिदं पूर्णात्पूर्णमुदच्यते।

पूर्णस्य पूर्णमादाय पूर्णमेवावशिष्यते।'

(वह परब्रह्म स्वयम् में सब प्रकार से पूर्ण है और यह सृष्टि भी स्वयम् में पूर्ण है। उस पूर्ण तत्व से इस पूर्ण विश्व की उत्पत्ति हुई है। उस पूर्ण से यह पूर्ण निकाल लेने पर भी वह शेष पूर्ण ही रहता है।)

उपनिषदों तक बात पहुँची है तो हमारे प्रतिदिन के जीवन से सरोकार रखने वाले एक और श्लोक को उद्धृत करने के लोभ का संवरण नहीं कर पा रहा हूँ। हमारे सोच व

हमारे जीवन पर पड़ने वाले प्रभाव को रेखांकित करता यह श्लोक महोपानिषद में हैं।

कृशोऽहं दुःखबद्धोऽहं हस्तपादादिमानहम् । इति

भावानुरूपेण व्यवहारेण बध्यते (123)

नाहं दुःखी न मे देहो बन्धः कोऽस्यात्मनि स्थितः। इति

भावानुरूपेण व्यवहारेण मुच्यते। (124)

(अध्याय 4)

(हाथ पैरों से युक्त मैं क्षीणकाय हूँ, दुःखों से ग्रस्त हूँ; इस प्रकार की भावनाओं और व्यवहार वाला व्यक्ति बन्धनग्रस्त हो जाता है। मैं दुखी नहीं हूँ, यह शरीर मेरा नहीं है, बन्धन नहीं है; इन भावनाओं और व्यवहार वाला व्यक्ति मुक्ति को प्राप्त कर लेता है।)

तो आइये, फिर उस पूर्ण की ओर लौटते हैं, जिसे राम कहते हैं।

वस्तुतः राम के साथ हमारा जुड़ाव इतना स्वतःस्फूर्त है कि उसे किसी प्रमाण व आश्रय की आवश्यकता है ही नहीं, और फिर रामायण और महाभारत को हटाने के बाद इस देश की हजारों वर्ष पुरानी सांस्कृतिक विरासत में शेष क्या रह जायेगा, यह भी विचारणीय है।

जो लोग राम और कृष्ण के होने पर प्रश्न चिन्ह-खड़े करते हैं वे सोच-समझकर हमारी हजारों वर्ष पुरानी सांस्कृतिक विरासत को नष्ट करने का प्रयास करते हैं।

राम के होने के पुरातात्त्विक प्रमाण माँगने वाले और कृष्ण के होने के पुरातात्त्विक प्रमाणों को नकारने वाले, अन्य धर्मों के प्रवर्तकों के होने के किसी भी प्रकार के पुरातात्त्विक प्रमाण न होने पर भी उनके होने पर कोई प्रश्नचिन्ह खड़ा नहीं करते।

उन धर्मों की पुस्तकों में वर्णित अकल्पनीय चमत्कारिक कहानियों को जस का तस स्वीकार करने में भी उनका तार्किक, वस्तुपरक, और सब कुछ वैज्ञानिकता की कसौटी पर कसने वाला मन कोई आपत्ति प्रस्तुत नहीं करता।

कुछ लोग सोचते हैं कि तमिल-भाषी ऋषि कवि कम्बन ने इनके विरुद्ध लिखा है; किन्तु उन्होंने तो इन चरित्रों को अत्यधिक सुन्दर ढंग से प्रस्तुत करते हुए और अधिक महानता और गरिमा ही प्रदान की है। इसके अतिरिक्त बहुत से अन्य व्यक्तियों ने भी समय के विभिन्न अन्तरालों पर रामायणों की रचना की है।

श्रीलंका, जो कि श्रीराम और सीता की भूमि अयोध्या से लगभग 1500 मील दूर है, में ही नहीं, दुनिया के विभिन्न स्थलों पर अनगिनत बार उनका जिक्र हुआ है, और आज भी हो रहा है; ऐसा किसी भी काल्पनिक चरित्र के साथ सम्भव नहीं है।

श्रीराम के पूर्वजों और उनके बाद की पीढ़ियों की एक लम्बी सूची है। उनके द्वारा निर्मित कराये गये राम-सेतु के पुरातात्त्विक और वैज्ञानिक प्रमाण भी हैं, किन्तु हममें से कुछ लोगों द्वारा कभी अकारण, कभी राजनीतिक कारणों से, कभी कुछ रहस्यात्मक और

कभी-कभी तो मात्र स्वयं को आधुनिक और वैज्ञानिक सोच का दिखाने के लिये हमारी प्राचीन सांस्कृतिक विरासतों पर प्रश्नचिन्ह लगाये जाते हैं। शायद वे कहना चाहते हैं कि कुछ समझदार लोगों को छोड़कर, शेष भारतीयों ने एक काल्पनिक कथा के नायक और नायिका को भगवान मानकर पूजना शुरू कर दिया; किन्तु क्या रामायण और महाभारत जैसी गाथाएँ, जो कि पता नहीं कितनी घटनाओं को अपने अन्दर समेटे हैं, केवल कल्पना से सृजित की जा सकती हैं?

रामायण को लिखते समय, महर्षि वाल्मीकि ने, और महाभारत में महर्षि वेदव्यास ने बहुत सी घटनाओं के साथ-साथ उस समय के ग्रहों और नक्षत्रों की स्थितियों का भी वर्णन किया है।

हमें यह ध्यान रखना होगा कि आकाश में ग्रहों की स्थितियाँ रोज ही बदलती रहती हैं और इन ग्रहों की वही स्थिति लाखों वर्षों के बाद ही होती है, अतः यदि हमें किसी दिन की आकाश में ग्रहों की स्थिति का ज्ञान है, तो इतिहास में वह दिन उन ग्रह स्थितियों वाला अकेला दिन ही होगा।

रामायण व अन्य वैदिक ग्रन्थों में दी हुई ग्रह-स्थितियों के आधार पर तारीखों के निर्धारण का प्रयास प्रथम बार प्रख्यात भारतीय बाल गंगाधर तिलक द्वारा उनकी पुस्तक 'द ओरियन' (सप्तर्षि मण्डल) में किया गया। यद्यपि वह प्रयास मानवीय गणनाओं पर आधारित था।

1990 के दशक के अन्तिम वर्षों में कई कम्प्यूटर सॉफ्टवेयर ग्रहों की स्थित के अध्ययन और उनके समय के निर्धारण के लिये विकसित किये गये। इसी तरह के अति शक्तिशाली सॉफ्टवेयर का प्रयोग कर रामायण और महाभारत में वर्णित घटनाओं की उनमें दी गई उस समय की ग्रह स्थितियों के आधार गणना पर की गई। कम्प्यूटर सॉफ्टवेयर से की गई इन गणनाओं में किसी भी तरह की हेराफेरी की सम्भावना नहीं होती।

इस तरह का प्रयास करने वालों में एक, भारतीय राजस्व विभाग के अधिकारी श्री पुष्कर भटनागर ने, ग्रहों और नक्षत्रों की महर्षि वाल्मीकि द्वारा वर्णित स्थितियों और प्लेनेटरी सॉफ्टवेयर की सहायता से बहुत सी घटनाओं की तारीखों और उनके होने के समय की गणना की है, इनमें से कुछ नीचे प्रस्तुत हैं।

1.   भगवान श्रीराम का अवतरण 10 जनवरी 5114 ई.पू. दोपहर 12:30 (इस दिन चैत्र माह के शुक्ल पक्ष की नवमी थी, वृहस्पति कर्क राशि में थे और राम की लग्न भी कर्क थी)

2.   भरत का जन्म 11 जनवरी 5114 ई.पू. सुबह 4:30

    (राम के जन्म के 16 घण्टे बाद)

3.   राम के राज्याभिषेक के लिये

दशरथ का आदेश 4 जनवरी 5089 ई.पू. (चैत्र मास था और उसके अगले दिन चन्द्रमा पुष्य-नक्षत्र में होने वाला था)

4.	राम का वन गमन व दशरथ का देहावसान5 जनवरी 5089 ई.पू.

(दशरथ की राशि 'मीन' व नक्षत्र रेवती था, जिसे सूर्य, मंगल और राहु ने घेर लिया था। ग्रहों की यह स्थित राजा के लिये मारक होती है। इसीलिये ज्योतिषियों की सलाह पर दशरथ रुकना नहीं चाहते थे और इसी दिन राम का राज्याभिषेक कर देना चाहते थे। राम इस समय 25 वर्ष के थे)

5.	खर-दूषण वध 7 अक्टूबर 5077 ई.पू. मध्यान्ह 3:10

(वाल्मीकि रामायण के अनुसार इस दिन अमावस्या थी, व मंगल मध्य में था अर्थात् मंगल के एक ओर शुक्र व बुध थे व दूसरी ओर सूर्य व शनि थे तथा सूर्य ग्रहण भी था, जो कि पंचवटी (नासिक) से देखा जा सकता था। अरण्य काण्ड के तेइसवें सर्ग में इन स्थितियों का वर्णन पहले, नवें व बारहवें श्लोक में है। इसी काण्ड के उन्तीसवें सर्ग में खर, राम से कहता है कि 'अभी मैं अपने पराक्रम के बारे में और बताता, किन्तु मैं ऐसा नहीं करूँगा, क्योंकि यदि इस बीच सूर्यास्त हो गया तो युद्ध बन्द करना पड़ेगा।'

इस सम्बन्ध में कुछ ध्यान देने योग्य बातें निम्नलिखित हैं।

(क) बहुत ही कम ऐसा होता है कि सभी ग्रह, दिन के आकाश में स्थित हों; यह विरलतम स्थिति है।

(ख) पूर्व से पश्चिम तक शनि, सूर्य, चन्द्र, मंगल, बुध, शुक्र व वृहस्पति बिना किसी यंत्र के दिखाई पड़े।

(ग) इस समय सूर्य ग्रहण एक पूरी तरह अद्वितीय घटना है। यह खगोल शास्त्र की विरलों में विरल स्थिति है।

6.	बालि का दमन 3 अप्रैल 5076 ई.पू. प्रातःकाल

(उस दिन आषाढ़ की अमावस्या थी)

7.	हनुमान का लंका पहुँचना 12 सितम्बर 5076 ई.पू.

(इस दिन अपूर्ण चन्द्रग्रहण था, जो लंका से दिखाई पड़ा)

8.	हनुमान की लंका से वापसी 14 सितम्बर 5076 ई.पू.

(सूर्य व चन्द्रमा दोनों दिखाई दे रहे थे। मंगल व वृहस्पति भी थे। इस यात्रा में हनुमान को लगभग चार घण्टे लगे)

9.	राम की सेना का लंका कूच 20 सितम्बर 5076 ई.पू.

(लक्ष्मण के सन्दर्भ से - शुक्र पीछे चला गया था, सप्त-ऋषि चमक रहे थे, त्रिशंकु सामने था और राक्षसों का रखवाला मूल नक्षत्र धूमकेतु द्वारा बाधित था)

10.   रावण वध 4 दिसम्बर 5076 ई.पू.

11. राम वनवास समाप्त 2 जनवरी 5075 ई.पू

(इस दिन भी चैत्र माह के शुक्ल पक्ष की नवमी थी और राम 39 वर्ष के हुये थे)

रोचक बात यह है कि 'इंस्टीट्यूट फॉर साइंटिफिक रिसर्च ऑन वेदाज़ (I-Serve)' नामक संस्था भी प्लेनेटोरियम सॉफ्टवेयर का प्रयोग कर इन्हीं तारीखों की पुष्टि करती है।

यह संस्था यह दावा करती है कि उसने राम की जन्म तिथि की एकदम सही गणना की हैं और वैज्ञानिकों के पास राम के होने के ही नहीं, उनके वनवास के तेरहवें वर्ष में खर दूषण से युद्ध के भी समुचित प्रमाण हैं।

उपरोक्त तिथियाँ कुछ समय के लिये मन में भ्रम पैदा कर सकती हैं, क्योंकि राम नवमी तो बहुधा अप्रैल माह के दूसरे सप्ताह के आसपास पड़ती है, किन्तु जब हम ऋतुओं के विचलन के सिद्धान्त को देखते हैं तो पाते हैं कि 72 वर्षों के अन्तराल पर, जिसमें दिन और रात बराबर होते हैं, उस दिन के होने में, सितारों की स्थिति के अनुसार गणना किये जाने वाले कैलेंडर में, लगभग एक दिन का अन्तर आ जाता है। हमारा कैलेन्डर इसी प्रकार का है। अतः रामनवमी के होने में लगभग 7000 वर्षों के अन्तराल में इस हिसाब से लगभग तीन माह का अन्तराल इन तिथियों की पुष्टि ही करता है।

मकर-संक्रान्ति, जिसे खिचड़ी, लोहड़ी, पोंगल, आदि नामों से जाना, और देश के विभिन्न भागों में मनाया जाता है, के उदाहरण से यह बहुत कुछ स्पष्ट हो जायेगा। सन 2013 में स्वामी विवेकानन्द की 150 जयन्ती मनाई गई थी। वे सन् 1838 में जन्मे थे। उस दिन मकर-संक्रान्ति जनवरी माह की 12 तारीख को थी। बाद में 72 वर्षों तक यह 13 जनवरी को पड़ी और अब यह 14 जनवरी को पड़ती है। यह दो दिनों का अन्तर ऊपर दिये 72 वर्षों के गणित की पुष्टि करता है।

आचार्य चतुरसेन ने भी अपनी पुस्तक 'वयं रक्षामः, में तीसरे अध्याय 'अब से सात सहस्राब्दी पूर्व' में रावण को 7000 वर्ष पूर्व का बताया है।

परिशिष्ट – 2
भगवान राम के पूर्वज

1. इक्ष्वाकु, 2. विकुक्षी-सासद, 3. काकुत्स्थ, 4. अनन्स, 5. पृथु 6. विस्तरस्व 7. अद्र, 8. युवान्स्व 9. श्रावस्त, 10. वृहदास्व, 11. कुवालस्व, 12. द्रधास्व, 13. प्रमोद, 14. हर्यस्व, 15. निकुम्ब, 16. संहतस्व, 17. अक्रस्व, 18. प्रसेनजित, 19. युवांश्व, 20. मान्धाता, 21. पुरुकुत्स, 22. त्रास्द्स्यु, 23. सम्भूत 24. अनरण्य,

25. त्रास्द्स्व, 26. हर्यस्व-द्वितीय, 27. वसुमत, 28. त्रिधन्वन, 29. त्रयारुन 30. त्रिशंकु, 31. सत्यव्रत, 32. हरिश्चन्द्र, 33. रोहित 34. हरित, कंकु, 35. विजय, 36. रुरुका, 37. व्रक, 38. बाहु या असित, 39. सगर, 40. असमंजस, 41. अंशुमान, 42. दिलीप-प्रथम, 43. भगीरथ, 44. श्रुत, 45. नाभग, 46. अम्बरीष, 47. सिन्धुदीप, 48. अयुत्युस, 49. ऋतुपर्ण, 50. सर्वकाम, 51. सुदास, 52. मित्रसह, 53. अस्माक, 54. मुलाक, 55. सतरथ, 56. एद्विदा, 57. विवस्थ-प्रथम, 58. दिलीप-द्वितीय, 59. दीर्घबाहु, 60. रघु, 61. अज, 62. दशरथ, 63. राम

इक्ष्वाकु का नाम वेदों में भी आया है व वाल्मीकि रामायण में राम व उनके भाइयों को अनेकों बार इक्ष्वाकु कुल या काकुत्स्थ कुल का बताया गया है, व ऊपर दिये गये नामों में से अनेक नामों का उल्लेख भी है।

महाराजा त्रिशंकु के सशरीर स्वर्ग जाने के असफल प्रयास से व राजा भगीरथ के गंगा को धरती पर लाने के सफल प्रयास से हर हिन्दू परिचित है और 'त्रिशंकु की स्थिति' व 'भगीरथ प्रयास' बहुत अधिक प्रचलित मुहावरों के रूप में स्थापित हैं।

<h1 style="text-align:center">परिशिष्ट – 3
भगवान राम के वंशज</h1>

1. कुश, 2. अतिथि, 3. निषाद, 4. नल, 5. नाभस, 7. पुण्डरीक, 8. क्षेमध्वन, 9. देवनिका, 10. अहिंगु, 11. पारिपात्र, 12. बल, 13. उकथ, 14. वज्रनाभ, 15. संखन, 16. व्युसितस्व, 17. विश्वसह-द्वितीय, 18. हिरण्यनाभ, 19. पुष्य, 20. ध्रुवसिन्धु, 21. सुदर्शन, 22. अग्निवर्ण, 23. सिंघरा, 24. मारु, 25. प्रसुश्रुत, 26. सुसन्धि, 27. अमर्ष, 28. महाश्वत, 29. विश्रुतवन्त, 30. बृहद्बल, 31. बृहतक्ष्य

बीसवें क्रम पर आये ध्रुवसिन्धु की दो पत्नियाँ थीं। कलिंग की मनोरमा और उज्जैन की लीलावती। ध्रुवसिन्धु शेर का शिकार करते हुए मारे गये थे, इस समय सुदर्शन बालक ही थे। उनकी मां मनोरमा ने शत्रुओं से प्रताड़ित होकर पुत्र सहित ऋषि भारद्वाज के आश्रम में शरण ली थी। सुदर्शन बड़े ही वीर और विद्वान थे। वे अपने शत्रुओं को मारकर श्रावस्ती के नरेश बने। काशी के राजा सुबाहु की पुत्री शशिकला ने स्वयंवर में उनका वरण किया था।

तीसवें क्रम पर आये बृहद्बल महाभारत के युद्ध में लड़े और मारे गये थे।

इस सूर्य वंश के इतिहास प्रसिद्ध अयोध्या-नरेश प्रसेनजित, गौतमबुद्ध के समकालीन थे। इसके अतिरिक्त उपरोक्त नामों में बहुत से नाम भी अनेकों बार विभिन्न प्रसंगों में सुने गये हैं। अन्त में राम सेतु की चर्चा कर मैं इस पुस्तक को पूर्ण करूँगा।

पदार्थवादी तर्क-शास्त्री, राम सेतु के लिये कुछ पुरातात्विक साक्ष्य माँगते हैं। पुष्कर भटनागर कहते हैं कि ईश्वर की कृपा से मैं इसके पुरातात्विक साक्ष्य पाने में सफल हुआ हूँ। यह साक्ष्य और इनकी तार्किक विवेचना नीचे प्रस्तुत है।

जिस प्रकार लाखों वर्ष पुराने पत्थरों से बनवाया हुआ घर, लाखों वर्ष पुराना नहीं हो जाता, उसी प्रकार राम सेतु के पत्थर भले ही लाखों वर्ष पुराने हैं, किन्तु वह लाखों वर्ष पुराना नहीं है।

इस सेतु के अवशेष तमिलनाडु के 'चेदु कराई' नामक स्थान पर आज भी उपलब्ध हैं। चूँकि तमिल भाषा में 'स' अक्षर नहीं है, अतः 'सेतु' का 'चेदु' हुआ और 'कराई' का अर्थ तमिल में नदी या समुद्र का तट होता है। यह स्थान रामेश्वरम से 22 किमी. की दूरी पर स्थित है। इसे कुछ लोग नल सेतु और कुछ फैशन परस्त लोग एडम्स-ब्रिज भी कहते हैं। यह समुद्र में दस फुट की गहराई पर ,और तट से लगभग 1.5 किलोमीटर की दूरी पर है।

हम जानते हैं कि हिम युग (लगभग 16000ई.पू.) की समाप्ति के बाद से समुद्र का जल स्तर लगातार उठता जा रहा है। इस विषय पर हुए शोध के अनुसार 7000 वर्षों पूर्व (राम के काल में) समुद्र का जलस्तर ठीक दस फुट नीचे (राम सेतु की आज की गहराई के ठीक बराबर) ही था, तथा इन 7000 वर्षों में समुद्र 1.5 से 2 किलामीटर (राम सेतु की समुद्र तट से दूरी) धरती पर बढ़ आया है।

ये तथ्य राम सेतु और ऊपर दी गई रामायण की प्रमुख तिथियों की गणनाओं की भी पुष्टि करते हैं। उपरोक्त तथ्यों से स्पष्ट होता है कि राम कोई काल्पनिक चरित्र नहीं इतिहास पुरुष थे। अधिक जानकारी के लिये नीचे दी गई पुस्तकें भी देखी जा सकती हैं।

1. 'श्रीमद्वाल्मीकि रामायण' (गीता प्रेस, गोरखपुर)

2. गोस्वामी तुलसीदास कृत 'रामचरित मानस' (गीता प्रेस, गोरखपुर)

3. पुष्कर भटनागर की 'डेटिंग आफ एरा ऑफ लॉर्ड राम' (रूप एण्ड कं0)

4. 'राम-सेतु' (रामेश्वरम् राम सेतु प्रोटेक्शन मूवमेन्ट, चेन्नई)

5. आचार्य चतुरसेन कृत, 'वयं रक्षामः' (हिन्द पाकेट बुक्स)

6. श्रीराम मेहरोत्रा कृत, 'राम कौन?' (वाणी प्रकाशन)

7. 108 उपनिषद, साधना खण्ड, सम्पादक आचार्य पं0 श्रीराम शर्मा

www.ingramcontent.com/pod-product-compliance
Lightning Source LLC
LaVergne TN
LVHW040035150726
843364LV00038B/880